阿卡姆
ARKHAM

What the Hell Did I Just Read

我刚刚读了什么

Jason Pargin

[美]
贾森 · 帕金 —— 著

姚向辉 —— 译

北京时代华文书局

图书在版编目（CIP）数据

我刚刚读了什么 / （美）贾森·帕金著；姚向辉译．— 北京：北京时代华文书局，2023.8
书名原文：What the Hell Did I Just Read
ISBN 978-7-5699-4982-7

Ⅰ．①我… Ⅱ．①贾… ②姚… Ⅲ．①长篇小说－美国－现代 Ⅳ．①I712.45

中国国家版本馆 CIP 数据核字（2023）第 123928 号

北京市版权局著作权合同登记号 图字：01-2019-0727

拼音书名 | WO GANGGANG DULE SHENME

出 版 人 | 陈 涛
责任编辑 | 王雅观
责任校对 | 陈冬梅
封面设计 | 曾艺豪@大撇步
版式设计 | 孙丽莉
责任印制 | 訾 敬

出版发行 | 北京时代华文书局 http://www.bjsdsj.com.cn
北京市东城区安定门外大街 138 号皇城国际大厦 A 座 8 层
邮编：100011 电话：010-64263661 64261528
印 刷 | 三河市兴博印务有限公司 电话：0316-5166530
（如发现印装质量问题，请与印刷厂联系调换）
开 本 | 880 mm×1230 mm 1/32 印 张 | 12 字 数 | 278 千字
版 次 | 2023 年 9 月第 1 版 印 次 | 2023 年 9 月第 1 次印刷
成品尺寸 | 145 mm×210 mm
定 价 | 65.00 元

献给老家的所有死党：

大乔、肥史、霍斯、大块、驼鹿和坦克。

愿他们全员安息。

“想听个故事吗？好，系好该死的安全带。”

目　录

CONTENTS

序 章

暴雨滂沱，就好像我们是上帝想用水枪从地上冲掉的一坨鸟屎。我们三个人在一辆米色的一九九六年款土星轿车里劈波斩浪，开车的人是我。

我醉醺醺地眯着眼睛看后视镜，徒劳地寻找追赶我们的那辆黑色卡车的车头灯，但其实我并不确定卡车司机是否需要车头灯照亮道路，甚至连他们有没有眼睛都不确定。同样不确定的，还有那辆黑色卡车是否真的是黑色的卡车，以及到底有没有人在追赶我们。总而言之，只有正在下雨是确定的。

我的朋友约翰坐在副驾驶座上。之所以不是他来开车，原因是：他不仅喝醉了，还受伤了——我和他的手上都缠着被他扯开当绷带用的汗衫。他受伤并非因为我们的追击者，而是因为他徒手去抓一罐融化的巧克力，那是我们用来蘸炸鸡柳吃的（说真的，你一定要试试看）。我女朋友埃米在后座上。之所以不是她来开车，是因为她不会开车，但她无疑足够专业，知道该如何评判我的表现——她尖叫着命令我看路，当心转弯。*我的天，我们这下死定了。*

埃米的右手（她唯一的手）抓着一个烈酒杯大小的灰色磨砂金属小容器。卡车的驾驶者想要的正是这个容器，在十分钟前他们闯进约翰家客厅的那一刻，我就知道了这一点。

当时我们正在忙着吃炸鸡柳蘸巧克力，享受主题电影之夜（我们挑了四部电影，共同之处是结局都有可能是主角的临终幻觉:《出租车司机》《少数派报告》《肖申克的救赎》《窈窕奶爸》)。六个貌似穿黑披风的男人像龙卷风似的冲进大门，他们似乎戴着万圣节用的橡胶面具——面容松垂，毫无表情，眼睛歪斜，死气沉沉。领头的黑披风男戴着面颊丰满的婴儿面具，挥舞着仿佛巨型带电瑞士三角巧克力的武器——一串黑色棱锥，所接入的线缆钻进了他的袍子里面。约翰的约克夏小狗叫得让人脑袋都快爆炸了，大概是希望入侵者能送它去个更好的家庭。

手持三角巧克力枪的男人号叫道："它在哪儿？"声音像是蜘蛛通过网络课程在尝试模仿人类说话。我们没必要问"它"是什么。约翰家是全世界我最喜欢的地方，但你只需要去一趟塔吉特百货或毒贩家的车库拍卖会就能买齐这儿的所有东西。不，他们来是为了此刻握在埃米手里的那个灰色磨砂金属小容器。

不能让他们拿到。

于是，约翰抓起加热炉，把融化的巧克力泼向说话像蜘蛛的那个家伙，滚烫的棕色液体给房间里的每一个人都造成了伤害。埃米从藏匿处抓起金属小容器（那东西光明正大地放在约翰家的厨台上，旁边是个款式新颖的大麻烟卷，状如铁人三项奖杯），我们冒着狂暴的雷雨冲出后门，跳上我的车。我一脚把油门踩到底，然后就是此刻的处境了。

大雨噼里啪啦地砸在挡风玻璃上，雨点像超光速飞行时见到的星星那样朝我飞来。要是坐在车里进入自动洗车房，五颜六色的泡沫喷到车上，那样的能见度都比此刻要稍微好一点儿。埃米朝我大喊左拐右拐的指令，我照她说的做，尽管我们还没讨论过究竟要去哪儿。我们来到一座锈迹斑斑的铁桥前，她命令我停车，桥下的河流汹涌动荡，水位上涨。她打开后车门，皱着眉头往暴风雨里看了一眼，然后使出全身力气把金属小容器扔向下游方向。咆哮的怒涛顿时吞噬了它，连个小水花都没怎么溅起来。

约翰和我跑到栏杆前，疯狂地交换“刚才不是幻觉吧”的眼神。我们谁都没有说话。既然决定已经做出，就不可能更改了。

当然了，埃米这么做是正确的。我们的头号目标是不让金属小容器落入追赶我们的黑披风男手里，二号目标是保证让他们知道东西已经不在我们手上了，否则他们会把我们捆在椅子上，用包括黑魔法和电动工具在内的恶毒手段拷打我们，逼我们说出东西的下落。

约翰说：“等他们追上来，我负责和他们谈。”

我说：“埃米，等他们追上来，我希望你去和他们谈。因为我要忙着按住约翰。”

然而，追击者一直没有来。我们不知道等了多久，趴在栏杆上，望着桥下的激流翻腾起泡、扭摆碎裂。寒风裹着雨点往我们的耳朵里灌。约翰漫不经心地舔手指上的巧克力。埃米瑟瑟发抖，红发乱糟糟地贴在脑袋上，看上去像是头皮正在严重出血。也许他们知道我们扔掉了容器，或者他们从一开始就没打算追上来。你也许正在琢磨“他们”是谁以及为谁效力，这是两个非常好的问题。我们回到了车上。

约翰把湿乎乎的头发扎成马尾辫，点了支烟，说：“我就知道会发生这种事。”

埃米徒劳地企图用湿衬衫擦干眼镜，说：“好吧，谢谢你告诉我们。”

我说:“他们去挖河底的淤泥，还是能找到它的。”

“它会漂在水里,”埃米答道，“你们没看见水流有多急吗？这条河汇入俄亥俄河，再汇入密西西比河，然后流进墨西哥湾。他们永远也找不到它，除非……”

她没有说完，但我们知道她欲言又止的是什么：他们永远也找不到它，除非金属小容器里的东西想要被找到。

我们回到约翰家，这里没人埋伏，穿黑袍、戴万圣节面具的诡异人已不见踪影，当天和随后几个夜晚都没再出现。那天晚上，我们把剩下的时间用在了狗身上，因为我们回来后发现它舔食了落在地毯上的巧克力。巧克力对狗来说是毒药，所以它吐得到处都是，我们飞快地开车送它去看兽医。

总之，这一切在我的记忆中是这样的。

第一部

1

一个孩子被恶魔或其他东西绑架

我

我在垃圾房间的地上醒来，这是我那套公寓里的狭小次卧，堆满了我集来的各种怪异破烂。“集”这个词似乎暗示着这些东西是我主动找来的，但我的意思更像是死虫子“集”在挡风玻璃上的那种集。我睁开眼睛，首先看到的是四个腹语木偶，它们被撑起来包围着我的脸，因此我一醒来就会发现它们在低头盯着我。我觉得这个景象太诡异了。埃米也知道，所以她才会这么布置。她真是坏到家了。

我用胳膊肘支起身体，觉得有一只老鼠咬开了我的左眼窝并钻进去，然后又从右眼窝爬了出去。我眯起眼睛，看见有一张即时贴贴在一个木偶身上：

你又梦游了

我回去上班了

玛芬蛋糕在桌上

爱你

——埃米

她在最底下画了个玛芬蛋糕，用小圈圈代表蓝莓。那些小圈圈还真是蓝色的——她为此特地去找了一支蓝色的笔。

外面天色还很暗，尽管房间里唯一的窗户被一大幅靠在窗上的油画挡了个七七八八，但我还是能感觉到。画里是个小丑，前主人坚持认为它受到了诅咒（澄清一下：受到诅咒的是画，而不是小丑，不过也很难说，因为这个可能性完全存在）。然而，所谓“诅咒”是个过于夸张的指控。实际上发生的是，随着时间的流逝，画中小丑的嘴巴在缓慢地改变形状，就好像它在比着口型说话。假如你把油画放在延时摄像机前几个月，找个唇语师来看拍到的画面，结果无疑会是小丑在说些让人毛骨悚然甚至意味深长的话，也许是什么预言。要是你愿意花钱做这件事，请务必联系我。就我关心的层面而言，只要一个东西不杀人，它就不算是受到了“诅咒”。我把它在垃圾房间里扔了四个月，它还没给我带来过任何不便。

我的手机在附近某处响起，我猜就是它叫醒了我。这个钟点不可能是任何人打来说他们接受了我的求职信，因此我知道只可能是以下几种情况之一：

A）有人喝醉酒乱拨电话，这样的话，我会付出毕生精力去找到那人并宰了他；

B）紧急事件；

C）所谓的“紧急事件”，此处的引号代表讽刺。

假如打来的是埃米，那么非常有可能是B，真正的紧急事件。然而假如是约翰，唉，那么三种可能性都有。

有个灵媒曾对约翰说过，他的遗言将会是“拿着我的啤酒”。十一岁那年他失踪了两个星期，在附近地区掀起了小型的媒体报道狂潮。后来他回到家里，毫发无损，并告诉记者和警察，他在森林里迷路后杀死了一个大脚怪，靠吃它的肉活了下来。高中二年级，约翰被停学数次，因为每次创意写作课布置作业，他都会交出同一个故事的不同版本，故事里的少年（名叫“约恩”）会偷偷溜进食堂，对着食物打手枪。高中三年级，他组织了一个车库摇滚乐队，但迅速被本地的所有夜店、酒吧、公园和音乐厅封禁，因为他坚持要演唱一首歌，歌名叫作《这个会场是人贩的幌子，快打电话给美国联邦调查局，歌曲标题不是在开玩笑》。约翰的第一任女朋友问他理想中的三人行是谁和谁，他答道：“本我、希特勒和普林斯。我在旁边看。”

我认识他十五年了，我敢说约翰半夜打给我的电话里有百分之七十是醉酒误拨，百分之五是真正的紧急事件（比方说有一次他打电话告诉我，他马上就要被装进垃圾车里压实了），还有百分之二十五是所谓的“紧急事件”，告诉你吧，我不可能找到足够大的字号来印这一对表达讽刺的引号。仅仅过去的十二个月内，约翰觉得有必要在凌晨时分打电话给我的情形包括：

A）在梦境或幻觉中看到我在曼谷暴毙，因此提醒我要远离那地方（我们住在美国中西部，我根本买不起去曼谷的机票，哪怕我落地就把自己卖给泰国的性行业也一样）；

B）他急不可耐地通知我，说在后院拍到了“神秘生物”的快照，结果那是个不省人事的醉鬼，身穿马匹戏服的后半截；

C）他和他的朋友们做了个双盲实验，结果证实所有果脆圈都是一个口味，只是颜色不同（“我们接下来要测试彩虹糖，你快滚过来”）；

D）他想出了一个价值百万美元的点子——“拳斗动物园”，听上去只是个普通的爱畜动物园，但你可以殴打动物。

他最近一次打这种电话是在两个星期前。刚开始是几秒钟闹哄哄的派对环境音，然后我听见约翰说：“那是什么声音？大家安静，我——哈！哎，芒奇，快看！我放了好响的一个屁，结果拨通了手机！”

可是，当然了，我不能对他的电话置之不理，因为灾难降临的可能性永远存在。认识约翰就是有这个坏处。

铃声听起来很近，多半就在这个房间里。我扫开木偶，乱扒我身边的那些垃圾。木偶背后是个墨西哥糖果罐，前主人声称这糖果罐坚不可摧，我们已经试过用霰弹枪打和用约翰的吉普车压，然而糖果依然安安稳稳地躺在罐子里，一摇就“哗啦啦”响。古怪吗？确实古怪。但它对任何人有任何用处吗？这只是在浪费里面好吃的糖果。你大概想说我们可以把它交给美国联邦政府，让政府模仿它的法术或天晓得的什么东西，为军队制造更优秀的防弹衣，我想对你说声“谢谢”，因为你明显比我更信任政府。假如它真的是个被黑魔法诅咒的物品，交给美国联邦人员就像给婴儿一把链锯去切生日蛋糕。“哦，”你大概会说，“所以放在你的公寓里就更好了？”我拿不准，朋友。你想要吗？给我一个地址，我寄给你，快递费到付。

我终于找到了手机，它在书架最顶上。旁边是二十世纪九十年代布鲁斯·威利斯的动作片录像带套装（《炸弹人》《炸弹人 1》《炸弹人：终章》《炸弹人复活》），据我所知，这个系列在我们的宇宙里并不存在。我们没看过，因为没人有录像机，而且看封套就知道是烂片。

手机屏幕显示是约翰打来的。

我呻吟一声，跌跌撞撞地走进客厅，发现没人趁我睡觉时闯进来重新装修房间。那是真人秀里的剧情，对吧？我听见卫生间传来屋顶漏水的“叮咚叮咚”声。房东不肯修理，因为我住在他的楼上，水肯定不会漏到他那一层去，而且出于纯粹的巧合，水会不偏不倚地滴进我家的马桶里。对他来说当然很好，因为这阻止了漏水对我家地板和他家天花板的破坏，但对我们来说很不好，因为埃米上厕所的时候必须捧着一个盆（而我就随便让水滴在身上了）。

手机又响了。我走进小厨房，拿起咖啡壶倒了一杯冰凉的咖啡。咖啡是昨天煮的，也可能是上个月。微波炉上蒙着油脂的时钟显示现在是早上五点。我在我们用来吃饭的折叠桌上找到了玛芬蛋糕——正如埃米的简笔画所示，是有蓝莓的。蛋糕旁边有一堆乱七八糟的垃圾，它们是过去几个星期内通过邮件寄给我的，我们还没来得及归类（所谓“归类”指的是怒气冲冲地扔进垃圾房间，嘴里还要嘟囔一些骂人的话）。房间里的大多数垃圾货都是这么来的，也就是陌生人通过邮件寄给我。有时候你看包装材料就能窥见他们可悲的生活——有一件物品寄来时用耶和华见证人杂志《守望台》

里的纸页裹得严严实实，另一件垫着撕碎的医院账单，还有一件垫着三十六个完全相同的速冻餐包装盒的碎片。

他们为什么把这些东西寄给我？你明白的，有时候你会仅仅因为不知道该怎么处理而无法摆脱某些东西。也许是因为过于神圣没法连同发霉的咖啡渣一起扔掉（旧《圣经》、美国国旗、祖母寄来的生日贺卡）；也许是因为似乎有点儿危险（旧霰弹、断匕首）。在我这儿汇集的东西算是两者的结合物——神圣、危险，或既神圣又危险。因此，他们找到我的地址，用邮件寄给我。“王大卫肯定知道该怎么处理！”不，我可不知道，它们只能被堆积在房间里，然后我会在易贝网上卖掉看上去不怎么危险的东西（网站上现在有个“超自然”的分类了，非常贴心）。

这个星期收到的垃圾里有一本被水泡坏的“闹鬼”平装书《我行我素》，是芝加哥公牛队大前锋丹尼斯·罗德曼的自传。说“闹鬼”是因为这本书——也只有这一本——用好几个章节描述罗德曼如何与数名队友共谋，在他们随队征战的几年之内，仪式性地杀害了超过五十名妓女。这本书似乎没有做过任何手脚，那几页的排版与其他页毫无区别，老化的程度也相同，然而我在谷歌上搜过，找不到其他人提到这本书的这个版本和书里的杀人事件。和平时一样，我完全不理解这意味着什么。

书旁边是个钢琴黑的十二面体小盒子，每一面上都用翡翠绿刻印着一个卢恩文字[1]。我抬起手，在盒子上挥了挥，喊道：“ODO

1　中世纪北欧日耳曼语族的语言，现已灭绝。

DAXIL！”盒子自动打开，我觉得辐射热扫过我的面庞。盒子里是个熠熠生辉的橙色圆球，尺寸和弹珠差不多。这东西是我们两周前得到的。刚开始它似乎只会散发热量，但有一天晚上约翰来过松饼和电子游戏之夜，他觉得自己从圆球里听见了某种受到折磨的哀号声。刚开始我不以为意，因为他喝得烂醉，我觉得他喝多了总会听见受到折磨的哀号声。但第二天我们带着它去中学找一个朋友，他曾经和约翰一起玩乐队，名叫米奇·隆巴德（外号“芒奇”），尽管他脖子上有文身，但还是当上了科学课的代课教师。他把发光圆球放在显微镜底下，默默地看了一会儿，然后从目镜上抬起头，低声说：“他的痛苦超乎想象，而且他的愤怒炽烈得能焚烧整个宇宙一百万次。一切都失去了，一切都失去了。”芒奇随后失去知觉，鼻孔里淌出鲜血。那是我们最后一次谈论这东西。

我从厨房的抽屉里翻出钳子，夹起发光圆球，扔进冰凉的咖啡里。这时手机铃声刚好响到最后一声，我知道接下来通话就要转到语音信箱去了。

我用手指掰了一块蛋糕，接起电话。“去你的，以及生下你的所有先祖。”

“大卫？有个小女孩失踪了。你有笔吗？”

“儿童失踪请找警察。”

“是警察找我的。”

我闭上眼睛，吐出一口气。我的呼吸闻起来像是我吃了一整只湿乎乎的狗，配汤是从流浪汉内衣拧出来的臭汗。听我给你一个忠告：万一你成为某种可怖罪行的受害者，比方说，你的孩子失踪了，假如你看见警察去咨询两个白种垃圾长相的二十几岁的蠢蛋，那你就该开始担心了。倒不是说约翰和我无法胜任我们的工作——我向你保证，我们挺能干的，而是因为你必须问自己一个非常难回答的问题，不是“我能救回我的孩子吗”，而是“我想救回我的孩子吗”。

我用手指蘸了蘸咖啡，感觉咖啡已经快沸腾了。我用钳子把灼热的圆球捞出来，放回容器里，容器自动关闭。我尝了一口咖啡，皱起眉头，心想第一个喝咖啡的人多半是企图服毒自尽。

我问：“你为什么觉得这是个……呃，你懂的，大卫和约翰的案子？”

“看起来又是一起上锁的房间迷案。还不只这个，等你到那里我再解释。反正我觉得像是约翰与大卫的案子。你有笔吗？我这儿有个地址。”

“你说就是了。”

“阿灵顿路一百〇六号，就在电子烟店旁边。”

“你觉得我需要纸和笔才能记住这个？”

“快点来。我听说必须在四十八个小时内找到人，否则线索就会断掉。”

“这是你在电影里听来的。上个星期咱们一起看的。”

他已经挂断了电话。

我叹了口气，又吃了一口蛋糕。我望向窗外，楼下营业场所的霓虹标牌的下半截正散发出粉色光辉。他们从早到晚开着霓虹灯，“嗡嗡”声持续不断，逼得我想一枪轰掉自己的头。

唉，算了。反正我也没事可做。

不过，我还是要先吃完玛芬蛋糕。

我来说一说为什么每一部超自然恐怖电影都狗屁不如吧。无论怪物或者愤怒的女鬼什么时候冒出来，所有影片都会把全长的前三分之一浪费在怀疑上。通常要到四十五甚至五十分钟时，主角才会不情愿地承认墙壁里的怪声不是下水道出了问题发出的，而是阴森森的拉丁语吟唱声。但在现实生活中，比如当老妈看见天花板上渗出某种红色黏液，她立刻想到的必定是血，而不是“生锈水管在漏水”。真希望人们能像电影角色那样具有怀疑精神。

这座小镇曾被称为“中西部的百慕大三角”。好吧，至少我觉得自己听见过别人这么叫它。说起来，我也确实希望这是真的，因为百慕大三角其实没什么稀奇的，只是一些平平常常的海难，在口耳相传中变得越来越邪乎。一艘货轮没有抵达目的地，头条新闻遮遮掩掩地说它“失踪了”。朋友们，它没有“失踪”，而是沉没了。那是一艘行驶在海洋上的船，坏事总会发生。然而在不具名小镇发生的，就不一样了。

我想说的重点在于，你很难将真东西和迷信区分开。因此，由于我受够了收到你们请求建议的电子邮件，请允许我飞快地理一理头绪：

1. 假如你家闹喧哗鬼

《鬼影实录》电影上映后，我们接到了无数个这一类的电话，惊恐的百姓说他们家的摇椅会自己前后摇动，水杯无缘无故地从桌上掉下去，钟表反着走，等等。假如你落入这样的境地，可以用一种名为“他妈的克服一下”的技法与之抗争。你想说什么？往昔杀人案的被害者化为愤怒怨灵飘来飘去，对你的生活造成的干扰还不如一只顽皮的家猫？你还不如去担心你的高血压呢，或者花几分钟看看你家烟雾探测器的电池还有没有电——比起半夜碰倒你家厨房盐瓶的天晓得是什么的玩意儿，这些东西杀死你的可能性要高得多。

2. 假如你见到鬼魂

假如你见到一个透明的老妇人，身穿飘逸长袍，半夜在你家走廊里飘来飘去，那几乎百分之百是幻觉或最平常的梦境。你想想：鬼魂为什么必须是透明的？烟雾看上去是透明的，那是因为它由悬浮于空气中的微小粒子构成。你难道想说灵魂是由微小粒子构成的？

在现实中，你对鬼魂外观的概念完全来自维多利亚时代的照片，当时的相机技术原始，需要长时间曝光，因此拍摄对象必须一动不动地静坐几分钟。假如拍摄对象中途离开，拍出来的就是那种阴气森森的照片了。这是一个好玩的冷知识，也是老照片里没人微笑的原因，不信你试试看能否保持微笑足足七分钟。假如你真的见过鬼魂（我向你保证，你很可能见过，而且就在过去一个月之内），它看上去和任何一个有形的活人不会有什么区别，只是其他人都看不见它，只有你能看见——不，不行，你没法给鬼魂拍照。你其实不是用眼睛看见的。

3. 假如邪灵或魔鬼与你面对面

假如上述个体出现在你面前并开始唠叨，好消息是你没有发疯。与电视、电影里的描述恰恰相反，你几乎不可能在幻觉中同时看见和听见东西；精神疾病会让你仅仅幻听或仅仅幻视，这是大脑构造决定的。假如你既能听见，也能看见，那你要么在做梦，要么真的有魔鬼来你家做客了。

万一真是后者，你可别浪费精力去仔细听它在说什么。它的话听上去也许非常重要——预言未来的厄运，诸如此类，但我向你保证，它只是在玩弄你。只要你置之不理，它最终会厌倦离去。它很可能没有强大到能夺魂、杀人或严重破坏财产的地步。要是它敢动手，你不妨尝试祈祷，或者在它的视野内竖起许多十字架。我见过成功的例子。你不是非得要使用基督教的象征物，但也不是所有宗教都行得通。另外，你们可以尝试大量播放二十世纪八十年代的摇滚情歌，它们特别讨厌这东西，我猜可能是因为尘世间只有这些最接近于天堂播放的音乐。我也不确定，这是瞎猜的，用的是倒推法……

4. 假如天使现身并对你说话

这种情况的风险就不一样了，假如全能的主真的派遣信使来联系你，置之不理恐怕不是最好的应对方式。因此，显而易见，第一步是确定对方真的存在，而不是你在做梦。判断方法简单得出奇：问信使一个你不知道答案但很容易验证的问题（例如，123456789的平方根是多少，或者这个星期日每一场橄榄球比赛的最终比分会是多少），假如它们提供了可靠的信息，啊哈，那么你就知道这不是在做梦了，它们给出的预言或建议很可能切实有效。当然了，它们也有可能是冒充者，因此万一它们要你做什么道德上很可疑的事情（比方说手刃自己的孩子），你必须相信自己的判断。面对事实吧，假如有个神，它认为你没有资格拒绝这样的要求，那咱们就完犊子了。

5. 假如你被外星人绑架

这种案例几乎是最普通的睡眠性麻痹，也就是某种清醒梦，做梦者往往会看见或感觉到奇异的来访者。又一个好玩的冷知识：典型的“灰皮”外星人，长着球茎般的脑袋和杏仁状的大眼睛，它们在一九六四年之前的绑架叙事中并不存在，却在科幻恐怖剧《迷离档案》的某一集播出两个星期后开始出现。被绑架者直到一九六九年才声称受到了肛门探查，而结肠镜检查也是在这一年普及的。我想说的是，你的半夜访客不是具象化的你的自身焦虑，就是有人在具象化你的自身焦虑，从而折磨你的精神。无论如何，起源都在你自己家里。

6. 假如你见到了怪物

我一直不理解人们见到怪物为什么会大惊小怪。我是说，一个是你发现你祖父痛苦地死于工业事故，一个是某种长着皮质膜翅的恐怖巨怪干净利落地摘了他的脑袋，你觉得哪一种死法更让你烦恼？死就是死，后一种死法他什么都不会感觉到。因此，为什么怪物就会害得你做噩梦呢？当然了，也存在极其微小的一个可能性，某天你开车去上班，你祖父被咬碎的眼珠随着粪便砸在挡风玻璃上。另外，万一你杀了所谓的“怪物”，而那家伙不凑巧是人狼之类的东西，死后又变回了人类，你说你该怎么办？洗干净屁股准备坐牢吧。

只要怪物不威胁你的人身安全，你就别去管它。

7. 假如你见到了一团漆黑的人形影子，一双眼睛像两个雪茄烟头似的闪闪发亮

恭喜！有幸见过宇宙本来面目的人寥寥无几，而你就是其中之一。

要是再次发生，赶快跑。

2

这姑娘失踪得过于蹊跷

我走进大雨中，这场雨自从哥伦布日[1]开始就劈头盖脸地下个没完。一个月的豪雨之后，没铺过水泥或沥青的所有地方都变成了稀糊糊的烂泥，我每走一步，水就会从我右脚鞋子的破洞渗进来，浸湿我的袜子。排水沟眼看着即将凿穿庭院和停车场。他们在镇上所剩无几的比较像样的那些地方用沙袋筑堤，然而不会有成群结队的志愿者来用沙袋为假阳具商店筑堤。

没错，我那套公寓的楼下是一家性玩具商店，名叫金星捕蝇草。这栋建筑的一侧是破破烂烂的珊瑚岩汽车旅馆（对他们的客人来说倒是很方便），再过去是个小型二手车停车场，高高的带刺铁丝网围住商品，悬挂的牌子说可以每个星期付款，无须征信（但没说这些车辆有遥控装置，你若误了一期按揭，他们就会远程锁死引擎）。

1 为纪念哥伦布首次登上美洲大陆而设立的节日，时间为10月12日或10月的第二个星期一。

建筑的另一侧是一家曾经失火的小店，橱窗被砸烂，向全世界袒露它被烧焦的内脏。我记得我小时候那儿是一家糖果店，店里总是散发着温暖的焦糖气味、糖奶融化的香味和节日的气氛。开店的和蔼老夫妻不知道后来去哪儿了，我只知道现在浣熊在熏黑的旧货架上筑巢，雨点“叮叮咚咚”地敲打醉汉路过时扔进橱窗的碎酒瓶。

我经常会琢磨住在一个蓬勃成长的城市里会是什么感觉，建筑空地会长出时髦的餐馆，旧仓库会被拆毁，为崭新的住宅项目腾出空间。在西雅图或奥斯汀那样的城市，你会觉得人类文明确实在向前发展，朝着某个目标滚滚而去。我敢说那会改变你的整个人生观。

我的车（免费得来的，因为前主人认为它被附体了，但呻吟声其实来自损坏的动力转向泵）载着我驶过永久歇业的沃尔玛（对，我们这儿连沃尔玛都开不下去了），来到由维多利亚式大宅组成的一片住宅区，这儿以前多半是不具名小镇最光鲜的地区。有几幢屋子被改造成了一些不太光彩的商铺：一家寄售店、一家枪店和前面提到过的电子烟店，它们并排而立，旁边是一幢依然是住宅的维多利亚式蓝色房屋。这个钟点只有它里面亮着灯光。我停车时，车头灯扫过它门前的两辆车，一辆是警用越野车，约翰的吉普车停在它后面。我叹了口气，对着镜子整理头发（我的头发看上去像是从马桶冲下去，六个月后从阴沟里掏出来的一顶假发），然后走进大雨。

我走到越野车旁，发现驾驶座上有个警察，他正在一边吃麦满分汉堡，一边打手机游戏。他是个年轻人，方下巴，一头电影明星似的波浪卷发。我们没和他打过交道。看到我走近，他把车窗打开一条缝，宽度刚够我们交谈，不足以让雨点钻进去。

我说：“不好意思，失踪的女孩就在这儿吗？”

“不在，先生。要是她在，那就不算失踪了。”

"呃……好吧，我接到约翰的电话，我是——"

"我知道你是谁。他在里面，和赫尔姆在一起。"

我走上台阶，发现前门开着。我不想就这么进去，因为屋子有主人，而我不是警察。我尴尬地傻站了一分钟，直到警探出现。他年纪比较大了，胡子遮住了大半张脸——我觉得我和他打过交道，但不记得在哪儿了。他的衣着比电影里的警探更随便——卡其裤、马球衫，外面是防风外套，看上去更像是房东派来维修炉子的那种人，会在出门时絮絮叨叨地让你要按时清理滤网。他放我进门，可我刚走到不淋雨的地方，他就举起手拦住了我。

我说："我叫王大卫——"

"我知道。我记得你，过去几年这座小镇发生的每一件倒霉烂事里都有你。"

"市长的兽交丑闻呢？我和那件事情没关系。"

"只是据我们所知。"

约翰从警探背后走过来，他身穿黑色大衣，里面是灰色西装，还打着领带。他摘掉近视镜，说："大卫，这姑娘失踪得太蹊跷了。"

他递给我一张照片。我问："你为什么穿成这样？"

"哪样？"

"从头到脚。我都不知道你还有正装。"

"哦，我晚一点儿要出庭，有个公然猥亵罪的指控。我要抗辩，律师找出一个非常好的判例，认为身体彩绘也算衣服。"

我看向照片。照片里是个小姑娘，小学生年纪，金色长发，就是新闻媒体会认真报道的那种失踪人员。

约翰说："我认为这个案子是个'尖叫的小丑阳具'。女孩名叫玛格丽特·诺尔，大家都叫她玛吉。父母是特德和洛雷塔。几个小时前她刚失踪。”

我把照片还给约翰，说：“才过了这么点儿时间，警察居然就认为这是大卫和约翰的案子了？”

警探说：“这就好比大便三明治，你要吃几口才会认出里面是大便？跟我来。对了，先擦鞋。”

屋子内部和自助洗衣店里的杂志一样令人沮丧，就像他们两个星期前才刚刚搬进来，时间已经足够让他们把椅子和沙发摆在合适的位置上，但还没来得及挂照片或做其他装饰。这地方看上去死气沉沉。

失踪女孩的父亲是个矮小男人，留着壮观的金色大胡子，我觉得有点儿像奇幻小说里的角色。他右臂的肱二头肌上有个文身，似乎来自某个军事单位：骷髅头压在黑桃 A 上。他顶多比约翰和我大五岁，但人生的历程比我们远得多。我猜他在伊拉克或阿富汗甚至两地服役过，回来后做的大概是体力活。他坐在沙发上，粗糙的大手在两腿之间攥成拳头，一边的膝盖抖个不停，看着像是对老婆动粗后有一整套详细预案去讨好她的那种男人。

特德·诺尔上下打量我。我这身打扮往好里说也顶多是燕尾服的反义词。

他说：“就是你？你看着像一口袋被打烂的浑球儿。”

“谢谢你的反馈。所以有人向你解释过我们是谁了？”

“是我决定找你们的。要是我能说了算，警察根本不会出现在这儿。”

“好的，当然。那么，接下来我要问你一系列问题，你未必能理解我为什么要问这些，有的问题看似随意甚至残酷，但我需要你尽可能地回答，不要打断我，问我为什么要问你。假如你不知道答案，说‘不知道’就行了。明白了吗？”

他点了点头。

“玛吉的母亲在这儿吗？我希望同样的事情就做一遍。”

“她不住在这儿，我们分居了。她不知道我找了你们，也不需要让她知道。”

“呃，好的。你是什么时候注意到女儿失踪的？”

“半夜我不知道为什么醒来，凑巧路过她的房间，发现毯子底下没有人。我进去一看，床是空的，到处都找不到玛吉。屋子的前门和后门都上了锁，窗户也全都是插好的。我们有警报系统，绑架者要么知道该怎么切断系统，要么就是想办法避开了它。屋前和屋后都有安保摄像头，但在凌晨两点左右失去信号，黑屏了一个小时。绑架者似乎很清楚自己在干什么，他们应该早有预谋。”

“先不说这些，我们能百分之百确定你女儿没有藏在某个壁橱里吗？我们不会在阁楼、屋下空隙或车库里找到她吧？或者床底下，厨房柜子里。”

“我都快把这该死的屋子翻烂了，她不在家里。”

“在今晚之前，无论白天还是黑夜，你做过奇怪的梦吗？”

“没有。”

“你见过任何鬼鬼祟祟的黑影吗？比方说你从眼角看见，可等你扭过头去，却什么都没看见。”

“没有。”

“你记忆里存在从未发生过的事情吗？比方说，总统选举的结果和报纸上登的不一样，或者你确定某个名人已经死了，却发现他还活着。”

"没有，我没疯，你想问的应该是这个吧。"

"在玛吉失踪前，你有没有经历过任何不寻常的事情？"

"五天前，一个叫宁芙的男人冒出来，说他很快要绑架她。"

约翰和我交换了一个眼神。约翰说："我看这大概是咱们的第一条线索。"

我问特德："事后你报警了吗？"

"没有。"

"因为你并不认为他只是个当地的变态佬，否则你也不会找我们了。"

"另外，报警也没什么用。"

"说说那件事，从头开始说。"

"那是上个星期日，从教堂回来以后发生的事。我在车道上给羚羊汽车换电机。一个人走过来，个子不高，样子很优雅，看着像基佬，要么就是恋童癖。他说话有点儿口齿不清，用大拇指和食指拿着香烟，就像别人拿大麻烟卷那样。他每吸一口，嘴唇就噘起来，还没说话我就想一拳干翻他了。他假模假样地走上车道，我没看见有人开过来，反正他就那么冒出来了。玛吉也在院子里，追着猫跑来跑去。这家伙走过来，说他叫宁芙先生，他真的自称'先生'。"

"等一等，你说他姓什么来着？"

"宁芙，就是花痴（nymphomaniac）的那个宁芙（Nymph）。总之，我听见的是这个。"

我们从没听过这个名字。

特德继续道："他望向玛吉，眼神色眯眯的，你明白我的意思。他说我有个漂亮的女儿，还问了一大堆有关她的古怪问题。最后说——"

"是什么样的问题？"

"从琐碎的小事开始。她的体重是多少，我们让不让她吃肉。无论他问什么，我都不回答，我只是问他是谁、他想干什么，但他只是继续提问。后来，问题变得越来越恶心。她是洗淋浴还是泡澡，我妻子和我允不允许她看我们的裸体，我们让不让她自己买内衣。"

"听起来像是他想激怒你。"

"我猜也是。我叫他滚出我的地界，他说他只想问问而已。我让他在五秒钟内离开我家车道，在我看来，他威胁了我的孩子。我说在这个州，光是因为他站的地方，我就已经有权杀死他了。最后他说——语气就好像他在买车——'我要带走她'，说他几天后会回来领她走。我朝他走了一步，手里拿着大号扳手。然后我扭头去看玛吉的情况，顶多半秒钟，等我再转过来，宁芙——"

"已经不见了。"约翰替他说完。

特德点了点头。"我问玛吉有没有看见那家伙往哪儿走了，她说她什么都没看见，还说看见我一个人站在车道上朝什么人嚷嚷。到了第二天，连我都开始怀疑自己了。"

约翰说："你认为那是幻觉？"

特德耸了耸肩。"我从伊拉克回来后患上了创伤后应激障碍，经常做噩梦。我以为……我也说不准，年轻时我嗑过药，那是在玛吉出生前，但据说那些东西会残留在体内。我猜我更希望是这样，而不是另一种可能性。传说中这座小镇发生的怪事是人们纷纷搬走的原因，也是我只花了一万五千美元就买到这幢房子的原因，我一直认为这只是群体恐慌和迷信。我见过很多女人和孩子被伤害，但凶手并不是怪物，人同样会这么做。"

我说:“所以，你到底愿意相信什么？”

“我相信结果，相信技能，相信你们俩的本事，无论能不能成功。要是没成功，我就去找别人。”

我说：“我一般是这么向别人解释的。白天时你往外看，太阳挂在天上。太阳在天上，所有人都同意它在那儿，所有人都知道太阳是什么，但你没有意识到的是太阳也非常吵闹——它是个巨大的核爆火球。你有没有在非常近的距离内经历闪电？你知道雷声能响得让你尿裤子吗？想象一下你从早到晚不间断地听见那种巨响，太阳就是这么吵闹，哪怕隔着一亿英里[1]也一样，至少一百二十分贝。但你听不见，原因只有一个，不是因为你耳朵的听力问题，而是因为太空中没有空气，无法传递声波，你明白吗？宇宙里充满了强大、吵闹的庞然巨物，你只是无法明确地感知它们，因为你的感官构造做不到。约翰和我的感官与你们的略有不同，就是这么简单。”

约翰说：“就好比你听不见你的宠物金鱼永远在尖叫，但其他鱼能听见。说到那位老兄，无论他叫宁芙，还是其他什么名字，他都不在我们的数据库里——”

注：我们没有数据库。

“——但一切谜团在揭开前都是谜团。你的案子看上去像是我们所谓的‘上锁房间’绑架案。受害者失踪，但找不到入侵和离开的痕迹。我们见过几个类似的案子。”

特德说：“不介意我问一句吧？在这些案子里，你们有多少次

1　英制长度单位，1 英里约为 1.61 公里。

找到受害者时他们还活着？”

“比你想象中要多。”约翰答道。哦，对了，正确答案是一个。“人们说这儿发生的事情超过人类的理解能力，这未必永远是坏事。有时候虽然怪事发生，但事后所有人都安然无恙。说不定再过五分钟，玛吉就会重新出现在她的房间里。”

“你认为这次也会是这样吗？”

我抢在约翰开口前答道：“我们目前还没有任何看法。我们做这一行已经有段时间了，得到的教训就是一句话——你认为事情会怎么样，事情往往就不会怎么样。说到这儿，我通常会对别人说不要放弃希望，但我不认为我有必要对你这么说——你知道这个世界的本来面目。因此我就换一句话吧，我们会尽力而为的。”

特德点了点头。“事情的关键之一是宁芙那家伙，无论他是谁，我们都会找到他并毁灭他，让他和这个世界永别。”

约翰说：“说得太他妈对了。”

警探举起双手，说：“朋友们，我还站在这儿呢。”

特德说：“所以，假如情况就是我们认为的这个样子，你们打算从哪儿开始查？”

我心想：问得好。

约翰说：“他事先来找过你，这是个重要的细节。按理说，他可以半夜直接抓走她，但他不这么做，看来他想要玩什么把戏。因此这意味着我们有可能很快就会听到宁芙或者是他同案犯的消息。到时候，我们要搞清楚他到底在玩什么‘把戏’，然后——”

我替他说完：“我们绝对不会陪他玩。”

特德点了点头。他似乎从对话中获得了一些信心，也就是说，我和约翰完美地掩盖了事实：我们根本不知道我们究竟在干什么。

警探看了一眼手表，点了点头，说："好了，看起来你们已经上手了。"

他转过身，大步流星地穿过走廊，走出正门。我快步追赶他。

"哎！你不能这么一走了之，等一等！"他停下脚步，打开警用越野车的车门。我抓住车门，不让他关上。他看我的眼神仿佛我是他即将拍死的一只蚊子。"你去哪儿？"

"哦，我当然必须通知美国联邦政府，半个小时后就会有美国联邦调查局的人赶到，他们会和十几名本地警探组成的别动队共同办案。"

他拍开我的手，坐到乘客座。他摔上车门，另一名警察发动了引擎。我敲了敲车窗，他摇下车窗。

我问："等一等，你刚才是在挖苦我吗？"

"你以为呢？咱们回头见，不过最好别见。谁知道呢？我回警察局去了。"

"有儿童失踪，你不能就这么一走了之！"

"你等着瞧吧。你觉得这是我第一天上班吗？你觉得这是我第一次来这个小镇？你听到事情经过了，就算不完全清楚究竟发生了什么，我们知道的也够多了。假如是他们带走了她（我能从他的声音里听见大写字母"T"），那就像是去救已经被榨成汁的橘子。不是我的猴子，也不是我的马戏团。"

"当然就是！这是你的工作。"

他的肩膀垮了下去，疲惫地长出一口气。"你说得对，说得对。来，我给你一样东西，也许有用。"

他把右手插进口袋，掏出来时伸出了中指。他把胳膊探出车窗，警用越野车加速离开，留下他的袅袅余音："去——你——的——吧！"

我望着警用越野车的尾灯消失在灰色的雨幕之中。我可以打电话给他的上司投诉，但警长多半会给我相同的回答，而且嗓门更大。

你也许在想他刚刚说的“他们”是不是就是几个星期前冲进约翰家的人。实话实说，没人知道。潜伏于一切阴谋背后的是那些会走路的影子，它们能操控人类的灵魂，轻松得就像喝醉酒的喜剧演员用阳具操纵指套玩偶。在我们的这个世界里，有些人会自愿为它们赴汤蹈火，有些人会非自愿地为它们效力，还有一些人会为它们的目标奋斗，但根本不知道它们的存在。因此，对，我必须承认，想签发逮捕令确实没那么容易。

我叹了口气，转身回到屋里。

我刚走进客厅，特德就说：“还以为他永远不会走了呢。所以要是宁芙联系我，你们认为他什么时候——”

他的手机响了。

3

欢乐园

特德的手机铃声是《瓦尔基里的飞行》。他接听电话，表情立刻泄露了线路另一头是谁。不是“宁芙先生”，而是他的女儿。

他紧闭眼睛。“谢天谢地。嘘……听我说。宝贝，你在哪儿？”他停顿了片刻，“什么？哎，快说你在哪儿……”

约翰悄声说：“切换为免提。”特德点击屏幕，我听见了一个小女孩微弱的声音，一句话正说到一半。

“我们看了黑尾王子，拍了他和贝蒂熊的照片，我吃了个巧克力冰棒。”

特德说：“玛吉，你在哪儿？你和谁在一起？”

“你想和爸爸说话吗？”

“我在，是我。我们在家。你在哪儿？”

“我听不清，这儿真的很吵。人多极了。我们正在排队上夜景摩天轮。”

特德望向我们。我们谁也不知道她在说什么。

约翰说：“嗨，我是你爸爸的朋友。你在游乐场吗？快说你在哪儿，我们来和你一起玩。”

“我们在欢乐园！我的飞行盒吃了好大一惊！”

这是词语的大杂烩。特德闭上眼睛，我想象愤怒和挫败感正在把他的大脑变成一锅沸腾的辣酱。“亲爱的，你能听见吗？你知道你在哪个城市吗？或者你记得去那儿开车开了多久吗？”

“你想和爸爸说话吗？等一等。”

“不，亲爱的，我……你还在吗？”

停顿，对面传来听不清的交谈声。最后，手机里传来一个男人的声音：“我是特德。请问你是哪位？”

特德——和我们一起坐在客厅里的特德——盯着手机看，然后抬起头看我们。我们也不知道该说什么。

“狗娘养的，你是谁？把我女儿送回来！”

电话里的男人用非常耳熟的声音说：“什么？哥们，你女儿不在我这儿。”电话里隐约能听见一个女人在提问，然后男人回答她：“不知道，她随便乱拨的一个号码。”

通话被切断了。

特德像闪电似的从沙发上蹦起来，他瞪着我，说：“他妈的搞什么？”

又是一个好问题。

约翰说：“试着给她打过去。”

特德拨打电话，然后摇了摇头。“关机了。”

约翰正在手机上飞快地翻查着什么。他说：“我搜了一下欢乐园，没找到叫这个名字的地方，至少开车能到的范围内没有，还要有很多……呃……人。”

我说：“难道咱们听错了名字？”

“就算听错了，怎么会有这种在天亮前营业的地方？”

特德说："电话里的那个人听上去很像我，还有背景里的女人，那是洛雷塔。这到底是怎么回事？"

约翰对特德说："你要记住，我再说一遍，打电话给你是有目的的。你听见的东西，或者说你被允许听见的东西，都是有人想让你做出某种特定的反应。无论这件事幕后是什么人或什么东西，你都不能忘记我们刚刚说过的话——有人在和你耍把戏。"

特德的手机发出"叮咚"一声，他收到了一条短信。他给我们看，是一张照片——一座破败的大型建筑物，有着圆角的红砖屋顶。

约翰说："是制冰工厂。"

我说："那个人或那个东西要我们去那儿，这说明去那里是个非常糟糕的主意。"

"还有其他选择吗？"

我心想：搬家去其他城市如何？但我没说出口。

特德说："我去拿武器。"

"这种案子里的东西，"我说，"很可能不是能用枪杀死的。"

"他说得对，"约翰说，"至少需要好几把枪。你能双手开枪吗？"

特德点了点头。他跑进走廊，似乎有点儿过于兴奋。我瞪着约翰。"要是有旁观者中枪，那都是你的不对。"

我们一起坐进约翰的黑色吉普车，一幅喷绘画完全覆盖了这辆车的引擎盖，画里是撒旦手握巨斧砍掉赤裸女人的头颅，底下写着"以西结书 23：20"。这幅画当然不是约翰的手笔，吉普车来自警方的扣车场，他们不肯透露车辆前主人的任何情况，只说他"永远也不会回来了"。我们为他们做了些事情，他们把车送给约翰，当作私下的酬劳，交易对警方来说很划算，因为我猜这辆车的估值大概是负两百美元。约翰和我坐在前排，特德坐在后排。我们在滂沱大雨里前进，初升的太阳正在某处溺水挣扎。

特德带了三把枪，此刻正在往一把手枪的弹夹里填子弹。他说："好了，跟我说说我要面对什么情况，他们的能力、强项、弱点，把你们知道的全告诉我。"

我说："你知道这个世界是由浑球儿主宰的吧？他们的工作要么来自偶然，要么因为他们是其他浑球儿的子女，要么通过暗中的恶劣交易。很好，事实上，你顺着梯子往上爬，越过人类，进入灵魂和半神等领域，会发现往上几级也还是浑球儿。"

约翰说："绝大多数时候你无法感知到它们的存在，就像你无法觉察到你的卷饼肉酱里有细菌，直到三个小时后你快要把内脏呕吐出来。但大卫和我比较特殊。由于我们使用过某种药物，因此我们能看到面纱背后的景象——那些不洁的浑球儿在幕后搞的下流名堂，它们的体液如何喷溅进我们的现实。有些个体能让你的噩梦做噩梦，我们和它们面对面打过交道。第一次时，大卫连眉头都没皱一下，他像这样说道：'你想见识一下真正的怪物吗？狗娘养的，他就站在你面前呢。'"

我说："另外，无论约翰说什么，你都别相信，他喜欢……添油加醋。"

特德意识到约翰的屁话里没有任何有用的战术性信息。"但那些东西是能被杀死的，对吧？"

我说："算是吧。"

约翰说："你有脸书账号，对吧？你的脸书上有没有烦人的前女友之类的好友，最后只能拉黑了之？嗯，杀死那些东西的躯壳和这差不多。你能暂时摆脱它们，但它们不会真的消失。你会不会再次见到它们，取决于它们的执着程度。不过通常来说，试一试总没坏处。”

特德点了点头。没有恐惧，也没有困惑——他是个士兵，正在评估局势，只储存输入的信息，不做价值判断。他说：“就像叛军击落我们的一架无人机。”

我说：“对，这个类比好得多。”

我们拐进一个几乎荒弃的工业园里，很快就看见了砖砌的拱形屋顶，它似乎坐落于一片湖水的正中央——事实上，那是个古老的停车场，此刻被三英寸[1]深的积水淹没了，雨点打得水面像是水在沸腾。在不具名小镇所有诡异的废弃地点里，这儿大概是最诡异、最荒凉的一个。这是一家臭名昭著的制冰工厂，很多当地人认为它是地狱的门户。

这里大概需要解释一下。

你看，直到二十世纪四十年代，电冰箱还是只有富贵的浑球儿才买得起的东西，其他人都在用冰箱——名副其实的木头箱子，靠买来的冰块保持低温。冰块是在工厂里制造的，我们此刻正在驶进一家这样的废弃工厂。这地方在二十世纪六十年代初歇业，状如匡塞特式活动房屋[2]，由砖块垒砌而成；每扇窗户顶上都有一抹黑影，那是火焰在灼烧外墙时留下的痕迹。

哦，对了，地狱门户的由来。工厂在经历了一九六一年的恐怖

1　英制长度单位，1 英寸相当于 2.54 厘米。

2　Quonset hut，用瓦楞铁预制件构成的半圆拱形活动房屋。

大火后关闭，火灾原因一直未能查明。烈焰的温度据说极高，烧熔了室内的砖块。我知道听起来像在胡扯，但按照芒奇说的（他是义务消防员，懂得这方面的知识），假如把温度提高到四千华氏度[1]，砖块里的黏土就会像蜡一样熔化。人们说消防队甚至不敢喷水，他们与火场保持距离，看着工厂像鼓风炉似的咆哮燃烧，热量烤焦了半径一百码[2]之内的所有树木。然而，灭火队赶到后仅仅几分钟，就好像有人关掉了开关，烈焰忽然熄灭了。等火场冷却下来，市政人员往里面看了一眼，点了点头，封死大门，决定再也不提起这个鬼地方。没有人愿意买下工厂或这片土地，大概是因为人们担心所谓的地狱门户会再次开启，保险都不足以赔偿损失（另外，谁想在法庭上讨论地狱本身算不算"天灾"呢）。

当然了，整个故事都很荒谬——就算地狱门户真的开启，那也不会是个烈焰升腾的实际地点。古希伯来语里的地狱是"Gehenna"，这个地方确实存在，位于圣经时代的耶路撒冷郊外，那里是一道供人们倾倒垃圾并将其焚烧的深谷。人们把罪人的尸体扔进那个臭气熏天的垃圾焚烧坑，当作对罪人死后的终极羞辱，《新约》的作者只是捡起这个创意加以发挥而已。按照约翰和我的推测，真正的"地狱"是你必须永远和百亿恶人共处的地方，那里没有法律，没有墙壁，甚至没有肉身区分单独的个体，只能在一锅充满了贪婪和变态的欲望而且没有任何限制的大杂烩里永远煎熬。他们受到的折

1　4000 华氏度约为 2204 摄氏度。

2　英制长度单位，1 码相当于 0.9144 米。

磨是他们永远在吞噬且永远不会满足，而你受到的折磨是你会永远被吞噬。另外，到了二十世纪六十年代，家用电冰箱已经普及，因此制冰本来就是一项糟糕的投资。

吉普车缓缓地驶过停车场里的浅水塘，轮胎带起两道相互重叠的尾浪。我们没有看见其他车辆或听见任何动静。

特德说："绕着外围慢慢地开一圈，看看能看见什么。"

"对了，"我对特德说，"等我们进去时，我要你牢牢记住一点。无论宁芙是什么，我都能判断出他肯定不是什么——他不是一个喜欢抽烟的油滑恋童癖。那天你在你家车道上见到的只是这个东西选择向你表现出的形象，这次看上去也许完全是另一个样子。明白了吗？"

"就像伪装？"

"有一次，"我说，"有个迷人的美女来请我们调查她父母家的闹鬼现象。我们走进那幢屋子后，大门在外面'砰'的一声关上，那女人四散分裂。美女刚才所在的地方只有一大堆蛇了，成块鳞片的颜色很像她身上的衣服。"

特德努力地想象那个画面。"你们和她交谈的时候，没注意到她是一堆毒蛇？"

约翰说："它们有这方面的……呃，技能。"

我说："后来约翰和一个名叫尼基的姑娘约会，我总觉得她是毒蛇变的，但后来发现那只是她的本性。"

"大卫，她对你不是挺好的吗？"

特德说："我的声音，电话里我的声音……你们说那些东西会不会假装是我，骗走了玛吉？我走进去见到的会不会是一个看上去和听起来都和我一样的东西？"

我耸了耸肩。“以往的经验给我们的教训只有一条，那就是不要依赖以往的经验。”

我们绕完一圈，在离正门三十英尺[1]处缓缓停下。约翰把吉普车背对建筑物停好，但没有关掉引擎——做我们这一行，永远要做好必须在三十秒之内狂奔逃向地平线另一头的准备。

“好了，”特德说，他拉了一下手枪的滑套，把枪插在背后的裤腰上，“就当这儿有人伏击吧。”他朝建筑物摆了摆头，“只有两扇门，那是关键位置。我有绳子和挂钩。咱们不如爬上屋顶，速降到窗口，破窗而入，干掉那帮浑球儿。”

我说：“这样的话，我着地时会扭断两个脚踝，半秒钟后会摔断脖子。咱们还是按照传统走前门进去吧，至少我和约翰要走前门。”

特德似乎非常失望，但他没有争辩。我们绕到车尾取武器。特德拿起 M4 突击步枪，又把泵动式霰弹枪挎在肩上当备用武器。约翰拿起的枪有个六英寸宽的圆筒，然后他把接在枪身上的压缩气瓶固定到自己的背上——就是篮球赛场上用来朝人群发射 T 恤衫的那种气炮。我负责举着一个褪色的木头小十字架，据说这是用《耶稣受难记》里现场钉死男主角吉姆·卡维泽的木头雕成的。十字架上粘着一对博士牌小音箱、一组蓄电池和一个塞满了二十世纪八十年代摇滚慢歌的苹果音乐播放器。

我向特德解释我们的设备，特德怀疑地打量着这些武器。

1　英制长度单位，1 英尺相当于 0.3048 米。

我说:“相信我。”

“这玩意儿的火力范围有多大?”

“音乐的?呃,大概只要能听见就在范围内吧。”

“但对它们没有致命杀伤力。所以就是个音波威慑武器吗?”

“对,它们特别讨厌这东西。”

“能让目标失去行动能力多久?”

“我不知——”

“还有十字架。它们必须看见十字架才会起作用,还是十字架只要在它们附近就行?”

“嗯,我认为是后者——”

“好的,火力范围有多大?”

约翰说:“特德,这不是精确的科学。”

特德没有吭声,但他的身体语言说得很清楚了。看来只能靠我自己了。又是这样。

我们蹚着积水——我一直没去买雨靴,因为我知道只要买了,下一秒钟就会雨过天晴——走到大门口,砖砌的拱形门洞被木板封住了一部分,木板看上去还是一九六一年由工程人员匆匆忙忙地钉上去的那些。一个混凝土雪人在门口站岗,它高约六英尺,手臂是生锈的钢筋,上半身被鸟屎糊得严严实实。它的眼睛和嘴巴是三个奇形怪状、饱经风霜的黑窟窿,就好像这东西在惊慌和恐惧中号哭,雨水积在它边缘参差不齐的眼眶里,像流泪似的往下淌。它的胸口刻着“霜雪先生”四个字,仿佛一块特别不正常的墓碑上的墓志铭。制冰工厂的古老吉祥物见证过更美好的时光。

封死门洞的木板被撬开了一条缝,宽度足够一个人钻进去,但看上去在我还没出生时就已经这样了。附近依然找不到近期有人活动的迹象。约翰朝我点了点头，我按了一下苹果音乐播放器，它开始播放“邦·乔维”乐队的《以祈祷为生》。特德打开突击步枪枪管上的手电筒，把光束照进洞口，慢慢地扫过室内空间。他钻进洞口，飞快地转动脑袋，确定没人准备伏击我们。随后约翰进入，我殿后，并打开自己的手电筒。

里面闻起来像是水泡的铁锈和刚熄灭的蜡烛的味道。一排被熏黑的巨大机器矗立在前方，仿佛机器人大战后的残骸。我们看见了槽罐、管道、传动装置，以及十五英尺高、形如车轮的铁制设备，它连接着料斗，用来将棺材那么大的冰块送往底层。所有东西都扭曲变形了，金属零件凝固在流动、滴淌或熔化的状态上，具体是什么状态取决于各自的熔点。我把光束转向头顶上。砖块确实液化了，冷却后化作千万根小尖刺，使得整个巨大的厂房变得像个酷刑室。我想象戴兜帽的拷问官拉下开关，弯曲的天花板“啪”的一声合上。

我们以稳定的速度一点一点地前进，音乐回荡在死寂的空间之中。我的左边亮起一团火光——约翰点了支烟。他对着黑暗说：“好吧，屁王，我们来了。你打算怎么样？”

建筑物的内部没有传来任何回答，我们什么都听不见，除了邦·乔维先生坚持认为我们必须把握手中的一切，能不能成功其实并不重要。我们向前走，特德左右转动枪上的手电筒，照亮机械之间的角落，也许有敌人躺在那儿等我们呢。我们穿过一扇敞开的大门，来到一个比较空旷的房间，这儿以前很可能是装卸区，对面墙上有个卡车大小的门洞，那是此处唯一的出口。从早到晚装卸冰块，你说你的手指会冻得多么麻木啊！

约翰说：“狗娘养的，到我们能看见你的地方来！我八点钟还要出庭呢。不管你有什么想法，咱们都快点儿解决吧。”

我说："对，我马上要去接埃米下班，否则她就只能搭她那个男同事的车了，我总觉得他企图扒了埃米的内裤。说来话长，但重点在于我们没时间和你瞎搞了。"

特德的手机响了。

咦，居然有用。

他示意我关掉音乐，然后开免提接听电话。

小女孩的声音说："你好？"

"宝贝，我们来了！看见我们了吗？我在摇手电筒。"

"夜景摩天轮好吓人！它一转，我就开始尖叫，所有人的脸都不见了。我们要去看飞翔的山羊。他们让我舔了幸运蜥蜴。我们吃的热狗会在面包里扭来扭去。"

"玛吉！听我说！我要你喊一声给我听，随便喊什么都行，一定要大声喊，好让我听见你的声音。"

她挂了电话。特德怒骂，回拨电话，铃声响了一次又一次……

约翰举起一只手，说："嘘——"

我们都听见了。

微弱的铃声，我听出音乐是一部迪士尼新片的主题曲。电影讲的是一个公主学习如何独立之类的故事。

铃声就从我们的脚下传来。

三道手电筒的光束转向下方，照亮我们面前的地板。几块木地板被扯开，露出了一个洞口。洞口底下是一片松软的土地，就像不久前刚挖的浅坟。

特德跪在地上，开始用双手刨土。他像狗一样把泥土甩到背后，哭喊着女儿的名字。

但她怎么可能从地下打来电话——

挖了大约一英尺后，他发现了手机。

手机还开着，上面沾满了泥巴。特德把手机扔到一旁，继续往下挖。

泥土里、阴影中有什么东西在动。烂泥泛起涟漪，他的双手周围有东西在蠕动……

泥土里的东西消失了，害怕光明似的钻向了地下。也许其实什么都没有。

特德又挖了一会儿，但底下并没有一个小女孩，无论死活，都没有。他往后坐下，胸膛剧烈地起伏。他抓起沾着泥巴的手机，仔细地打量——上面只有锁屏画面。

他大喊："喂！她在哪儿？宁芙！狗娘养的，你在不在？"

我摇了摇头。"她不在，宁芙也不在。咱们这是白费力气——"

我转身想走开，却一头撞上了一个非人类的怪影，它直挺挺地站在我的背后。我惊叫一声，跌跌撞撞地后退。

特德一跃而起，取下挎在背后的霰弹枪，吼叫着命令我卧倒。他开了一枪，上膛，又开了一枪，但约翰大喊着叫他住手。

"喂！喂！冷静，只是雪人而已！"

我抬起头。没错，怪影正是那个傻乎乎的雪人吉祥物，它的胸口变得伤痕累累，霰弹打掉了几块水泥，然后被弹飞。特德还打断了它的一条钢筋手臂。由于惊恐和紧张，我们忘记了吉祥物"霜雪先生"一直在工厂里，就在储藏室的正中央，它在这儿多半已经呆站了八十年，否则它还能在哪儿呢？我现在清清楚楚地想起来了，三十秒钟之前我们进入房间时走到了它的身旁。

我觉得自己很可笑，爬起来拍掉身上的灰土。我发现自己一屁股压碎了苹果音乐播放器，忍不住骂了一声。约翰眨着眼睛打量雪人，像是被它迷住了，然后过去帮助特德。特德转动光束，照亮每一个角落，决心要在承认失败前查看这里的每一寸土地。

我们花了一个小时把工厂内外翻了个底朝天，没找到宁芙和玛吉的任何踪迹。回去的路上我们默不作声，听着雨刷仿佛在挡风玻璃外叽叽歪歪地抱怨。

特德说："现在该怎么办？"

我说："我们有两条线索可以查下去。宁芙是谁，玛吉在哪儿，我猜只要解开其中一个，也就知道另一个的答案了……"

约翰对我说："你去图书馆，看能不能找到欢乐园的资料；我去查宁芙，看能不能在城里找到和他打过交道的人。要是查到他的下落，我宰了他之后就打电话给你。"

特德说："不。你找到他就打电话给我，也别叫警察，我想亲自问问他。我正在招募志愿者帮忙寻人，尽量多找一些帮手。我联系了一个战友，今天下午他就能赶到。"

"另外，约翰，我显然不需要去图书馆。我可以用手机上网搜索，找个有免费无线网和松饼的地方就行。说到这个……"我拿着从制冰工厂地下挖出来的手机，翻来覆去地端详。我打开手机，却依然被锁屏挡住了，"有人会给手机解锁吗？"

"埃米也许会。"

"哦，对，我问问她。等一等，所以只要她愿意，随时都能看我的手机，对吧？"

"想知道答案的话只有一个办法。你存一堆裸男照片，看她的情绪会不会发生变化。"

我们在诺尔家门前停车。特德说："假如你们说的冒充者之类的东西确实存在，那么咱们应该有一套辨识系统，防止那东西企图假扮成我们中的一个。”

我吃了一惊，说：“哥们，这真是个好主意！你可以靠这个谋生了。”

“你们干这一行能挣很多钱吗？暗号是‘丛林主宰’。别忘记了，咱们每次见面都要先问暗号。明白了吗？”

约翰说：“明白了。咱们还有四十个小时，否则事情就要从救人变成复仇了，因此不能浪费一点儿时间。我先去法庭处理公开裸露的案子，之后立刻去调查。”

4

怪物的照片与哀恸的寡妇

我坐进我的土星轿车，感到水从裤子里压了出来。我隔着雨水涟涟的挡风玻璃，目送特德艰难地走向家门，知道空屋即将用充满苛责的沉寂伏击他。尽管说不清楚为什么，但我总觉得这个案子不会善终，也许是因为我们的案子一向如此吧。

我启动车子离开，考虑要不要直接去华夫饼屋，因为当面前摆着一大块便宜的、令人安慰的食物时，我的工作效率往往比较高。但我没有去华夫饼屋，而是去了商业区的二手书店。他们的地下室收藏了一批古怪的、绝版的和“被禁”的书籍。我未必能找到与本案有关的资料，但埃米的生日就在下周末——六个月前我们去书店时，我注意到她如饥似渴地死盯着一本签名版道格拉斯·亚当斯的《银河系搭车客指南》。你看，我在工作之外还有个人生活，挺好吧？

我掏出手机，一边拐上布朗街，一边拨出电话。驾驶座一侧的挡风玻璃雨刷的橡胶刮片上有个裂口，会在我的视野中央留下一道弧线形的雨水——这东西偏偏坏在我最讨厌的地方上。

埃米接起电话，说：“嘿！你起得很早嘛。”

“约翰打电话给我说有个儿童失踪的案子，他觉得也许挺严重。

你能搭到车回家吗？”

“儿童失踪？跟我详细说说。”

“我已经说完了，只知道这么多。她突然消失了，就好像从一个窟窿掉出了现实世界。然后我们追查到一条线索，但是扑了个空。现在我们不确定到底能做什么，也不确定能不能收到钱。”

“有儿童失踪了，你却在跟我说能不能收到钱。真想把手伸进电话里扇你一耳光，但这么做并不容易。你找到玛芬蛋糕了吗？”

“已经吃掉了。你还没说你能不能搭到车回家呢。”

“肖恩会送我的。对了，我一直在想昨天我们吵的那一架，睡一觉醒来后，我认为你错得比我当时认为的还要离谱。”

“看起来你需要再睡几觉。”

我们争论的是尼奥该不该让所有人待在矩阵里，因为他们在矩阵里的生活品质明显比在矩阵外好得多。我说不应该，她说应该。补充说明：埃米至少看过三十遍《黑客帝国》。圣诞节时，我送给她一套蓝光碟，她明显很不高兴，因为她发现制作者做了古怪的色彩修正，搞得整部电影带着某种诡异的绿色。于是，她下载了编辑软件，用笔记本电脑一帧一帧地重新改了回去。

“对了，”我说，“我只是想告诉你一声，我完全忘记了你下个星期过生日，因为我是男人，根本不在乎你的感受。”

“哦，好的，谢谢你提前告诉我。”

我在书店门口停车，店里很昏暗。我意识到书店还要再过二十分钟才开门——我平时绝对不会这么早起。我拿起我们在制冰工厂找到的手机并打开，锁屏要求输入一个四位数的密码。

“哎，你知道怎么黑进手机吗？有办法可以绕过锁屏吗？你有没有上过这种课程？”

“谁的手机？你知道机主的社保号码吗？密码往往就是最后四位数字。”

“我们找失踪女孩时发现的。要是……呃，那家伙有社保号码的话，我反而会吃惊。”

“等一等，手机是属于某个人，还是你们又遇上了什么诡异怪物的案子？”

“不确定。这是苹果手机，不知道有没有帮助。一个亵渎神圣的夜间掠食者会在手机上设置什么密码呢？”

“教这个课的那天我请病假了。”

我漫不经心地输入了我手机的解锁密码：6669。

解开了。

我为什么会知道这个密码有用？

我说：“咦，我好像黑进去了。”

主屏幕看上去很普通。我不确定自己想看见什么。我点击浏览本机照片和视频的图库图标，鼓起勇气迎接最可怕的画面。

第一张照片是一盘早餐，似乎是火腿蛋华夫饼。

我滑到下一张。

我倒吸了一口气，连埃米都听见了。

“怎么了？你看见什么了？”

第二张照片是个金发小女孩，被绑着，正在流血，嘴巴被胶带封住了。要让我随便猜一下的话，我会说这就是玛格丽特·诺尔。

我说：“我不确定。”

我滑到下一张照片。一只橘猫在舔镜头。我继续滑。

又是那个小女孩。

她的四肢被缠住，血肉模糊。

她被绑着，塞住了嘴，然后……被压烂了，就好像一个巨人把她塞在屁股口袋里，坐下时忘了个一干二净。

我闭上眼睛。

我心想……她才八岁。她知道吗？她意识到自己出生在一个什么样的宇宙里了吗？她有过哪怕一个最隐约的念头，明白她的人生有可能就这么结束了吗？她不会长大成为迪士尼的公主，也不会在华丽的婚礼上嫁给一个英俊的男人，更不会生下自己的孩子。她想到过自己会沦为怪物的惊恐玩物，孤零零地死在黑暗之中吗？到最后，她是不是还抱着父亲会来救她的希望，或者希望她的哭声能软化杀人狂的心肠？

或者在她临终的那个时刻，她有没有看清楚，哪怕仅仅一眼，知道宇宙对她到底有多么不屑一顾？她有没有意识到她心目中所谓的普通生活其实就像走钢丝，而底下是充满痛苦、深不可测的汪洋大海？

希望她不知道。

我说："埃米，糟了。"

埃米说："怎么了？"

"我觉得我们拿到了受害者的照片。情况很不好。"

"到底怎么了？"

"很不好，你不会想知道的。就这么说吧，已经来不及了。"

"哦，天哪。"

我滑动照片。下一张是约翰，他举着T恤气炮走进一道门，那儿似乎是一座教堂。我皱起眉头。他应该还在法庭上吧？

记住，你看见的是宁芙要你看见的东西。这同样是他的把戏的一部分。

我继续滑动。

还是约翰。

他死了。

睁着眼睛。半干的呕吐物像瀑布似的挂在黑色仿皮沙发上。沙发前的咖啡桌上摆着嗑药的用具。

“大卫？”

我心想：不。

这不是否认，而是逻辑问题。就算约翰错过了开庭时间，他也没时间赶回家，换衣服（照片里他穿的不是一身正装），取出存货，嗑药至死。这全都是在骗我，依旧是他的把戏。

“对，我……这些照片是伪造的。手机里有我们的照片，但都……呃，不是真的。”

“天哪，太可怕了。”

“对，但也是好事，说明女孩有可能还活着。他是在戏弄我们。”

我滑动照片。

这张是约翰和埃米。埃米在哭，约翰在安慰她。他们在我的公寓里。

别理会。这毫无意义。

我继续滑动。

埃米在地上爬着尖叫，一团白生生的模糊影子从背后扑向她。

说真的，为什么我非要看这些东西？

她问：“里面有我的照片吗？”

“没有。我得走了，咱们回头见。”

“直接回家！别把我排斥在外！”

“你需要睡觉，你工作了一整夜。”

"有个女孩失踪了！大卫！"

"我爱你。"

我挂断电话，滑到下一张照片——其实是个视频文件。

我鼓起勇气，点击播放。

镜头是从我所在这辆车的乘客座方向拍摄的，时间就是此时此刻。拍摄者在看我和手机，进行实时转播。

我扭头望去——

身边有个人。

身边没有人。

我转回去看手机，发现我拿着的是一个脏兮兮的粉红色塑料玩具，它只是形状类似手机，正面贴着一张褪色开胶的贴纸，上面似乎是个迪士尼公主。玩具的底部有个塑料按钮，我按下去，它开始播放电影主题曲。它只有这一个功能。

我闭上眼睛，呻吟了一声。今天会是个漫长且该死的日子。

关于后续内容的说明：我不在场时发生的各种事件——尤其是来自约翰的叙述——不该被认为是完全甚至部分真实的。将这些内容收入本书，仅仅是为了填补时间线上的缺口，然而回过头来看，我现在认为它们反而让读者更加困惑了。为此我深表遗憾。

约翰

从制冰工厂回来以后，约翰站在诺尔家的车道上，面对大卫和特德。约翰的衬衫湿透了。他脱掉衬衫，舒展身体，雨点打在他肌肉发达的胸脯上。

“好了，”大卫低吼道，粗糙的大手摸着他长满胡茬的下巴，“不到四十个小时了，我们只有这点儿时间来解决案子。我去查档案，看看能不能找到欢乐园的资料；你去看看能不能查到宁芙这个杂种的踪迹。不过，约翰，要是找到他，记住，我们需要他的活口。”

约翰点了支烟。“这个我没法保证。”

大卫跑向土星轿车，滑过引擎盖，跳进驾驶座，然后发动引擎，“吱吱嘎嘎”地加速开出院子。约翰爬上吉普车，释放引擎盖下的猛兽，雨点捶打着挡风玻璃，他劈开清晨的朦胧光线，驶向了法院。

今天上午，运气总算也稍微眷顾了一下他们——审理约翰公然猥亵指控的法官是罗伊·休伯尔。约翰和大卫在六个月前处理掉了他豪宅里的一个魔物，它以法官亡妻血淋淋的骨头组成的巨型蜘蛛现身。这意味着他欠我们一个人情。没错，法官命令检察官庭外和解，判约翰缓刑并保证（用法官的话说）：“关好他的‘巨蟒’。周围有孩子，别让他们怀着错误的期待长大。”

离开法院的路上，约翰遇到了赫尔姆·鲍曼，就是今天凌晨放弃了玛格丽特·诺尔绑架案的那位警探。擦肩而过的时候，约翰抓住鲍曼的胳膊肘，说：“哎，我们还在办诺尔的案子，要不是我非得来处理这儿的烂事，我们多半已经找到小姑娘了。但我知道，要是我不来，他们就会签发我的逮捕令，而且我知道局里的弟兄们特别讨厌淋雨。不过说真的，我需要你帮忙。”

鲍曼甩开约翰的手。“你想找同情（sympathy）？打开字典查一下，就在狗屎（shit）和梅毒（syphilis）之间。”

“特德不让我和孩子的母亲洛雷塔谈，但我还是要去找她。她住在小镇上吗？关于她，你知道些什么？”

“对，就是塔可表旁边的那幢黄色房子。”他没拼错，那家餐厅就叫这个名字，“但你没必要去浪费时间，还不如回家去嗑你喜欢的天晓得的什么药呢。”

“我会去嗑的，”约翰转身走向大门，“但我首先要完成工作。”

约翰在隆隆的雷声中像闪电似的驶出法院停车场。他飞驰经过歇业的免下车酒铺，经过柯里的轮胎与车身店（轮胎制成的恐怖吉祥物守在大门口），经过塔可表——这里原先是一家塔可钟[1]，公司下令关闭，但固执的店主坚持开业。他换掉店门标牌（从停车场标牌上锯下一个“L”，改成“I”后用胶带粘上去），更改了菜单，饭菜由他妻子烹制——与塔可钟略有相似之处，他们在酒水单上加入了全套烈酒。店堂内允许吸烟，晚上九点后所有电视都切换到 Cinemax 情色电影频道。人们众口一词：这家店不是上了一个小台阶，而是成了全市最好的餐馆。

洛雷塔家就在餐馆隔壁，那是一幢破败的二十世纪七十年代牧场式房屋，肮脏的黄色护墙板大概从卡特时代[2]就没换过。外面没

1 塔可钟（Taco Bell），美国百胜餐饮集团旗下的公司，目前是全球最大的墨西哥式食品的连锁餐饮品牌之一。

2 美国前总统吉米·卡特的任期为 1977 年至 1981 年。

有任何特别的装饰，很可能是租给她的。约翰敲了敲门，一个疲惫但优雅的女人开门，她看上去三十多岁，有灰褐色的长发和哀伤的眼神，身上裹着浴袍。她一言不发。

约翰说："女士，我不会请求进屋，因为仅仅惊动你来开门就已经太打扰了。我正在以顾问的身份和你的丈夫一起调查玛吉的失踪案。我有几个问题想问，不过假如你不想回答，我会立刻离开，你只要说一声就行。我不是警察，但我敢向你保证，警察帮不了你。另外还有一点，要是我们找不到你的女儿和带走她的那个男人，我认为警察会将你和特德视为嫌犯。我不希望这种事发生。"

"特德说玛吉忽然……消失了，就好像变成一股烟飘走了。他说的是实话吗？不会是他……对她做了什么吧？"

"不会的。我们有理由相信这是……呃，另外一种案子。我知道今天上午你遭受了难以想象的折磨，但我向你保证，我来是为了帮助你。假如你担心我有武器，我可以让你看个清楚。"

约翰脱掉衬衫，展示腰间没有武器。他赤裸的身躯在雨中闪闪发亮。

"好吧，我给你几分钟，一会儿我必须准备上班了。进来吧。"

洛雷塔递给约翰一条毛巾，然后去厨房煮咖啡。她家里同样空荡荡的——两人分居后，她迅速租下这幢屋子，也许是希望分居不会持续太久。

她端着咖啡回来。约翰说："特德说他得到过会发生这种事的警告。一个名叫宁芙的怪人一个星期前来到他家，曾向他发出怪异的威胁。他有没有告诉过你？"

"没有，我们不说话已经——"

"你有没有遇到过类似的事情？"

“没有，早些时候特德也打电话来问过。他有没有提到画的事情？”

“提到什么？”

“他很可能根本没听我说。来……”

洛雷塔拖着步子走进卧室，约翰跟了上去。她递给约翰一沓卷边的彩色美术纸，上面用马克笔绘制了棍子小人、花朵、房屋、山峰，填充的颜色不羁地越过线条。无论你是谁，来自哪儿，看着儿童充满能量的粗糙创作，都会同意他们是非常糟糕的艺术家。

洛雷塔说：“全都是玛吉上星期画的。我们在家自己教学，我给她做实践教育，让她绘制未来的样子。她画的不是宇宙船和飞行车，而是这个。”

第一幅画似乎是一座尖屋顶的建筑物，正墙上有个十字架，所以应该是教堂。接下来的一幅画是一群木棍小人，背景依然是教堂。第三幅画是一家人，最小的那个脑袋周围涂着一团黄线。教堂再次出现在背景里的一座山上，她甚至在教堂上方的天空中画了个小天使，潦草的笔法使得天使看上去有八条肢体。

约翰说：“教堂？你要我看的就是这个？”

“教堂，还有无头的男人。”

约翰又去看那幅一家人的简笔画。妈妈、爸爸，以及有头发的玛吉……她旁边还有一个小人，但应该长着脑袋的地方没画圆圈。

“人群的那幅画里也能找到他，每一幅画里都有他。”

“她有没有解释过？比方说是她做梦或者什么时候见到的？”

“在她画了第一幅，也就是我们全家去教堂的那幅之后，我问过她。我问：‘这个没头的人是谁？’她说：‘那不是人，是画。’”洛雷塔哈哈一笑，“玛吉就是这样。每次画画她都会把他画进去，我以为她是在开玩笑，因为我把他挑了出来。但现在……整个早晨我都在回想她说过的每一句话、做过的每一件事，仔细琢磨，希望能找到线索。就像电影里，你明白的，永远存在着什么线索，但是在现实生活中，一切都说不通。”

约翰说：“我要问你一个你也许会觉得很奇怪的问题。你有没有遇到过这样的情形——玛吉表现得像是和你或她父亲说过某些话，或者用其他方式与你们交流过，但你对此没有任何记忆。就好像她捏造了一段对话的记忆，误以为别人是你或者特德，随便谁都行。”

洛雷塔的脸上顿时失去了血色。

我

我在书店地下室的货架之间转悠，扑面而来的旧书气味对未来的年轻人来说也许毫无意义，但埃米迷恋这股气味，那是古老的纸张、墨水和时光，是早已死去的人们触碰过的书页的味道。我觉得她只是喜欢置身于往昔知识之中的感觉，觉得过去拥有神圣的意义，而不是代表一群用马桶拉屎、比我们更愚蠢和迷信的白痴的所作所为。对我来说，这儿有一股陈旧的汗味和尘土的气味，不过既然埃米喜欢，那就足够重要了——买书这件事本身就毫无意义，因为她能通过一个从不离手的设备访问人类书写过的所有书籍。

这提醒了我——我掏出手机，快速地搜索“欢乐园”。

胸部。手机屏幕充满了胸部。

“朴喜”（Joy Park）事实上是个非常有名、胸部非常大的韩裔色情明星。翻过几页（然后几页，又几页），朴喜的胸部照片没有了，然后我看到几个链接，它们不是指向俄亥俄州阿克伦市的一个地方（一个普普通通的公园，有篮球场和其他设施），就是指向另外几个也叫作朴喜，但不是色情演员的姑娘。没有关于任何怪事的页面，也没有新闻报道提到失踪儿童、邪教仪式和稍微有点儿意思的话题。我试着搜索姓“宁芙”的人，发现根本不存在这个姓氏，我似乎不该为此感到吃惊。

处处碰壁后，我没了主意。也许约翰的点子能有所收获。也许他不会毁掉半座小镇。我觉得很冷，浑身酸痛，想回床上躺着。湿衣服贴在我身体的每一个部位上。我叹了口气，走向签名版图书的书架，其中一些书带有树脂玻璃封套，另一些则裸露在外，这取决于作者是不是还活着。我看见签名版迪恩·孔茨的《无所畏惧》卖一百美元，心开始往下沉。它旁边是签名版尼尔·盖曼的《睡魔》，一百二十五美元。

我盯着价格标签，心想：*你他妈为什么不去自杀？*

事实上，我经常有这个念头。唉，知道吗？年薪低于三万四千美元的人的自杀率比其他人要高五成。我查过。而失业率这个数字更是飙升到百分之七十二。我听电台聊天节目中的一个男人没完没了地说吃食物券的人靠政府优待过上了好日子，我脑子里只有一个念头：*对哦，我们玩得特别开心，有时候甚至宁可一枪崩了自己，也不愿继续被政府的社工羞辱。*

不久之前，约翰和我在高中十周年重聚的那天喝醉了。不，我们其实没去参加重聚派对，只是意识到我们毕业已经十周年了，但人生毫无进展，于是开始借酒浇愁。“你知道这感觉像什么吗？”约翰说，“被提。启示录里说的，所有义人的灵魂都被吸进天堂。”

他的意思是，几年前大家毕业的时候都一样贫穷。有人去上大学，有人去做薪水微薄的服务性工作，找不到工作的人继续住在家里——我们都是二十来岁的小伙子，做同样的事情取乐，去相同的派对寻欢。我们一无所有，年轻且消瘦（好吧，除了我），没人对我们怀有希望。但后来，聪明的、有上进心的、爸妈有钱的那些人一个接一个地爬上去了，他们拿到学位，进入职场，生儿育女。大多数人都搬走了，没搬走的那些人也不再浪费人生，最后只剩下我们这种社会弃儿。我们被大部队抛下，缺乏信念，前途暗淡，一文不名，毫无希望。自从约翰说出那番话，我就再也无法不这么思考了：我们是西方世界唯一正教的异端，已经受到放逐。

我的简历狗屁不如——事实证明，一个人活到二十几岁，一边管理一家现已歇业的音像店，一边解决怪物罪案，绝对不可能赋予你做其他事情的资格。社会根本不需要我。我就像你装配好宜家写字台后多出来的那颗螺丝钉，也许你会把它扔进抽屉，心想日子久了说不定会知道这玩意儿是干什么用的，然后过上几年，你在收拾屋子的时候看见它，只会随手把它扔掉。

此刻，我站在这儿为埃米挑选生日礼物。目前我们当中有稳定收入的只有她一个人。用我和她的联名账户买礼物就等于从她的钱包里拿钱，买她或许想要或许不想要的东西送给她。在这种情况下，我该怎么设置价格上限呢？花费得太多不是慷慨，而是逼着她下个月加班，填补赤字。“唉，宝贝，为了给你过生日，我又偷了你人生中一个一去不返的秋日周末！”对了，由于呼叫中心只肯买便宜的医保，她必须自掏腰包购买部分处方药。她有腰背疼痛的问题，隔天才吃一次药，这样三十天的处方就能拖到六十天用完。因此，我还有这个十字架要扛：我无法学会任何有用的技能，埃米就要忍受痛苦的折磨。

你他妈为什么不去自杀？

我是说，我确实有个罕见的技能——撒尿能尿出火鸡羽毛的形状，但罕见不等于能挣钱。当然了，把自己当成怪物去展览倒是有钱拿，我们也确实接到过这种邀请，然而收钱做我们擅长的事情（从人们认为的邪灵或其他东西手中拯救他们的家）自然而然地带我们进入了一个非常可疑的行当，而且大多数生意都被骗子抢走了。说到底，他们知道该怎么说客户想听的话，而我……呃，不怎么会做这种事。

我在书架上翻看，各种书籍摆放得杂乱无章。套着有机玻璃盒子的签名版《银河系搭车客指南》依然摆在原处。

售价是二百七十五美元。

埃米过生日时不可能收到这本书了。

但她不会有什么怨言，她明白我们的处境，一有机会就对我说别担心。“有屋顶给我们挡风遮雨，”她说，“我们有吃有喝，有电有水，还有彼此。”按照她的说法，就中世纪的标准而言，我们可以算是富贵人家了。不要被东西海岸的市场营销浑球儿幻想出来的理想生活打倒，他们开的宝马车隔着六个街区也会引起毒品嗅探犬的警觉。“没关系的，”她说，“你的工作至关重要，另外请记住，我爱你。”

你他妈为什么不去自杀？

约翰

洛雷塔说："大约两个星期前，玛吉拿着苍蝇拍在家里跑来跑去，一跑就是几个小时。我以为那是她发明的游戏——追踪苍蝇，然后打死它们。几天后，她拿着一个装满死苍蝇的鞋盒来问我：'我必须全吃掉吗？'我问她在胡说什么，她说是我让她这么做的。我以为那是她做梦梦见的。我命令她扔掉死苍蝇，但是她无法理解。她是不是……有什么不对劲？会是这样吗？会不会是她脑子糊涂了，自己走丢了？"

"我不这么认为，但我不想排除任何可能性。"约翰喝了一口咖啡，这个女人煮的咖啡好喝得出奇，然后他打量那几幅画，"她经常画的这座教堂是你们去的教堂吗？教堂对于你们家来说很重要吗？"

"她以前从来没画过这座教堂。特德带我们去的是机车手教堂，他们在旧汽车旅馆里举行仪式，看上去一点儿也不像传统的教堂。但她画里的教堂永远有尖屋顶，十字架也总是在同一个位置。"

"据你所知，小镇上有这样的教堂吗？在池塘附近？还有闹鬼的煤矿？"

"没有。"

"也许她是和朋友一起去的。"

"有可能。你认为它有什么含义吗？"

"也许没有，也许这正是关键。不过，无论如何我都会查清楚。"约翰站起身，"我就不继续打扰了，你帮了我很大的忙，我知道这对你来说有多么痛苦。"

她起身，直视他的眼睛。

“确实很痛苦。我过得非常孤独，特德从战场上回来后，突然说要和我断绝关系，现在玛吉又失踪了……你知道那是什么感觉吗？就像你的生活中出现了一个大洞，然后你的生活变得只剩下了这个大洞。”

“我觉得我们偶尔都会有这种感觉。假如一个人的运气比较好，觉得生活就是——如你所说——一整个屁眼的时候，他还能依靠身边的人熬过去。”

“有时候我想要的就只有这个——一个能够依靠的人，哪怕仅仅是一瞬间。”

她脱掉浴袍，浴袍底下的她赤身裸体。

约翰上下打量她。“女士，我正在办案，时间非常紧迫。你女儿的生命有可能危在旦夕。”

她向前迈了一步，手指顺着约翰的胸膛往下摸。“我保证不会太久的。”

“但我敢保证我会很久。”

约翰任凭她脱掉自己的裤子。“话说在前头，这么做无法治愈你的孤独，也无法填补你丈夫离开时留下的空缺。我顶多给你一些他绝对不可能给你的东西，借此削弱你对他的记忆。”

“这样就可以了，”她向后躺在床上，“但这个要求或许太高了。你要明白，我丈夫他相当——噢，我的上帝啊！”

“诺尔夫人，你要我停下来吗？”

“你停下我就宰了你。”

约翰当然没有停下，直到她高潮的浪叫声充满了简朴住宅的孤独回廊。

我

“约翰，”我对着电话说，“我想听真实的经过，而不是你做的白日梦。光是事实就好，乱加性爱桥段没有任何意义。所以，求你了，倒回去，只说真正发生过的事情。画里的教堂，这个是真的，对吧？”

“对，一座传统的乡村风格小教堂，就是风景明信片上的那种。白色外墙，尖屋顶，也许有几块花玻璃。”

“就像矿眼的那座教堂？”矿眼是一小片树木茂盛的区域，有个池塘围绕着往日的煤矿。

“对。”

“好的，咱们去那儿碰头。让人毛骨悚然的儿童画，虽说有点儿老套，但毕竟是我们唯一的线索。”

约翰说：“还有一点，但我不知道该怎么看。特德的车，那辆复原的旧羚羊汽车被偷了。我打电话给你之前刚知道的，他从制冰工厂回家时，发现车库里的车不见了。”

“嗯，也许整个案子就是以他那辆车为目标的一个大阴谋。哦，对了，我黑进了我们在制冰工厂找到的那部手机。”

约翰困惑地犹豫了两秒钟。“什么手机？粉红色的玩具手机吗？”

“我不知……我是说，在你眼里它一直是这样的吗？”

“对，上面有个迪士尼公主之类的贴纸。你问该怎么黑进去的时候，我以为你是在开玩笑。所以你找到开机的办法了？”

“对，算是吧。”

“然后呢？”

“里面有几张照片和一个视频，都是伪造的。照片里的小女孩血淋淋的，但我不认为这等于她真的受到了伤害。”

“你怎么知道是伪造的？”

“里面还有咱们的照片，照片里的咱们也死了。”

“哦。”

“对了，约翰，我有个问题。这个活儿谁负责付钱？”

“什么？”

“埃米在呼叫中心做不满工时，而我没有任何工作，那谁来付钱呢？”

“这个一直没讨论过。我看特德也没什么钱。”

“是警察叫我们来的，他们的预算里难道没有顾问费吗？”

“那好像要咱们有执照或专家证明之类的才行，咱们讨论过这个了。你找到关于欢乐园的资料了吗？”

“找到一个叫朴喜的色情明星，除此之外就没了。”

“哦，我也看见了。”约翰说，“你说她的胸部是真货吗？”

我看了看笔记。“我搜索过，要是她做过隆胸，那肯定是很久之前做的。她现在好像二十七岁，最早的照片来自五六年前，那时候她的胸部就很大了。她躺下的时候胸部似乎很自然。”

“你见过她从游泳池出来的那组照片吗？我的天。”

我们似乎跑题了。这时，我忽然想起电话刚接通时就该做的一件事。“对了，暗号是什么？”

“暗什么？”

“就是特德设置的口令，确保你是你，我是我。”

约翰说：“对哦。暗号是……等一等，为什么必须我说？假如你是冒充者，也许打电话就是为了骗我说出暗号。”

“请问我怎么知道我们要对暗号？”

约翰思考了片刻。“暗号是‘丛林主宰’。”

“对。”

“我记得是因为这就是我的高中外号。”

“不过，假如你——”

“因为我的毛密集得就像丛林。”

“不过，假如你是冒充者，估计我几秒钟内就能发现。你觉得‘它们’能模仿从你嘴里说出来的那些蠢话吗？”

约翰沉默片刻，然后说：“这个……确实是个好问题。”

“什么？”

“假如它企图冒充你或我，它会知道怎么说咱们刚才说的那些话吗？比如胸部之类的话题。”

“我希望我们也不知道该怎么说。”

“我是认真的。”

“不，我是说……我不认为它知道。它怎么可能知道呢？”

5

埃米与恶魔共进早餐

埃米

埃米·沙利文隔壁小隔间的同事肖恩开着崭新的野马跑车送她回家。她在乘客座上吃单人装的麦片，先倒一口在嘴里，然后喝一口活力香橙饮料冲下去（公司休息室的自动贩卖机供应的东西完全符合她的饮食偏好）。

肖恩问："你确定不想吃点儿别的吗？你刚吞下去的全是碳水化合物。"

"我很好。"

"看你的饮食组合，真不知道你是怎么保持体形的。换了我，估计都坐不进驾驶座了。"

"我家壁橱里有一幅我的画，每次我吃东西时它就会长胖。"

"你有什么？"

她猜肖恩其实只是担心她会把食物洒在车里，尽管每次她问能不能吃东西时他都说请便。埃米努力地用单手拿稳食物，她知道这样看上去确实不怎么安全。她曾短暂地尝试过仿生假手，取代她多年前在车祸中失去的左手。她和大卫一起在医生提供的目录里选中了那只假手——金属质地，仿佛终结者的型号，两人都觉得很好笑；看上去像是她的仿造人皮被撕掉了一块，露出一直隐藏在底下的机器人真容。埃米认为这其实说得通：要是有人想制造能混入人群的仿生人，更符合逻辑的选择是伪装成一个体重不到一百磅[1]、长着雀斑、戴眼镜的小妞，而不是一个肌肉发达的奥地利人。

但只过了一个月左右，她就不再每天早晨起来戴上假手了。她告诉其他人的原因是使用不便，虽然它看上去像是来自未来的机械手，但其实是通过连接在肩膀上的线缆操纵的，她必须通过耸肩来张开和握住手掌。一方面，它不像《星球大战》里卢克的假手，里面没有什么微型马达，那是给超豪华级的医疗保险持有者使用的；另一方面，它也缺乏握力，她发现自己还是必须用右手做所有事情。习惯已经成自然，她缺少一只手的时间和拥有两只手的时间到现在已经差不多了。

而且真正的问题是，戴上机械手之后，她就好像突然在脖子上挂了个“来勾搭我吧”的牌子，所使用的语言只有最恶心的家伙才能看懂。那些人喜欢机械手，每个人都信誓旦旦地这么说，就好像他们是破天荒第一个。她不知道这是一种恋物癖，还是他们认为她就像个受损的展览品，可以打折搞到手了；她只知道每次她走进全镇仅剩下的一家电子游戏店，四个男店员都会跟着她一个货架挨一个货架地走，发疯般地企图和她搭话：“哎，你有刀塔账号吗？”

1　英制质量单位，1 磅约为 0.45 千克。

那次大会是放弃机械手的“最后一根稻草”。

几个以前上大学时认识的朋友邀请她去印第安纳波利斯参加游戏展会，还保证承担路费（大卫绝对不会走进游戏展会的五英里范围内，哪怕他血流不止，必须经过会场才能去急诊室）。所有人都必须穿角色的服装，而埃米只需要一顶粉红色的便宜假发，花一个下午改进白色裙子和上衣，就可以扮成《太空频道 5》的乌拉拉了——她特地选了这套衣服，因为角色戴着盖住肘部的长手套。但她不小心把手套忘在了家里，所有人都以为机械手是角色服装的一部分，因为很多人并不熟悉这个游戏，她的打扮仅仅被认为是一般性的太空女郎。埃米猜他们认为她对角色过于狂热，为了装扮到位，不惜砍掉一只手。

总而言之，她在展会上的照片被发到网上，照片形成了病毒式的传播，因为埃米在某些圈子里算是小有名气。变态狂发来的消息顿时像雪片似的淹没了她，其中有三个人甚至挖出了她的电话号码。有一半的留言是求她露出整个腹部，拍更暴露的角色照片；另一半是说她太难看，不配在公开场合打扮成这样。虽然她没遇到过真正的危险，但是留言的数量吓坏了她，甚至唤起了一些可怕的记忆。从此以后，每次她戴着金属假手出门，就会觉得所有人都在盯着她——她甚至有过一次恐慌发作。

因此她收起了假手，但一直没告诉大卫真正的理由。

野马跑车经过一片淹水的玉米地，埃米心想：如果大雨再下一个星期或者一天，公路大概也要被淹了。不知道那算不算一个旷工的好理由，还是说公司会开除家里没有独木舟的所有人。按照这个雨势来看，用不了多久，办公室也会被淹——她想象所有人坐在办公桌前，洪水淹到了喉咙，接听电话时鱼儿在显示屏前游来游去。

她问："碰到这种时候，兔子该怎么办？"

"什么兔子？"

"兔子不是打洞生活的吗？还有鼹鼠、田鼠和其他动物。发洪水的时候，它们会不会被淹死？"

肖恩的脑子转得飞快。"兔子跑得快，洪水跑不过它们。"

"但万一它们有孩子呢？它们该怎么带走孩子呢？"

"兔宝宝会游泳。它们不像人类，必须上课学习才会游泳，它们从娘胎里出来就会。所以它们不会有事的。"

她心想：要是继续问下去，不知道他的瞎话能编到什么程度。她在前天夜里问过大卫这个问题，他的回答是这样的："几个星期前就开始下雨了，那些懒鬼有充足的时间可以搬到高处去。它们在等什么，应急管理局吗？"

埃米的大多数同事是好人，要是你愿意深究，就会意识到这大概是判断你生活品质的重要因素之一。她上了五个学期的编程课，最后找到的工作与任何代码完全无关——她在一家警报公司的呼叫中心当座席员，打进来的电话都是说狗不小心触发了感应器。附近地区的家用警报系统生意在蓬勃发展，不具名小镇的每一个人都想安装警报器，尽管二十户人家里也未必有一家值得一偷。用户以担惊受怕的居民为主，他们希望能把怪物拒之门外。在埃米看来，小镇出没的那一类魔物未必会触发感应器或被摄像机拍到，但她明白，人们花钱购买的无非是安眠一夜的可能性（说来讽刺，埃米之所以愿意上从晚间十一点到早上八点的夜班，就是因为她失眠）。她很喜欢这份工作，尽管一个小时才九美元。她觉得自己像个警察，在保护床上安睡的人们。好吧，至少是花得起钱安装家用安保系统的那些人。

肖恩说:“你们考虑过万一被淹该怎么办吗?”

“大卫说我们可以从楼下拿几个充气娃娃扎筏子。”

肖恩大笑,但意思明显是他不赞成。大卫经常开玩笑说他觉得肖恩企图“扒了她的裤子”,这意味着大卫确实认为肖恩企图扒她的裤子。埃米早就学会了读取别人的思想,这个神秘的技能包括两步:第一,闭上自己的嘴巴;第二,听别人说。只要你给别人一个机会,他们就会哭着求你听他们的秘密。连骗子也无法拒绝在缝隙中填上一丁点儿真相的诱惑。

因此,每次大卫酸溜溜地说肖恩如何如何,埃米就会说那家伙已经结婚了。然后大卫会说:“埃米,关于男人你还有很多要学的呢。”但他说错了,埃米相当确定她比大卫更了解这种游戏。假如此刻她命令肖恩停车,然后撕开自己的衣服,请他蹂躏她,他会跳下车,结结巴巴地道歉,说不定会很有礼貌地问她的胸部去哪儿了(“哦,不好意思,主要是胸罩垫起来的”)。他不想出轨,他只是喜欢逗姑娘们开心,希望她们能敬畏他的好车。他希望能重拾还是高中酷哥那会儿的美好感觉,而不是现在这个二十六岁的办公室奴隶,家里有个小孩嗷嗷待哺,眼看着青春年华随着每一瓶红牛饮料溜走。他没什么伤害性。

他们来到开在楼下的性玩具商店前。埃米看见大卫的车不在,也就是说他还在办失踪女孩的案子——不带她。她歪歪扭扭地举着雨伞跑向侧门,粉红色的“金星捕蝇草”霓虹灯在头顶上嗡嗡作响。她经过楼梯底下的独臂水泥雪人,上楼,甩掉雨伞上的水,推开公寓门。她望向小厨房……

有一瞬间,她觉得自己看见了某种奇异的东西。

是大卫。他站在灶台前,一只手拿着搅拌碗,另一只手拿着打蛋器，就好像他正在做饭。可是——她甚至不确定自己是不是真的看见了——在那一瞬间，他一动不动，没有任何动静的那种一动不动。他像雕像似的站在那儿，面对埃米左手边的窗户。他没有在搅拌东西，没有眨眼，也没有呼吸。他只是站在那儿，过了足足两秒钟，埃米穿过门洞，他整个人才忽然动了起来，就像暂停的视频继续播放一样。

古怪。

“你在看外面的什么东西，那么入迷？”

大卫说:“什么？”

“你一直盯着窗外。”

“是吗？大概只是在看雨点吧。”

“小女孩的案子破了吗？”

“破了，她已经安全回家了。结果根本不是什么‘小丑阳具’，只是个本地变态。我们请警察追踪他的手机信号，找到了他的厢式货车。无论他有什么企图，都根本没捞到机会。”

“多亏了你们！”

“多亏了咱们。”

“胡说，大卫。你们俩是英雄！太厉害了！”

埃米觉得她听到了某些不寻常的东西，但不确定究竟是什么。随后她忽然意识到其实是少了一个声音。她探头到卫生间里看，证实了她的猜想：屋顶不再“叮咚叮咚”地漏水了。

“咦！他们修好了屋顶！真是完美的一天。”

“其实是我修好的。我受够了等房东来。我爬上去，一眼就发现了问题——屋顶通风管周围的防雨盖片上有个破口，只需要挤一点儿硅胶堵住就行了。总共只花了五美元和十五分钟，几个月前就该补好了。”

“我还是很佩服你。没想到你知道该怎么做这些事。”

“我也不会，是从网上查的。这又不是脑外科手术。我正在给你做华夫饼。你饿了吗？”

她不饿，但还是说：“快饿昏了！”今天似乎是大卫情绪特别好的那种日子。

他说：“那就请坐吧。按照我今天的计划，你需要补充点儿能量。”

她换上邪恶的表情。“嗯？是吗？”

约翰

约翰已经二十二个小时没有睡觉了，前方也看不到睡眠的影子。一个小女孩落在天晓得的什么东西的手里，有可能正在被猥亵、折磨、吃掉，他怎么可以睡觉呢？因此，约翰回到家里，换掉他出庭穿的那身衣服，灌下一大杯咖啡，吃了两块纸杯蛋糕，吃了点儿安非他命后，很快回到了以西结吉普车上，隆隆地驶向教堂，觉得自己仿佛焕然一新。

所有人提到禁药时都喜欢说教，约翰心想，因为这么做更容易让他们忘记自己更糟糕的恶习。大卫每晚喝酒，吃的东西很少会不留下一团油渍；埃米嗜糖、咖啡因和止疼片成瘾，宁可牺牲一整夜的睡眠，也要让游戏角色升上一级。有医保的人去开抑郁药和减肥药，有钱人嗑药，健康至上的基督徒一杯接一杯地喝咖啡，敞开肚皮吃自助餐。事实上，社会已经发展得过于迅猛、吵闹和充满压力，超出人类大脑的处理能力，每个人都靠摄入某些东西来安抚或磨平落后于其他人所带来的羞耻感。当然了，也有人过着真正的健康生活，让他们飘飘欲仙的是自命不凡之感。

约翰驶向矿眼，那地方风景优美，确实有人会选择在那儿举办婚礼——好吧，肯定都是不了解背景故事的人。小教堂和几幢供出租的木屋坐落于山丘上，山丘环抱着一个颜色怪异而缤纷的小池塘。山坡底下正对教堂之处是十九世纪的煤矿出入口，煤矿后来在可怕的灾难中坍塌。从那以后，一直没人尝试过重开煤矿，原因猜也能猜到，那场灾难的情形非常诡异。矿工主动用炸药炸毁竖井，按推测是为了阻止里面的东西逃出来。他们派出队伍里最年轻的人来阻止其他人救援。小镇按照传统处理此事，也就是立起一块牌子，警告人们远离矿井，连想都别再去想这个地方。

煤矿前方的洼地积满了几十年来的雨水，洞口现在似乎静止在向池塘喷吐松脱石块的动作上。石块里的矿物质将池水染成翡翠绿、凫蓝或钴蓝色，具体依天空的颜色而定。碰到晴天，这个色彩鲜艳、波光粼粼的池塘会从周围的山野中脱颖而出，就像一只睁开的魔法巨眼。山坡上的教堂修建于煤矿坍塌之后，就好像有人把它放在那儿充当安全装置。

约翰顺着环绕山巅的窄路走，经过小木屋，来到教堂前。教堂门口有块牌子，稀奇古怪的格言每个星期一换（今天：选择你的来世，吸烟或不吸烟）。约翰觉得这座建筑物就像有人把地图上的“教堂”符号放大到了实际尺寸——小小的建筑物，木板被漆成白色，正门上雕着花纹，高处有个十字架，最上面是尖屋顶。正门左右两侧各有一扇花玻璃窗。教堂看上去确实很像玛吉画的那样，不过你要是让一百个孩子来画教堂，画出来的应该都是这个样。重复一遍：

他们是糟糕的艺术家。

约翰把车开进停车场，发现大卫还没到，于是他一边停车等大卫，一边警觉地观察会不会发生什么恐怖怪事。他用手指敲打着方向盘。他意识到自己咬紧了牙关，于是命令自己别这么做。他抓起中控台上的硬币，用衬衫一个一个地擦亮，然后按照面值和铸造日期排列在身旁的座位上。他发现自己再次咬紧了牙关——

一声尖叫。

他确信他听见了，是小女孩的声音。

约翰跳下吉普车，从后座取出T恤气炮。他跑到教堂的正门前，发现门锁着，于是向上帝祈求原谅，千分之一秒后，他踹开了门。

约翰在雷声中走进教堂，手里端着T恤气炮。五六只鸽子从他身旁飞出前门。

讲坛上站着一个瘦削的男人，他赤裸着上身，手持香烟。

特德将宁芙描述为一个恶心的性变态，但约翰没有从眼前的男人身上感觉到那种气场。他梳着背头，双眼狭长，眼神轻蔑——约翰觉得他像个残酷的股票经纪人，输一场壁球就会和朋友绝交。他个头不高，但筋骨强健，肌肉紧实且发达。

忽然外面刮起狂风，吹得墙板嘎吱作响。雨点横飞，从约翰背后敞开的大门喷进室内。约翰一个倒蹬腿踹上了门。

约翰说："想必您就是宁芙先生了。"

男人吸了一口烟，说："恭喜你顺着一系列极度显而易见的线索找到这儿。你走进一个房间时，是不是会看见小小的方程式在眼前飞舞？"

约翰举起气炮。"她在哪儿？！"

"约翰，你来告诉我。"

“你听说过我们？”

“是的。”

“所以你才劫走女孩，就是为了诱我们入局？很好，你找到我们了，放她走。没理由把其他人卷进来。”

“是啊，没必要给可怜的特德造成更多的心理创伤了，对吧？知道士兵为什么要列队正步走吗？知道他们为什么要集体喊口号吗？那是一种催眠，控制大脑的明辨性思维中枢。出于相同的原因，学生每天早晨要对着国旗效忠宣誓。但是，编入的程序一旦衰减，想要再做调整就极为困难了。可惜，非常可惜。另外，不，约翰，实际上，这个宇宙里并不是每样东西都是围着你转的。”

闪电照亮室内，半秒钟后，雷声隆隆，很近。狂风再次吹起。外面某处，狂风拧断了一根树枝。

“那你到底想要什么？”

“和所有人想要的东西一样：进食和繁殖。你想猜一猜我打算怎么处理玛格丽特·诺尔吗？也许可以两者兼顾。”

“她还活着？”

宁芙抽了一口烟。“告诉我，约翰，你相信人类灵魂的存在吗？”

“哦，天哪，我没时间聊这个。”外面又刮起了一阵狂风。有什么沉重的东西砸到了墙上，地面随之颤抖。约翰确定附近有一整棵树被刮倒了。暴风雨肆意妄为。“我不认为你有灵魂，你觉得呢？”

“看，我们有进展了！你为什么不认为我有灵魂？”

“因为你是个恶心的浑球儿，连小女孩都不放过。”

“那棵刚刚倒下的树，它有灵魂吗？”

“你别拖延时间了。我不玩你的游戏。”

宁芙没有吭声，只是盯着约翰，等待他回答。他的沉默无疑替他表达了态度：你别无选择，只能玩下去。

约翰咆哮道："据我所知，树没有灵魂，但我也不在乎。"

"树当然没有灵魂了，它只是一系列化学反应的产物——阳光，水分，空气。它不会出于道德原因拒绝阳光，也不会与更值得浇灌的另一棵树分享水分。它仅仅是一部机器，只会汲取它能得到的所有养分。"

风声变成了持续不断的低吼，如有实质般地呼啸着攻击建筑物的每个边角。约翰听见狂风撕开了屋顶上的什么东西。

"我明白了，"约翰不得不提高嗓门，否则声音就会被狂风暴雨淹没，"树是笨蛋。女孩在哪儿？玛吉，你能听见吗？"

"蛆虫有灵魂吗？"

"你是不是早就酝酿好了对话的台词？听上去特别睿智，就像一个反派头目？假如这是电子游戏的过场动画，我他妈肯定会一键跳过。"

"当然了，蛆虫并不比树更有灵魂。把蛆虫放在一块烂肉上，它就会开始啃食。不吃面前的食物，这个概念对它来说完全陌生。那么你呢，你有灵魂吗？"

"大卫随时都会赶到。换了我是你，我会在他进门前举手投降。你要明白，我认为他不在乎答案，只想看你流血。我觉得他就喜欢这个。"

宁芙不为所动地说："你知道吗？做个简单的测试就能知道一个孩子有没有灵魂。有人在二十世纪六十年代做过实验——你把一块奥利奥饼干放在孩子面前的桌上，告诉他们不准吃，然后离开房间。有些孩子能拒绝诱惑，直到你回来；其他的孩子在几分钟甚至几秒钟之内就会拿起饼干吃掉。几十年后再跟进调查，你会发现，后者不是有毒瘾就是进了监狱或者破产，因为他们和蛆虫毫无区别。明白了吗？告诉我，约翰，你能通过这个测试吗？”

约翰几乎听不清他在说什么，暴风雨已经化作一只庞然巨兽，疯狂地啃咬着教堂的木质外壳，想要吃到里面的柔软血肉。约翰慢慢地走向宁芙。他只有一次射击机会，因为他的武器确实只能开一炮。

宁芙说：“咱们都知道答案，对吧？你每天都在接受这个测试。哎呀，我已经浪费了你很多时间。不如咱们换个地方，像有理性的人类一样商量商量？咱们都是有理性的人类，对吧？”

宁芙走下讲坛。他全身上下只穿着一条小女孩的内裤。

风发出的声音就像货运列车从你脸上碾过时你听见的声音。

约翰冲向宁芙。

随着一声恐怖的巨响，狂风终于掀翻了屋顶。

我

我的内心在挣扎，开出几个街区后终于决定掉头，回公寓去接埃米。风越来越大，暴雨有点儿吓人，其他车辆纷纷驶离路面——那些司机都是娘娘腔，看不见路面就不敢开车。我回到家，爬楼梯来到性玩具商店的楼上。我注意到霓虹灯标牌熄灭了，肯定是因为断电。我蹑手蹑脚地进门，以为会发现埃米在睡觉，但我在家里找了一圈，发现她不在。

这一点并没有让我惊慌。她没法开车，但依然有很多选择。她有可能待在办公室，免得出门淋雨；或者让她搭车的男人中途要去办点儿小事；也有可能她去街对面的便利店买垃圾食品了……

我发现水槽里有餐具，用过，然后洗干净了。一个搅拌碗，一个打蛋器，两个盘子。她请那个男同事上来吃早饭了？假如你不了解埃米，请允许我说明一下：这绝对不是她会做的事情。也许是那家伙非要上来。厨台上有一盒松饼预拌粉和一瓶松饼糖浆。我试图想象那家伙非要上楼，进入我们的公寓，在我们的厨房里为埃米烤松饼，而她居然同意了……

我的大脑死机了。我的意思是说，假如他们屈服于激情，在我的床上做爱，我能够理解。我甚至不会生气，只要埃米高兴，事后收拾干净就行。但一个男人跑到另一个男人的家里，在后者的厨房里为他的女朋友做早饭，这简直是连环杀人狂的行为了。也许是有其他人来做客。对，多半就是这样。妈的，假如这种事发生在其他某一天，都不会触发我有别的念头。

我四处寻找字条——埃米特别喜欢留字条，然后查看手机，确定我没漏掉短信。但是一无所获。

我在厨房中央傻站了几秒钟，听着风雨敲打窗户的声音。我不担心——没必要担心。怎么？坏人要对她下手，难道会先做顿饭款待她？

我掏出手机想打电话。

一个声音告诉我，网络暂时瘫痪了。

约翰

头顶上的巨响吓得约翰缩起脖子，他抬起头，却只看见了天空。整个屋顶被彻底掀开，留下边缘参差不齐的洞口，就像奶酪通心面的包装盒被撕掉了盖子。暴风雨灌进室内，他感觉就像在七十英里时速的摩托艇上把脑袋伸进水里。

约翰几乎什么都看不见，他跌跌撞撞地向前跑到讲坛上，企图用手挡住直往眼睛里钻的雨水。宁芙不在讲坛上，但讲坛后的墙上有一扇门。约翰跑进那扇门，发现里面是间小休息室。小休息室还有一扇门通向室外，那扇门开着。约翰从那扇门冲进暴风雨中，刚好看见车尾灯在雨中驶向远处。

约翰跑到教堂前，跳上吉普车，顶着暴雨追赶。能见度几乎为零，他甚至不知道他们还在不在路上，他只能看见宁芙那辆车模糊的车尾灯——宁芙开的是一辆黑色敞篷小型轿跑车。约翰根本没考虑过放弃。

他不知道宁芙是什么人或什么东西，也不怎么在乎。以往的经验告诉约翰，这个宇宙里的所有生物都会感觉到疼痛。这是宇宙常数，它会约束我们的行为。在做这份工作的这些年里，约翰已经学会了如何在各种各样的生物身上制造各种各样的疼痛——某些生物需要的是一把刀，另一些需要的是阳光，或者夏日风铃的叮当声响。

约翰打算追上宁芙，然后搞清楚该怎么让宁芙感觉到疼痛。

隔着挡风玻璃，约翰盯着车尾灯突然转向、左右摆动，每一次他都跟了上去。跑车驶下路面，又开回来，轮胎在泥泞的路肩上短暂地空转，险些失去摩擦力。不管宁芙是什么东西，有一点约翰可以肯定：在这场追逐赛中，那家伙选错了车辆。他的小型轿跑车在泥地上跑不出速度，经过路面积水时险些打滑失控，而约翰的吉普车却能够畅通无阻。

终于，宁芙犯了约翰一直在等待的错误。在一段又长又直的道路上，宁芙把油门踩到底，全速驰骋了几秒钟，然后开进了一大摊积水中，完全失去了摩擦力——约翰看见白色水雾疯狂泼溅，车尾灯猛地左右偏转——

约翰的大脑还没反应过来，撞车就已经结束了。黑色轿跑车首先在打转时正面撞上了一根电线杆，冲击力使得车尾灯上下抖动；半秒钟后，约翰的吉普车撞在轿跑车上，把它像啤酒罐似的压平在电线杆上。两辆车的情况完全是天上地下，吉普车将脆弱的小型轿跑车压得只剩下了一半长度，而吉普车的保险杠甚至都没被撞弯。

有一瞬间，时间静止了。约翰的手指死死地握着方向盘。炸开的散热器里“嘶嘶”冒着蒸汽——当然是宁芙那辆车的，不是他的。狂风已经平息，此刻只剩下了连绵不断的豪雨，就好像祭品满足了诸神对暴力的渴求。约翰镇定了一下，扯开安全带，踉踉跄跄地走到轿跑车的驾驶座旁。他举起胳膊肘，砸碎车窗。

没人。

驾驶座上没有宁芙，乘客座上也没有，地板上也没有。挡风玻璃没有破，因此他不可能在撞击时飞出了车厢。车里是空的。

约翰转身走向吉普车——

血。

后保险杠上在滴血。

不。

小型轿跑车完好无损时的后备厢已经很小了，现在被挤压成了还不到一英尺宽的一小块扭曲空间。车门半开半闭，约翰看见里面是……

一个小女孩被压得乱糟糟、血淋淋的尸体。

……某些东西，但在大雨中难以分辨那究竟是什么。要是不打开车门仔细看看，也许他在余生中都不会知道里面到底装着什么——就像薛定谔的猫，只有看见了后备厢里的东西，它才会变得真实存在。

约翰慢慢地打开后备厢，看见被胶带捆住手腕的两只血淋淋的小手，一张用胶带封死嘴巴的小圆脸，乱蓬蓬的金发。她惊恐的眼睛睁得大大的。

毫无生气的眼睛。

玛格丽特·诺尔。她脆弱的身体在撞击中被压坏了。

约翰的心脏在狂跳。他无法呼吸。

他慢慢地放下车盖，疯狂吼叫，用拳头击打车顶，一下又一下。他开始尖叫。他觉得他听见宁芙在某处放声大笑。

约翰发出的响动太大了，几乎没听见背后传来一个声音。“抓住他了吗？你抓住宁芙了吗？”

约翰转过身，看见了特德·诺尔。

6

大雨一直下，约翰又死了

特德拿着霰弹枪，枪口指着雨水四溅的路面。约翰一言不发。

“我看见你玩命似的开车。我从对面过来，认出那是你的吉普车，然后急忙掉头，以最快的速度追上来……”特德打量车祸现场，“这是他的车？宁芙在车里吗？”

约翰说不出话来。

“哎，哥们，你受伤了吗？快说话啊！”

特德向前走了一步。

他看见了血迹。

他望向后备厢，然后抬头看着约翰。他在拼凑线索。

约翰说：“别看里面，哥们。真的，别看。”

“怎么了？那……那是……”

特德一步一步走向轿跑车，枪依然指着脚边。

“哥们，别过去！”

特德转身，直视约翰的双眼。他盯着约翰，面部犹如开裂的大坝，勉强阻拦着愤怒的洪水。特德打开后备厢，看着他眼前的景象，每一个动作都精确而缓慢。

约翰望着特德的表情。他的情绪变化只花了不到一分钟的时间。特德看着后备厢，现实逐渐沉入心底，他闭上眼睛，咬紧牙关。

他冷静地关上车门，没有转身。他轻轻地说："我好像说过了，你找到宁芙就打电话给我。我说过你不要自己尝试解决，一定要打电话给我。"

"没有那个时间，我——"

"你知道我为什么叫你打电话给我吗？"

"但我没找到机会——"

"因为，"特德像是在用全部的力量克制内心的怒火，"这不是谁干掉坏蛋谁就脸上有光的问题，重点在于救回我的女儿。我的女儿，不是你的。我和你不一样，我受过真正的训练。"

"这不能怪我。宁芙逃跑，我追他，我以为能跟踪到他藏——"

"你受过什么训练？任何训练？你这辈子努力争取过什么吗？你坐在家里打电子游戏，嗑药，然后碰到倒霉事，你就崩溃了，害得别人送命。因为你缺少必要的技能，因为训练很枯燥。"

"听我说，做坏事的人还——"

"你给我闭嘴。"

特德举起霰弹枪，瞄准约翰的面门。死去女孩的父亲露出他紧咬的牙关，愤怒和绝望像衣服一样裹住了他。

约翰举起双手。"喂！你冷静一下！你不该对我发火——"

"海军陆战队有个说法，'十，十，八十。'在所有人里，百分之十是英雄，百分之十是狗熊，剩下的百分之八十什么都不是，只会随大流。水蛭、绵羊。你明白吗？这个世界之所以这么糟糕，并不是因为宁芙这种人，而是因为你这种货色。"

"你的脑子不对劲！你是——喂！口令是什么？"

“你以为我在开玩笑？口令是‘丛林主宰’。这一枪为了玛吉。”

特德扣动扳机。约翰低头闪躲，他不确定是这一枪打飞了，还是自己已经死了但还没感觉到。约翰没有停下来思考究竟是前者还是后者，他径直扑向霰弹枪。他没有计划，只希望枪口能指着其他地方。

他抓住霰弹枪，把枪口向上推，指着天空。约翰和特德的肢体纠缠在一起，他们沿着路肩倒在地上，溅起泥水。特德翻身骑到约翰身上，雨水像瀑布似的从他面庞四周淌下来，他疯狂的双眼与约翰仅有几英寸的距离。滚烫的枪管横在两人之间，抵着约翰的下巴。

约翰咬牙低吼，想推开疯狂攻击他的特德——

砰！

热血飞溅，特德·诺尔的脸不见了。

我

我等到暴风雨过去，然后开车去矿眼的教堂。我经过树木和折断的枝杈，来到教堂前，发现一棵倒下的大树压坏了写着俏皮话的告示牌。教堂的屋顶也遭到破坏，雨水直往里灌——我不知道罪魁祸首是暴风雨，还是约翰（他的手段一向不算低调）。除此之外，约翰和他的吉普车都不见踪影。他来过又走了，还是去其他地方躲雨了？这时我注意到了轮胎印——一辆车飞速驶离浸水的草坪，留下了深深的车辙和四溅的烂泥。我看见轮胎印在某个地方汇入环绕矿井的出入小路，场面看上去很像飞车追逐。我打开手机，看到的依然是“没有网络”的提示。

我顺着公路开了一段，但什么都没发现。我经过几个岔道口，追车有可能在那些地点拐到不同的方向。最后我只拐了两次左转弯，重新驶向镇区。

妈的，该死。短短五分钟内，我弄丢了埃米，又弄丢了约翰。等到今天下午，我就会成为不具名小镇的最后一个非失踪人口。

他们有可能一起去了什么地方吗？也许来吃早饭的是约翰。我感到不知所措——你应该已经发现了，我经常会陷入这种精神状态中。

手机发出收到短信的“叮咚”声——看起来网络已经恢复，是约翰发来的，内容很简单：

女孩死了

又是“叮咚”一声，第二条短信：

找到宁芙了

停顿片刻之后，第三条：

对不起

我打过去，他不接电话。我发短信让他说清楚：

搞什么？

我猛踩刹车，在一辆使劲按喇叭的轿车前原地掉头。我驶向约翰家，我只能想到去这个地方找他。

在这份“工作”中（使用讽刺性的引号是为了突出没人付钱的事实），我最害怕的不是恐怖巨怪破窗而入，而是骨肉皮——痴迷的爱好者，听说了坊间传奇就千里迢迢来到不具名小镇，好像会见到巴士带着游客跑遍全镇参观怪物。他们会企图窥视我们，请求我们解决他们的问题或给他们讲鬼故事。这就是我从不泄露小镇名称的原因——要我说，怪物也许会尝试吞噬你的灵魂，但至少不会觉得那是它们应得的。

这也是我喜欢搬家的原因。从一套公寓搬去另一套，专找不需要签租约的地方，也极少留下转寄地址（然而我依然会收到邮件，本地邮政人员知道我是谁，他们非要把那些垃圾货送到我手上不可）。而约翰恰恰相反，他在镇上买了一幢两层楼的房子，把整座建筑从上到下漆成黑色，连屋顶和窗户都不放过。他开玩笑说这是要翻修成潜伏巢穴，但实际上他的意图恰恰相反。每一个运用逆向工程手段找到我们所在位置的怪人都能从一英里外盯上这个地方。

我开到黑房子的门前停下，约翰的吉普车停在车道上。我绕到屋后的另一个停车位，走向后门，听见狗在屋里汪汪叫。我考虑要不要踹门而入，却发现门没锁。我转动门把手，做好被烧成灰的准备。

哦，对了，这是另一个故事：约翰的整幢屋子都布置了各种陷阱。举例来说，每一扇门的周围都有四个喷嘴，理论上会释放出四道丙烷烈焰，将任何一名入侵者变成着火的入侵者。你是不是想问这样也会点燃房子的外墙？没错。不只外墙，一旦着火的入侵者跌跌撞撞地走进房子，房子内部同样会着火。我提出以上疑虑的时候，约翰只是淡淡地说："那也值了。"

我走进室内，发现自己没有着火。我大喊约翰的名字。没有回应。他的约克夏梗犬——名叫迪奥齐——过来蹭我的脚踝，叫得我脑袋都快爆炸了。我叫它闭嘴。我正想弯腰去摸它，却发现我手里拿着粉红色的迪士尼手机。显然我在下车前没有忘记拿上它，但无法想象究竟是为什么。我把玩具手机扔到一旁。

在宁芙手机的照片里，约翰四仰八叉地躺在沙发上，半干的呕吐物犹如瀑布似的挂在那儿，他在临死前绝望地吐出了胃里的所有东西……

从后门进屋意味着我要穿过厨房，走进半开放的餐厅兼客厅，约翰将这块空间改造成了他所谓的“沙龙”。约翰把他家装修得（天晓得是存心，还是意外）就像二十世纪八十年代动作片里富人住所的低配版——黑色“皮革”家具，铬合金与玻璃的边桌，巨大的音响系统包围着更加巨大的电视机（两者都是二手货）。在我眼中，这一切都让人惊叹得没话说——可卡因级的装修，快克级的支出。

约翰和我从不讨论财务问题，就像我们从不讨论很多其他事情一样。我和他能看见争吵就潜伏在黑暗中，因此我们从不开灯。前面我说过，出于某些原因，我不想拿我们的生活当作怪物展览去挣钱，但那些原因只属于我，不属于他。约翰从来不是朝九晚五的那种人，我听说他从收钱为闹鬼受害者做电子邮件“咨询”到卖T恤衫什么都做。他偶尔会问我要不要入伙，但我总是拒绝，我以为他知道我的意思是根本不希望存在这种事，而他想象中我的意思是我不想分钱。

会客区域就在前方，我右边的一段分隔墙挡住了沙发。我没有向前走。我知道自己在拖延时间，但我不在乎。

在照片里，玻璃咖啡桌上摆着禁药，各种各样的货色，药量过多的自助盛宴……

我又喊了一声约翰的名字，还是没有任何回应。我知道不会有。

在正常人摆放餐桌的地方，约翰安装了一张台球桌。绿色台面上写着几个字：此处有什么？厄运。我用手摸着桌面，扫视整个房间。台球桌的一头过于接近墙壁，击球时没法拉满球杆——这是击球的关键策略之一，你必须让你要打的球远离那条护栏。白色墙壁上坑坑洼洼的，都是球杆尾部在拉杆时磕出来的，每一个坑都代表着一个被打飞的球。墙角的地毯上有些污渍，是克丽丝特尔和尼基花了两个小时做身体彩绘时留下的，结果害得约翰被警察逮捕（那天是万圣节，有什么不行呢）。天花板上有块墨西哥辣酱留下的模糊油渍，那是一场恶趣味电影狂欢夜的产物（埃米选的是《暮光之城》，我选的是《摩登保姆》，约翰选的是《猪头，我的车咧？》）。那么多美好的回忆。我想永远站在这儿，回想过去的一切，而不是走进客厅，去发现那里有什么。出于某些原因，我好像听见约翰的声音在说：*只要你永远不去看，事情就永远不会成真。*

我望向客厅，看见约翰在壁炉架上方放了两把巨型链锯，长达三十六英寸的锯身组成字母 X。迪奥齐还在汪汪叫，每叫一声就用小爪子蹦一下。我快被它逼疯了。

我强迫自己移动双腿。

沙发慢慢地进入视野，我看见约翰的一只匡威运动鞋的鞋底悬在扶手上。鞋子以不自然的角度躺在沙发上，一动不动。我能闻到身体在濒临彻底崩溃时排空所有东西的气味，这股气味使我的胃翻江倒海。

我绕到前面，看见了他，半干的呕吐物像一条溪流，咖啡桌上有个灯泡，后面伸出一根塑料吸管——自制的烟斗。他用打火机反复加热过的半个灯泡被熏得漆黑。咖啡桌上还有一瓶药片和一个注射器，注射器里装满了……天晓得是什么。这不是午后小爽一把的事后现场，而是一个人回到家里，烹制了一套药物组合，存心要以毫无痛苦的方式停止心跳。我知道，因为我花过不少时间研究具体方法。

我寻找他的脉搏。毫无必要。他已经凉了。

我的半个宇宙顿时熄灭。

我倒在沙发对面的黑色仿皮椅子里。迪奥齐也许感觉到了我的情绪，终于停止了吠叫。

对不起

他的遗言是一条该死的短信。

我必须告诉埃米。我尝试想象我们的对话。我必须找到约翰的父亲，天晓得他的山地摇滚乐队这会儿在哪个城市演出。我必须找到他的兄弟，假如那家伙还活着。我必须帮忙安排葬礼，整理约翰的遗物。也许这些事情我一件都没必要去做。也许我什么都不欠他的，因为他抛弃了我。他曾经五六次说服我打消自杀的念头，自己却走上了他不许我去走的那条路。他最后想告诉我的是：“事实证明你说得对。不存在其他出路。”

你他妈为什么不——

从卧室的方向传来一个声音——

脚步声。

7

约翰家的客厅之战

约翰拿着一包饼干走进客厅。他说:“哎,喜欢奥利奥吗?我有个点子想试一试。”

我从椅子上跳起来,往后退着走向厨房。我来回地看死去的约翰和活着的约翰。

我说:“你他妈后退!”

约翰拿着一块饼干朝尸体打个手势。“他不是真的。”

“口令是什么?”

“‘丛林主宰’,这不重要,因为他也知道。另外,真正的特德还活着。口令根本没用,克隆体或二重身能模仿这个,和其他细节一样。我猜它们能挖掘你的大脑。”

我说:“你别动。”

我小心翼翼地走过去,用一根手指戳了戳站着的约翰,看他是不是有形的实物。为了确认,我用手臂抱住他的身体,使劲挤压,侦测异常的反应——我没有找到。

“好吧。是的,你没死当然很好,这是肯定的。等一等,你说特德怎么了?”

约翰低头看了一眼沙发。“等一等，你在沙发上看见了谁？”

“我看见了你。嗑禁药鸡尾酒死了。”

“嗯哼。我看见的是特德。他的脸被轰飞了，被我一枪打的。”

“你什么时候开的枪？”

约翰从头告诉了我整件事情的前因后果。我再次倒在那把椅子里，盯着不远的地方，尝试梳理其中的逻辑。

“首先，教堂的屋顶没有被整个吹飞，后来我又去过，只损坏了一角，掉了几块屋顶板和三合板。其次，你说你打开门有鸽子飞出来，像是吴宇森导演的电影？你是不是想利用这堆烂事，让它变成一部电影合约？”

“这些都不重要，重要的是五分钟后我发现真正的特德还活着。我和他聊过。我们应该料到敌人会耍这种花招。还挺鼓舞士气的呢，我觉得这次咱们占据上风了。”

“等一等，你怎么知道活着的特德是真正的特德？既然口令不起作用……”

“你其实想说的是，既然口令不起作用，你怎么知道我是我，沙发上不是真正的我，对吧？”

“哦，对。该死。等一等，假如你是二重身，为什么要告诉我口令不起作用？你应该保守这个秘密，用来对付我。”

“也许我的脑子不好。”

“我们都他妈在谈什么啊。好了，这样吧，我问你一个只有约翰知道答案，但我和二重身不可能知道的问题，我们能够验证答案的问题，就现在。”

“比方说呢？”

“你的毒品藏在哪儿？”

“咦，大卫，你知道我绝对不会——”

“约翰，别闹了。”

“马桶水箱上的猫头鹰罐子。要是我必须冲掉，放那里一抬手就能拿到。”

我去了一趟卫生间，证实了他的说法。

我回来以后，约翰继续道：“至于我和特德，他突然就那么冒出来了。他的车不在，好像在我背后突然显形似的。这是它的花招——利用我的心理状态毒害我。我惊恐万状，完全没注意到他出现的前提有多么薄弱，直到事后我才想明白。”

“然后你杀了他，或者它。无论这是个什么变形怪物，它都能够被杀死，我想说的重点是这个。而且死了之后不会复活。”

“当头一枪。简单粗暴。”

“是啊，没人喜欢这样。”我望向沙发上的尸体，“所以……这是什么东西？具体来说……我是说，我们两个看见的东西毕竟不是它的本质。”

“也许是什么新东西。咱们必须给它起个名字。这次轮到我了。”

“回头再说。”给我们遭遇的新怪物起名往往会引发争吵，“现在先想想该怎么处理尸体。”

他思考片刻。“真希望能送给马尔科尼。”

他说的是艾伯特·马尔科尼博士，这个领域的著名专家。但他很少回我们的电话。

我说：“行啊，找个箱子把尸体塞进去，然后寄给他。等一等，你是怎么把它弄到这儿来的？”

“用吉普车啊。”

“你把尸体扔进吉普车，然后开车回家，是在你发现这不是特德·诺尔之后，还是之前？”

“你说我该怎么做？把他扔在那儿淋雨？”

“既然你认为这是一具普通的尸体，而且还是你打死的，你难道不该打电话报……你明白我在说什么，算了。”

约翰说：“我们需要埃米的主意。她还在上班吗？”

“不，我不知道她在哪儿。”

“等一等，埃米失踪了？那咱们为什么还在这儿浪费时间？”

“她没失踪，而是和别人出去了。看上去他们一起回到家里，然后共进早餐。我不知道他们去了哪儿。手机网络瘫痪了。”

“她和谁在一起？”

“不知道。我以为她和你在一起。”

“你难道不担心吗？”

“她又没有被绑架，他们一起吃早饭来着。”

“你的意思是，她和她认识的某个人出去了。但也有可能是某个东西，只是她以为那是她认识的某个人。”

“哦……该死。该死！”

我掏出手机拨号。手机通了，但她不接电话。

“帮我想一想，约翰，会不会搞这些烂事只是为了调虎离山，方便他们抓走埃米——”

有个东西抓住了我的手腕。

是约翰，沙发上的约翰尸体。

尸体约翰张大嘴巴，一直到脑袋几乎劈裂的地步。过了半秒钟，他的头部从下巴到额头垂直裂开，整张脸像一朵花似的绽开。他的脑壳是空的，内表面覆盖着不停蠕动的细丝。

那东西在用整张脸咆哮。地面随之颤抖。

我抓住捏着我胳膊的手指。有几根手指立刻脱落，长出小翅膀飞走了。我对此并不怎么吃惊。

尸体约翰开始扭曲，就好像它是个黏土玩偶，有一双隐形巨手决定推倒重来。有一瞬间，我觉得自己看见了一群跳动着的微小生物，每一个都和我的巴掌差不多大。但一转眼它们就消失了，约翰的形象不复存在，取而代之的是另一个人。

约翰大喊："宁芙！"

在特德的描述中，宁芙是个浮夸的性变态。约翰形容他像个油滑的股票经纪人。但在我眼中，他就像……我自己。

不完全是我，而是一个身材匀称、晒得黝黑、体健貌端的我，剪了个昂贵的发型。这个版本的我没有脱离正轨。他身穿高级衬衫和长裤，而不是油渍斑斑的 T 恤和工装短裤。但我认出了我自己的眼睛和我面颊上的伤疤。

他说："二位智障，你们好！"

约翰问："小女孩在哪儿？还有埃米，她在哪儿？"

宁芙趾高气扬地笑着说："主上必须进食。"

"我不管你怎么叫你的阳具，总之这事儿到此为止了。"

"确实如此！"宁芙说，"没错，单纯啃食她们的血肉只能持续六十六天。一旦吃下去，她们清醒的灵魂就会永远栖息在肚子里，因为滋养主上的是她们的痛苦。不过别担心，两人中我会释放一个，由你们选择释放谁。此时此刻，我正在向小玛吉的母亲和父亲提出同一个两难问题。你们四个人投票，得到三票的姑娘会被释放，另一个姑娘的惨叫声将回荡到世界末日。假如没有人得到多数票，那么两人都会被吃掉。必须有人违背自己的意愿投票，才能拯救其中一个人的性命。所以你们选谁？给你们一分钟做决定。"

我说:“等一等！要是我们拒绝投票呢？要是所有人拒绝——”

“那主上就有双份大餐可以享用了。你打算投给你的埃米吗？这一票会判决一个孩子永世受苦。真不知道你的埃米该怎么抱着这个结果活下去。”

我说:“换我好了。放她们两个走，带走我。”

他做了个扬扬得意的歪头动作，只有浑球儿才喜欢这么做。“别开玩笑了，连你自己都知道你的肉有怪味。”

约翰说:“我投票把两个人都放走！”

我说:“对，我也是！”

“不存在这个选项。”宁芙看一眼手腕，但他没戴表，“还有四十五秒！当然了，干扰因素是小玛吉的父母会把票投给谁。也许他们猜到你们是两个自私的浑蛋，肯定会把票投给埃米，因此他们也会选择埃米，这样至少能拯救一个人的生命。”

约翰说:“等一等！我选让怪物吃掉你。”

我说:“我选让怪物吃它自己！”

“不存在这些选项。三十秒。”

我说:“好吧，我投给埃米。”

约翰说:“不，怪物说得对，就算玛吉的父母也选埃米，要是埃米知道自己得救是因为另一个小女孩被怪物永远啃噬，她是绝对活不下去的。”

“要是她死了，那就更加不可能活下去了。给一个人足够的时间去思考因果利害，他能熬过什么样的坎会让你吃惊的。”

“不，我不会的。”

“十！九！八！”

我说:“约翰，你必须投票！等一等，迪奥齐有没有一票？”

约翰说："我投给——"

我的手机响了。

屏幕显示是埃米。我接听电话。

"埃米，是你吗？！"

宁芙数到一半的嘴巴骤然合拢。他没料到会有这一出。

埃米说："哎，我这儿有个小姑娘。她没事，但我需要你来接我们。"

"埃米！听我说！有个怪物在找你和那个小姑娘！你必须——"

"我已经解决了，我们没事。我们在旧煤矿的教堂。哦，你过来的路上去一趟沃尔格林，他们说已经把我的处方药备好了。呃，反正你要去那儿，顺便帮我买一袋巧克力味的蝴蝶酥。"

约翰

约翰听见大卫说："埃米，是你吗？"他感觉地球的旋转轴抖了一下。宁芙站在那儿，身穿戈登·盖柯[1]的那种西装，头发光溜溜地往后梳，他从鼻孔里出气，转向大卫。这个电话显然不在他的计划之中。约翰瞅见了他的机会。

约翰扑向壁炉架上的一把链锯。它们被放在那儿可不是为了装饰（即便是，作为装饰来说，约翰也觉得它们超级气派），链锯永远

1　一九八七年电影《华尔街》中的股市大亨。

上好了润滑油，装满汽油，随时准备开动。你要明白，这些年来它们曾直面各种各样的魔物，约翰从中学到的经验之一就是任何怪物都不喜欢被马达驱动的金属利齿锯成两半。说到底，这是最基础的生物学。

约翰抓起链锯，做了个他用许多个小时练出来的动作。他行云流水似的发动马达，转身，挥动链锯砍进宁芙的中腹部。

他没感觉到多少阻力。“呜呜”飞旋的利刃横向穿过那家伙的腹部……那家伙的上半身忽然就不见了。宁芙肚脐眼以上的身体陡然消失。他原先的躯干此刻变成了一大群拳头大小的生物，它们在房间里疯狂地“嗡嗡”乱飞。

约翰扭头望向宁芙所在之处，发现那家伙还有一半站在那儿——从腰部往下的身体依然如故，包括昂贵的长裤和漆皮正装鞋在内。两条腿自顾自地走向约翰，飞起一脚，踢掉了约翰手里的链锯。

约翰失去了武器，他向前一扑，抓住宁芙裤子的腰带环，打算举起那家伙的下半身，把两条腿扔到房间的另一头去。但它们也开始解体，从最底下开始——宁芙的双脚先化作乱飞的昆虫，但看上去依然是抛光的黑色皮革质地——接下来轮到脚踝。

约翰顺着它们的飞行路线望过去，发现变形虫群在对面的墙角汇集。它们很快构造出了一个新的形态。

这是一具用于战斗的身体。

约翰看见了尖牙、利爪和带刺的护甲。

约翰大喊:“大卫！去拿——”

和平时一样，大卫的动作比局势发展还要快五秒钟。他双手抱着T恤气炮，已经在瞄准角落里快速成形的怪物了。大卫仔细瞄准。

大卫，你只有一次机会。

气炮里的弹药其实不是T恤衫，而是都灵裹尸布——传说中耶稣被钉十字架后包裹身体的那块布。专家分为两个阵营，一方认为裹尸布是真的，另一方认为是中世纪制作的假货，当时非常流行贩卖所谓的“圣物”。也许就是因为这个，约翰才能在易贝网上用区区一百五十美元买到它（条目：$$$ 真正的都灵裹尸布——沾着耶稣的汗水——近乎全新——包邮——哇哦！！！ $$$）。

约翰依然毫无意义地抓着宁芙正在快速解体的髋部——宁芙的双腿已经完全消失了，他看着大卫发射裹尸布。气炮顺利开火，弹头在半空中展开，一块白布裹住了怪物，白布上的污渍像是基督在挥舞匕首。

怪物嚎叫，与“圣物”的接触正在灼烧它的身体，遮蔽它的视线。约翰依然抓着宁芙剩下的一部分身体，他冲上去，怒吼一声，无情地用宁芙的屁股揍它自己。

虫子组成的怪物迅速解体。虫群逃向敞开的后门。

约翰跑向墙上的一个黄铜闸刀开关。他拉下闸刀——

门框的四角喷出熊熊烈焰。虫子飞过火海，燃烧着落在草坪上，像纸巾着火似的缩成一团。

约翰望着它们燃烧，欢呼……

我

“别逼我再用屁股揍你！”

埃米怀疑地“哼”了一声。我说：“你就……随它去吧。事情差不多就是这样的。场面真的很混乱。”

埃米说：“你抱得太紧了，我没法呼吸。”我减少了两成力量，但还是用双臂搂着她。

我们赶到矿眼教堂，发现埃米和玛格丽特·诺尔一起坐在正门口的柱廊底下，两人看上去都像是刚从海里游泳回来。玛吉有点儿迷糊，直勾勾地盯着半空中，像是被用了什么药。她在颤抖，似乎只知道她又湿又冷并想回家。

埃米挣脱我的怀抱，说："她就在底下，矿井入口处。被藏在了水底下。"

我说："是吗？那她怎么……呼吸？"

"他们给她连接了呼吸面具。"

约翰说："现在我明白了，她画的不是她将会被关在什么地方，而是她会看见什么景象——那个视角的教堂只有从水下才能看见。也许她在梦中提前见到了未来之类的。"

我们谈论玛吉时就像她不在我们身边似的，但她无法用任何方式解释究竟发生了什么。看到她表情茫然，我有点儿警觉，怀疑她由于缺氧或他（也可能是它或它们）对她做的什么事情而出现了脑损伤。

约翰说："我之前很接近了。我来过咱们此刻所在的地方。"

我说："说真的，既然要寻找一个渎神的黑夜怪物的巢穴，谁会想到该去闹鬼的旧煤矿里看一眼呢？"

"我早该想到的！都怪宁芙搞鬼。他应该是存心的，就是要把我从她附近引开。"

埃米已经领着玛吉离开了。"咱们先送她回家，她父母肯定都快担心死了。大卫，你会开羚羊汽车吗？"

"羚什么？"

我看见她走向特德·诺尔那辆樱桃红的肌肉车，它停在教堂后面，就是他今天早些时候声称被盗的那辆车。埃米爬进后座，打算陪玛吉回家，她用一条胳膊搂住小女孩，帮她保持体温。玛吉把脑袋靠在埃米的胸口，闭上眼睛。

我坐进羚羊汽车的驾驶座，约翰走向吉普车。我望向后座，发现埃米闭上了眼睛，她似乎想在后面打个瞌睡，就好像我没有一千个问题卡在喉咙里想问她似的。

我说："所以你是一个人想通这整件事的？你是怎么来的？开车的是谁？"

她听见了我的问题，我知道她听见了，但她过了很久才回答。怎么说呢，她似乎在绞尽脑汁飞快地拼凑出一个故事来搪塞我。

她说："我下班回家，发现家里有个……东西，它假装是你。"

"等一等，什么？埃米，我的天哪。"

"我一眼就看穿了，它从头到脚都不对劲。我想逃跑，但它逼着我上车，开车来这儿。也许它打算把我也塞到水里，和玛吉关在一起，说不定还有它劫来的其他人。"

"天啊。我……埃米，我应该立刻回家的，我该想到它们会来找你。"

她又闭上眼睛，说："于是我逃掉了，想办法把她从水里弄出来，爬到山上，然后我打电话给你。就是这样。我以为它会来追我，但也许它做不到，也许教堂在排斥它。"

"你'逃掉了'？"

她没有回答，尽管我明显希望她能把事情讲完整。

我说："埃米，真的只有这些吗？"

"对……基本上就是这样。"

我们默默地开完了去诺尔家的剩余路程，从约翰的电话吵醒我开始，才仅仅过去了五个小时。此时此刻，假如叙事者是约翰，他多半会说我们抵达目的地的时候，忽然间雨过天晴，就好像为了反映我们的成功与失败，天气都会随之改变。但实际上并没有，雨点依然噼里啪啦地敲打着车顶。这场雨已经下了一个月，将城市慢慢地变成一锅棕色泥汤。不知道玛吉和她的父母会不会撤离到海拔更高的地方去，以此庆祝她的死里逃生。

埃米拉着玛吉的手，领着她走到门口。约翰和我跟着她们。特德和洛雷塔一起来开门，在外部威胁面前，这对夫妻只用一个上午的时间就和解了。洛雷塔搂住女儿，特德搂住她们两人。

我说："宁芙来过吗？他有没有要你和洛雷塔选择救哪个女孩？"

特德说："没有。"洛雷塔也摇了摇头。

哼，所以那全是胡扯。

他问："你逮住那个狗娘养的了？"

约翰说："就这么说吧，他不会回来作怪了。他把自己的屁股玩脱了。"

"他怎么了？他死了吗？"

"对。"

特德对女儿说："你听见了吗，亲爱的？他完蛋了。坏蛋不会回来了。你安全了。"

她挣脱父亲的怀抱。"不，他没有！他就在这儿！"

玛吉转过身，抬起胳膊指着我。

第二部

《恐惧：地狱的寄生虫》书摘

——艾伯特·马尔科尼博士

为了理解究竟发生了什么，我们必须问自己一个简单的问题，但这个问题令人震惊得难以回答。

我们人类为什么要有眼睛？

你会自然而然地回答："为了看东西呗，老糊涂。"然而这个答案并不完整，以至于不可能正确。你的眼睛每天都会愚弄你，原因很简单，它们天生就只有一个非常特定（而且大体而言，过时）的用途。请记住，这颗星球上的绝大多数物种并没有视力，而且过得也挺好；演化并不要求你必须能够感知这个世界的总体外观。你，作为一个智人，长眼睛的首要用途是寻找和杀死其他活着的生物。

我们猎杀的动物，例如瞪羚，它们的眼睛长在头部两侧，因此无论捕猎者从哪个方向靠近，它们都能及时发现。人类的面部向着前方，因此我们拥有深度知觉，能够判断我们和逃跑的猎物之间的距离。人类视觉的真正用途是杀戮，这也是红色能够吸引我们注意力的原因——它是血的颜色，看到红色立刻会唤醒我们内心的警觉或喜悦，具体是什么感受取决于环境。因此，今天你看到这种颜色，都是停车指示灯、消防车和快餐店标想要抓住你的注意力，选择红色经过了精密计算，就是为了唤醒你基因中的嗜血冲动。

凡此种种，结论只有一条：我们的视觉其实很有限，因为它倾向于满足几个特定的功能，而这些功能全都指向同一个目标——生存。

因此，与这项使命不直接相关的信号会被过滤和弃用——今天早晨你在通勤路上会"看见"上千辆车，但事后你不会记住其中的任何一辆——当然了，除非有某辆车拐进你所在的车道，险些害你丧命。这是字面意义上的视野狭窄，你几乎从来不会觉察到限制的存在。因此，想要绕过我们称之为“视觉”的这种感知能力也并不困难，就连最普通的跳蚤也能通过轻轻一跳从你眼前消失。想要欺骗我们的眼睛，并不需要任何特定的智慧或天赋。我们最好记住这一点。

现在，将这个概念延伸到我们以隐喻意义“看”世界的层面上。假如有个好奇的外星人来问你，你该如何用内心的印象向对方描述这个宇宙呢？请记住，大脑和意识同样为了生存而演化，其他目标都被排除在外。因此，你对这个宇宙的感知同样受到狭窄视野的约束：它天生就无法客观地观察现实；它观察到的现实只能帮助你生存。你只会“看见”你需要看见的宇宙。这不是比喻，而是不容置疑的生物学事实，其根源是必要性。

你“看见”的宇宙是纯净还是腐坏，是和平还是暴力，是公正还是不公，首要决定因素都是你必须相信什么才能驱动自己再存活一天。因此，其他个体很容易就能劫持你对现实的感知，用来满足它们的目标。请你想一想邪教领袖和信众之间的关系。他会隔离信众，迫使他们相信自己是堕落之海中的孤独小岛，世界末日即将到来的征兆随处可见。要是他深谙此道，信众随时都会为了抵御虚无缥缈的威胁而献出生命。若去问他们原因，他们会说出心中光怪陆离的信念，而这些完全是他们毫无偏见地客观观察周围世界后得出的结论。他们说的是真话！他们只是无法理解一个事实：他们相信，不是因为他们观察到的结果，而是他们根据别人诱使他们相信的东西去观察世界。

这个道理适用于我们所有人。

8

交螂来袭

我

约翰咬了一口核桃和巧克力碎热松饼，说："假如小姑娘不是一时迷糊，宁芙他假扮你绑架她能得到什么呢？"

我说："在他们做的事情里寻找逻辑，就好比你咬玻璃被割破嘴，然后去问玻璃有何居心。"

我们在华夫饼屋，要我说，这地方比丹尼饼屋差了一大截，丹尼饼屋从高中时代起就是我们大吃安慰食物的"避难所"了。几年前，在我们只用"那场事故"来代称的一次意外中，丹尼饼屋被烧成白地，后来再也没有重新开业。失去丹尼饼屋属于"我以为不会在我的生命中留下一个窟窿，但实际上确实如此"的那种事情（不过，还是比不上本地区所有商店在去年同时停止供应樱桃味激浪汽水的那件事）。我们担心华夫饼屋已经被淹了，然而店不但开着，而且女招待声称他们连锁店以在灾难时期坚持营业而闻名，应急管理局甚至搞了个"华夫饼屋指数"——靠一个地区有多少家华夫饼屋关门歇业来判断天灾的严重程度。

埃米在慢慢地喝一杯热茶，她声称这辈子都不会再吃华夫饼了。

我说："不然去塔可表？那里应该还开着。"

"受不了那儿的烟味。再说我只喜欢吃它家的冰品——巧克力塔可。"

约翰说："不知道有没有叫这个名字的色情片。"

埃米说："另外我不同意，不同意事情没有逻辑。我们必须搞清楚它做那些事情的原因和手段。万物运行皆有规则，所有东西都有极限，都有弱点。你必须去深入了解。"

我注意到我们三个轮流用"他"、"他们"和"它"来称呼宁芙。我说："为了避免混淆，我建议咱们将宁芙称为一个人，尽管我们都知道他不是人，而是某种……虫群，侍奉另一个事物——他的'主上'。就目前而言，咱们就当他是一个人好了，省得麻烦。"

约翰说："嗯，这会儿的问题甚至不是他，对吧？更迫切的问题是，假如特德去寻找更多的证据，发现所有线索都指向是你绑架了他女儿。"

我命令约翰住嘴，并紧张地扫视周围。"老兄，咱们这是在公共场所。"

"呃，咱们在一家华夫饼屋里，店里有一半的人很可能杀过人。回到正题，假如他能模仿任何人，为什么不把自己变成她母亲或父亲？那样不是更容易绑架她吗？扮成你和他自己没有任何区别，你对她来说是陌生人。另外，看看你，不会有小女孩愿意跟你去任何地方的。这个伪装太糟糕了。"

"也许这么做是为了诬陷我，或者就是他人品差。你看看这个世界，残忍不需要理由。"我望向埃米，"就像那些鲸鱼。"

有一次我和埃米看英国广播公司的海洋生物纪录片《蓝色星

球》，因为有时候实在找不到东西可看。纪录片里有一段是摄制组在太平洋上追踪一头灰鲸和它刚出生的孩子。母鲸怀胎十三个月，孩子出生后，它们必须辛辛苦苦地向北迁徙数千英里去寻找食物。它们慢悠悠地沿着加利福尼亚海岸线游向阿拉斯加，母亲和孩子一路上肩并肩，就像皮克斯电影里的角色。但随后十五头杀人鲸出现了，这是一伙猎手，悄无声息地铺开阵势，偷偷地包围了母鲸和它溺爱的孩子。杀人鲸逼近，插到它们之间，分开两头灰鲸，然后跳到幼鲸身上，想要淹死它（记住，鲸是呼吸空气的哺乳动物，它们在水面喷水不仅仅为了好玩）。母鲸发疯般地想把幼鲸推出水面，好让它继续呼吸，但杀人鲸持续不断地攻击了六个小时，一次又一次地把幼鲸压下去，母鲸就只能在旁边眼睁睁地看着。最后，杀人鲸开始咬幼鲸，周围搅动的浪花被染成了鲜红色。

最后的结局尤其扭曲：幼鲸刚咽气，杀人鲸就游走了。它们咬了几口，就那样让支离破碎的尸体沉向海底。事实上，它们并不饿，它们当着母鲸的面杀死幼鲸只是为了取乐。最后一幕是那头母鲸漫无目标地在汪洋中漂游，孑然一身。杀人鲸游走了，继续去过它们健康、快乐的生活，不需要承担任何后果。不会有谁为发生的惨事伸张正义，甚至连报复都无从谈起。也没有谁会去安慰这头母鲸，它只能在看不见尽头的冷漠海洋里漂游，丧失了一切目标。

埃米做了六个星期的噩梦。

她喝着茶说："好吧，但暂时还是假设事情没这么简单为好。他的目标是什么？"

我耸了耸肩。"或许他已经说过了。进食或繁殖，也可能两者皆有。"

约翰说："他一直在将主上的'食物'送到池塘，而那儿凑巧就是旧矿井的入口。因此，作为一名在这个领域受过深度训练的专家，我愿意赌上一条胳膊来断定他想喂食的东西就在矿井里。”

我问埃米：“你确定下去的时候什么都没看见吗？”

“我看见了一条超级巨蟒，它有一百万只眼睛和一千个屁股，但我觉得不太重要，所以我一个字也没提。”

“挖苦得非常到位，年轻的女士，可惜没有任何帮助。”

约翰说：“你是怎么逃掉的？”

“我带着电击枪，就是你给我的那一把。我等到大卫——假装是大卫的那个东西——不注意的时候，给了他一枪，正中裆下，然后又补了几枪。随后，我拉着女孩跑上了山坡。他没有追上来，我说过了。”

她为什么说谎？

约翰说：“他有没有可能是存心放你们逃跑的？”

“你们两个是不是觉得无法理解，没有你们的帮助，我靠自己也有可能逃出来？”

我说：“别这样，你明白我们在讨论什么。我总有一种感觉，我们无论做什么都正中他的下怀。这些全都在他的计划之中。”

“无论如何，”约翰说，“你们知道，到了一定的时候，咱们必须回矿井去看看。”

“除非，”我说，“那就是他的愿望，我们只是在打开潘多拉的盒子。”

约翰说：“这次我敢确定有一部色情片叫这个了。”

“好吧，在特德带着他那套说法去找警察之前，咱们还有多少时间？”

“要是我们的运气好，他会等一等，先搜集更多的消息。要是我们的运气不好，他这会儿正在和警察聊呢。要是我们的运气特别不好，他根本不会去找警察。”

“为什么这是运气特别不好？哦，我懂了，那说明他打算搞个冷血复仇，冲进来毙了我。所以……咱们必须在此之前查个水落石出。”

“好的，我再喝一杯咖啡就出发。”

约翰想回家“放他的狗出去”，但埃米和我懒得揭穿他这句话没说出来的下半截是，“顺便嗑点儿药，好让我一口气保持清醒五十个小时”。

埃米和我在吉普车里等待。等车里只剩下我和她，我说：“你和我的二重身交谈的时候，花了多久才发现那不是我？我是说，你们吃了早饭，对吧？”

埃米再次露出做坏事被当场逮住的表情。她想掩饰，说：“没用多久。我们吃东西，闲聊了一会儿，但我从头到尾都坐立不安。你长了第三条胳膊，但我觉得也许只是我以前一直没注意到。”

“我说真的，埃米。你和我熟悉彼此，超过了咱们对世上其他人的了解。你和一个假的我聊了一整顿饭的时间才发现究竟发生了什么，我想一想都觉得诡异。”

“你表现得很奇怪，但一个人要表现得多奇怪，才会觉得他是‘超自然性质的冒充者’，而不是‘哦，这家伙今天有点儿奇怪’呢？你看上去就像……”

她盯着大雨看了一会儿。

“就像什么？”

“就像你的情绪特别好。”

"好的。"

"你说你修好了漏水的屋顶。"

"说到这儿，你就该看清真相了。"

我以为她会笑，但她没有。

约翰重新出现在门口，他似乎很狂躁，叫我们进去看什么东西。和平时一样，我感觉到了某种情绪，但英语里没有对应的词语——一闪而逝的预感，知道我即将见到极为危险或极为愚蠢的东西。他有可能在家里发现了十几具断头尸体，也有可能仅仅是一个状如阳具的番茄，但约翰会用同样的语气广而告之。

我们走进屋子，发现迪奥齐在角落里玩什么东西——它使劲地咬它，用爪子拍得它到处乱滚。刚开始我以为那是一只受伤的麻雀或蜂鸟，但其实是构成宁芙"人类躯体"的昆虫状飞行生物之一。它受伤了。

埃米说:"别让狗吃它！"

我说："对，说不定会害它生病，天晓得那玩意儿的内脏里是什么。也别用你的手碰它，找个利器，隔一段距离扎穿它。约翰，你还有长矛吗？"

埃米说："等一等。"她跑进厨房，拿着一个透明的塑料量杯回来。"抓住狗。"

约翰拽着乱扑的狗离开它的战利品，埃米把昆虫状的小生物弄进量杯。她盖上盖子，约翰用胶带将其封死。

埃米说:"给我一把刀，开几个气孔。"

我说:"谁说它需要呼吸空气了？"

约翰说："更重要的是，谁敢说它不能从洞口钻出来，哪怕是个特别小的小洞？还有，谁敢说它不会喷毒液之类的东西？不，在搞清楚我们是在处理什么生物之前，咱们还是先封死比较好。”

约翰把量杯放在咖啡桌上，我们围在四周。你很难看清这个生物，就好像你很难看清在你眼前飘来飘去的一小块棉絮——只要它愿意，就能几乎完全与背景融为一体。它偶尔会卸下伪装，给你几秒钟窥见它的真容。

它似乎是一只泛着油光的粉红色多节生物，尺寸和孩子的拳头差不多，身体从一头到另一头分布着一些亮晶晶的黑色斑点（也许是眼睛）。这些斑点呈六边形，就在我们的注视下，它们会渐渐扩大，直到覆盖整个身体。然后它们会改变颜色，以某种方式投射伪装。这种生物的底部有两排又细又小的腿，末尾是可伸缩的带钩足。它有一对类似于家蝇的透明大翅膀，其中一只损坏了。

埃米说：“咱们好像没遇到过这种东西。”

约翰说：“轮到我起名了。”

我说：“不行，约翰。除非你能给它起个确实有道理的名字。”

约翰特别喜欢给我们遭遇的所有物种和现象起名，他坚持说我们应该采用科学方法，为我们发现的东西建立一套达尔文式的分类法。我们必须轮流承担这个任务，因为尽管约翰声称这一切都是为了科学，但想出来的名字却总是骇人听闻且毫无用处。举例来说，正是他将超自然绑架案这个分类命名为“尖叫的小丑阳具”。我们碰到过一种栖息于人类口腔中、会用宿主声音说话的寄生虫，约翰将它命名为“毕毕剥剥怪”。另外还有一种漆黑的生物，它们拥有不可思议的力量，能够根据它们的奇思妙想塑造现实，名叫“夜屁”。也许你已经注意到了，他起名时只会惦记着怪词和脏话，根本不具备描述能力，你绝对不可能记住这些名字，因此也就违背了起名的目的。

约翰仔细思考了片刻，然后说："它软乎乎的，而且还是粉红色，就像阳具，但又有些类似昆虫的翅膀。本人在此谨将这种生物体命名为'交螂'。"

埃米叹了口气。

交螂在量杯里笨拙地"嗡嗡"乱撞，翅膀受伤有可能是因为遇到了我们，也有可能是被迪奥齐咬掉的。它最终确定自己无法逃出牢笼，于是停在杯底，收拢翅膀，将其贴在身体上。

我说："很好，马尔科尼博士肯定会想看一眼的。"

约翰说："我打电话给他试试。"他掏出小刀，切开量杯。这么做是因为他需要用手机，而他的手机此刻就在杯底，量杯里除了他的手机之外，没有其他东西。

埃米和我看着约翰割开胶带，开始掀开盖子。这时埃米甩了甩脑袋，像是刚从恍惚中清醒过来，她立刻抓住约翰的手腕。

"等一等。*我们这是在干什么？*"

约翰停下，我们三个人傻乎乎地瞪了一会儿量杯。我眨了眨眼，手机变回虫子，手机的影像渐渐消失，恢复成闪闪发亮的黑色眼睛集群。它再次尝试起飞，撞在盖子上弹了回去。

约翰说："好吧，这个够古怪。"

我说："它不但能变成手机的样子，而且还让我相信它就是手机。怎么说呢，让人无视所有与事实相反的证据。"

约翰说："它好像能侵入大脑，关闭所有的逻辑回路。你的思辨能力全都飞出窗外，感觉自己像是在做梦。忽然间你回到了中学的时候，一只鹦鹉用体育课老师的声音吼叫，用尖嘴拔掉你的满口牙齿，但你只有一个念头：*我该怎么向牙医解释？*"

埃米说："它收拢翅膀后才发生的。我猜它的身体能变得像是其他东西，但收拢翅膀后，它就变得……有催眠能力之类的了。我觉得咱们应该遮住它，这样就不会看见它了。”

约翰从身旁的椅背上抓起星条旗盖毯，扔过去，盖住咖啡桌。

我说：“呃，你怎么知道它是靠视觉发挥能力的呢？”

埃米耸了耸肩，说：“否则的话，我都不知道采取预防措施该从何做起了。”

但约翰还是把量杯放进了壁橱，只是为了多加一层防护，哪怕仅仅是比纸还薄的一扇木门。

埃米说：“好了，咱们重新进入福尔摩斯模式。那东西想逃出量杯，于是变成能让我们想主动放走它的一件物品。明白了吗？就连外星怪虫的行为也有逻辑可循。所以，根据它变出来的其他形态，我们能够推导出什么结论？”

约翰说：“我们知道它会利用人们的恐惧感。特德是个父亲，他看到的便是恋童癖。我看到的是个华尔街精英，因为你们知道的，我担忧经济正义和阶级剥削的问题。大卫，你看到了什么？小丑？你家房东？弗雷德·德斯特[1]？素食肉饼？你的性功能缺陷？”

“我看到的是我自己，一个更酷、更健康的我。”

约翰说：“好的，我们可以花上一个晚上帮你分析。”

埃米说：“它骗不过狗。狗想吃它，因此它的伪装无法欺骗狗。很好，对吧？咱们这就有了一个……呃，蟑螂探测器。要是狗想咬

1 弗雷德·德斯特（Fred Durst，1970— ），美国歌手、演员，新金属乐队“软饼干”的主唱。

一个人，那我们就知道那家伙很可疑了。”

“前提是，”我说，“还有更多的这种东西。”

“当然还有。约翰忙着收拾宁芙的时候，我在和假大卫周旋。因此，至少还有加起来能变成一个人的这种东西。”

约翰说：“要是变成侏儒，那就至少有两个了。”

我感觉到头痛正在袭来。我用手指按住太阳穴，说：“或者一千个。我是说，反正都是随便瞎猜。”

埃米靠在沙发上，用独手梳理头发。“对，重要的是咱们把小女孩救回来了。在我看来，这就说明今天的赢家是咱们。”

9

又一起儿童失踪案

下午三四点钟，埃米和我告辞回家。排水沟已经满溢，汩汩流淌的积水离性玩具店的地基只有二十英尺了。刚开始我还庆幸我们住在二楼，然而假如一楼被淹，我们恐怕也没法继续住在楼上，嘲笑在脚下街道上溺水的乡巴佬了。估计到时候供电会因为线路泡水而中断，道路也会变得无法通行。因此，要是大雨再不停下，积水继续上涨，我们该去哪儿呢？第一选择肯定是约翰家，但他那片住宅区的地势似乎也没比我家的高到哪儿去；另外，在同一个屋顶下待上两天，我们的友谊大概就会走向尽头了。

一进家门，埃米就脱掉湿衣服倒在床上。十一点她要回去上班。你明白的，否则我的餐桌上就没饭吃了。我在她身边躺了一会儿，搂着她的肩膀，她背对着我。

“你……还好吧？”

她嘟囔道：“一个人经过这样的一天，你说我能有多好？”

她默默地躺了一会儿，我则拼命地思考下一个问题的措辞。

我说：“伪装成我的那东西，我的二重身……没有伤害你吧？没有企图……攻击你吧？”

"没有，没有。"

"那就好。"

沉默。

"但我知道你有事情没告诉我。"

"我向上帝发誓，大卫，我把我能想起来的每一个有用的细节都告诉你了，要是我还能想到别的，也一定会告诉你。但是，不，我不想把今天每一分每一秒发生的事情全都告诉你。这应该不难理解，对吧？"

"只是……你不会瞒着我，从来不会。你从不这么做。"

"有些事情你不想知道，那我就会瞒着你了。"

"这就……不，比方说呢？"

"大卫，我要睡觉。我们吵架的时候我会哭，身体会分泌肾上腺素，然后我不但睡不着，而且会在床上一连躺六个小时，脑子里只有我们互相吼了些什么。你就……让我休息吧。"

"我不想吵架，但我想知道你向我隐瞒了什么。举个例子就行，有什么事是你觉得不能告诉我的？你连止疼药害得你便秘都告诉我了，既然你愿意分享这个——"

"有些事情会让你一头栽进抑郁的深渊，那我就不能告诉你了。我是说，光是现在提这么一句，我觉得就已经把你推下去了。"

"我很抱歉给了你这样的印象。但你不能这样啊，要是我对你说'埃米，我向你隐瞒了一些非常重要的事情'，你肯定会逼得自己发疯，非要搞清楚是什么才行。比起你胡思乱想地瞎猜，我无论说什么都不可能更糟糕了。我只要你举个例子，就这么简单。"

她叹了口气，揉了揉眼睛，说："二月的房租不够数了，我只能找约翰借钱。"

我感觉到一团黏糊糊、黑沉沉的羞耻感从大脑深处冒着泡泛上来。

唉，她说得对！

我努力地想拼凑一个完美的回应，不仅能让她安心，还能让她相信她在犯傻，我其实没那么脆弱。但二十分钟后，我还在构思该如何回应，而埃米已经和平时一样在轻轻打鼾了。我悄无声息地起床，关上卧室门。

我走进卫生间，站在水槽前，盯着镜子里的自己。

我忽然意识到了。

没有滴水的声音。

外面还在下瓢泼大雨，但天花板是干的。等一等，大卫的二重身真的修好了屋顶？

我拖着脚走进厨房，看见水槽里的早餐碗碟、糖浆瓶。我努力地想象埃米和我功能良好的复本共进早餐，他们随口闲聊的画面。折叠桌上的垃圾已经被清理掉了，我最近收到的那些破烂货——包括《罗德曼自传》和魔性弹珠——全都无影无踪，而且没有被随便扔在地上。我走进堆垃圾货的房间，没错，那些东西已经被收好了，肯定是我的二重身干的。东西现在整整齐齐地堆放在一个架子上，旁边是我们一直摆在房间里的独臂水泥雪人。

我的手机响了，是约翰。

我接听电话："该死的还有为你制造手机的所有童工。"

"坏事刚成真了。结果确实还有其他的。"

"其他的什么？"

"昨晚失踪的孩子不仅玛吉，至少还有另一个。"

"该死。"

"一个单身母亲的孩子。警方话务员没有认真对待她的报警，因为她听上去疯疯癫癫的。他们认为她的孩子在同一个时间段被掳走了。”

“什么鬼，约翰？”

“我和她联系上了，她叫查茜蒂·佩顿。她想和咱们谈一谈。”

“她当然想了。”

“她住在卡美洛公园。”

“好的。要我过来接你吗？”

“我就在楼下，停车场。”

“你当然在了。等我一分钟。”

“还有一点。”

“就不能等三十秒，我下楼之后再说吗？”

“不行。刚才我准备出门的时候去拿车钥匙，但我不记得放在哪儿了。然后我对自己说‘哦，我知道在哪儿’。你想猜一猜我以为钥匙在哪儿吗？”

“我完全听不懂你想说什么。”

“我以为钥匙在壁橱的量杯里。我模糊地记得不知道为了什么，我把钥匙封在量杯里了。是那只交螂，它企图让我放它出去。”

“天啊，太诡异了。你不能把那东西留在家里，它会搞坏你的脑子的。”

“那我该怎么处理它？”

“好吧，有时间咱们应该建立一套规程来处理这东西，所有这种东西。”

“总之，我把它埋在后院了，且看有没有用吧。”

我挂断电话，出门下楼。约翰在楼梯底下等着我，他急不可耐地抓住我的胳膊，拉着我绕到建筑物前面，钻进性玩具店的正门。

“干什——”

“特德·诺尔刚才开进来了。”

我转过身，看见红色羚羊汽车停进一个停车位。我猜他来不是为了买可食用的小内裤。我们一直往店堂最里面走，躲在一个货架背后。我们背后是一整面墙的真人倒模硅胶屁股。

“我的天，约翰，他就不能多等一天再来进行血腥复仇吗？他应该在家陪女儿才对。”

“如果是你，你会等多久？”

我扭头看了一眼屁股墙。“这是干什么用的？”

“大卫，我再怎么强调都没用，在这座小镇长大真的限制了你的眼界。”

特德下车，大踏步穿过豪雨，寻找通往楼上公寓的门口。他似乎没看见我们。

约翰说：“要是他上楼，咱们该怎么办？埃米在家里。”

“对，我们需要一个计划。”

“咱们直接出去，告诉他真相如何？”

我说：“咱们根本不知道真相是什么。另外，还有一个孩子失踪了。因此据我们所知，他说不定看到了别人发给他的手机视频，里面是我残害一个小——”

一名店员经过，约翰大声说：“对，大卫，我同意，咱们应该用硅胶屁股盖满地板。”

前门“叮咚”一声，特德走了进来。店堂很小，想躲他显然是个可笑的念头。他直视着我们的眼睛，迈开大步走过来，说：“你们跟我出去聊聊如何？”

我说：“我在这儿待得挺好。”

“随便你。”

“而你应该好好想一想自己打算做什么，想一想你是不是真的想那么做。”

“所以你现在还会读心术了？你看，我很忙。我花了一个下午的时间搜集信息，阅读和你们以及这座小镇有关的资料。”

“特德，想听一个忠告吗？搬走吧，这儿没有什么值得留恋的。”

“现在你开始教我怎么做人了？”

“你想一想，特德。现在的局面恰恰就是我们一开始告诉过你会发生的事情——思维游戏，就这么简单。他们诬陷我犯罪，因为他们就爱做这种事取乐。”

“嗯哼。知道吗？后来我仔细查看警报系统，怎么都绕不过一个事实，那就是警报系统没有触发，摄像头刚好在那个时刻变黑。我甚至打电话给利特尔顿，也就是我购买警报系统的那家公司，工作人员说他们那头一切正常，毫无异样。但之后我和今天早上来过的那位警探聊了聊，他立刻表示你的女朋友就在利特尔顿呼叫中心工作。说来有趣，这件事你一个字也没提过。”

多谢了，警探先生。

我说：“你他妈胡扯什么？你以为是我让埃米关闭了你家的警报系统？就算她想这么做也做不到。”据我所知，“要不是我告诉她，她甚至不知道玛吉是谁。但我说服不了你，对吧？你来这儿不是为了查清真相，而是来报复的。”

“我来这儿是为了看着你的眼睛。知道吗？电影里的硬汉出征时，他总是拥有一样你在现实中不可能找到的东西——信念。蝙蝠侠站在屋顶上，看见抢劫案在街上发生，永远当着他的面发生。非常方便，他不需要战胜内心的疑惑，不需要搞清楚他会不会错误地伤害了一名无辜者。不，在我百分之百确定之前，我什么都不会做。但我很快就会知道的，无论通过什么方法，而且用不了多久。”

“然后呢，你杀了我，去坐牢，你女儿一辈子都没有父亲？”我挤开他，走出店门。他跟着我。“我告诉你，特德——走吧，收拾行李，离开这儿，最好今晚就走。为了你好，也为了你女儿和洛雷塔好。”

特德抓住我的肩膀，把我转过来。他盯着我说：“你这是在威胁我？”

约翰

闪电划破天空，约翰看见怒火在两个人的脸上燃烧。这一刻，约翰确定两个人中有一个——大卫或特德——不可能活着回家了。

约翰说：“特德，你必须冷静一下。”

“约翰，你别插手，这是我和他之间的事情。”

大卫耸肩甩开特德的手。他眯起眼睛，每次怒火在内心熊熊燃烧时，大卫就会眯起眼睛。他似乎想克制自己，不让激光射出眼窝，焚毁前方的一切，就像独眼巨人那样。

大卫咬牙切齿道：“你有心理创伤，诺尔先生，你的脑子不清楚。相信我，再加一份创伤也不会让你好起来。我不想和你打架，但假如你非要和我作对，我也乐意奉陪。”大卫从头上脱掉衣服，露出从不剃毛的黑熊般的身躯。“来，看见我胸口的这道伤疤了吗？那是子弹打的。看见我肩膀上的这道伤疤了吗？那是刀伤，是我自己捅的。看见我面颊上的这道伤疤了吗？我甚至没法用你愿意相信的语言解释给你听。我还有另外五六道伤疤，但没法在公共场所给你看。我挨过刀子，被火烧过，被牙齿咬过，被泰瑟枪打过。所以，好，如果你想和我打，那么我奉陪到底。我赢不了你，你是受过训练的军人，而我是一口袋肥肠，只会把啤酒变成小便和抑郁症。但我把话撂在这儿——和我打过的人，没一个会回来打第二场的。”

闪电照亮世界。特德嗤之以鼻地说：“是吗？行啊，但这次你未必能活下来。”

约翰说：“诺尔先生，你想一想你指控他做了什么，再想一想你今天都见到了什么。你不是指控他偷走你的孩子，而是用黑魔法偷走你的孩子。你想在性玩具商店的停车场痛揍一个猥亵儿童者，我完全能够理解，我本人也这么做过。但你确定你想和一个会巫术的性变态打吗？结果将是你的屁眼会受到诅咒。”

大卫说：“你看，我们刚和警察谈过。昨晚失踪的孩子不仅你家玛吉一个，至少还有一个孩子也失踪了，而约翰和我最有可能找到他们和背后的犯人。如果你非要认为这是我们干的，所有坏事都是我们干的，没问题，随便你去想好了。要是你愿意，可以跟着我们满城跑。但正在发生的事情远比咱们几个人重要。假如你觉得你能挡住我们，那我只有一句话想对你说……”

我

“……我对你经历的所有事情感到抱歉，我能做的只有恳求你保持耐心，给我们二十四个小时去解决案子。然后你要是想杀了我，就尽管动手吧，反正第二天也不会有人为我降半旗的。”

特德咬着腮帮子，闷哼一声，转身走向他的羚羊汽车，边走边摇头。他扭头指着我说："我会盯着你的，我向你保证。"

他开车离开，约翰走到"金星捕蝇草"门口的雨棚底下。他点了支烟，问："万一那家伙无论如何都不肯放过你，你必须和他打一场才行，你会怎么做？我知道你不想杀人，但……"

"我说不准，哥们。你已经杀过他一次了，感觉如何？"

"我换个问题好了。你走进我家，发现看上去和我一模一样的那家伙躺在沙发上自杀了，你相信了吗？"

"呃，相信了。看上去非常逼真。"

"但当时你真的相信我自杀了吗？我有可能做出这种事吗？你难道觉得我有自杀倾向？"

"呃，不，我不确定……"

"你为什么不认为我是被谋杀的？因为现场看上去被布置得像是自杀吗？"

"我不知道，我只有短短几分钟的时间可以思考。我不明白你想问什么。"

"既然宁芙用我们的思维制造这些二重身，既然他挑挑拣拣，专门选出我们最害怕的东西……你脑子里想到的为什么是这个？"

"我不知道，真的不知道。"

"因为你知道我绝对不会那么做，对吧？我绝对不会扔下做到一半的事情，也绝对不会扔下你和埃米。我的脑袋里甚至不会产生这种念头，埃米也一样。"

"很好，约翰，我很高兴听到你这么说。咱们走吧。"

"不等埃米吗？"

"她在睡觉。她晚上还有工作。"

“你问过她想不想去吗？”

“没有，你打电话的时候她在睡觉。”

“去叫醒她，问问她。”

“我才不去呢，她会生气。我叫醒她，拉她去做这种烂事，而她晚上还要值夜班。你想问就自己去好了。她叫你滚远点儿的时候，记得说清楚这是你的主意。”

二十分钟后，约翰、埃米和我开进卡美洛公园。这儿不是全镇最好的拖车园地，也不是最差劲的。也许是第四差劲的。

“警探说她的脑子不正常，”约翰说，“但在这座小镇里，天晓得这话是什么意思。我问她该怎么找到她的拖车，她说就是有沙袋的那辆。”

埃米说：“她是单身母亲？”

“对，不知道能不能找到孩子父亲的影子。”

“有意思。诺尔夫妻也分居了，这有可能是个模式。”

约翰说：“我不认为这两起案件有什么模式，就好比它们都发生在美国，但这恐怕算不上一个模式。不过，这个孩子的名字有点儿耳熟——米基。”

埃米说：“前面那辆。”

事实上，在整个拖车园地里，只有查茜蒂这辆的四周用白色沙袋筑起了齐腰高的挡墙。我们翻过屏障，敲了敲门。开门的是个黑人女性，体形仿佛橄榄球大联盟的防守前锋。

她的问候语是：“唉，该死！”

约翰说：“佩顿女士，我叫——”

“我知道你们是谁，我会上网。三人组的第三个——戴眼镜的矮个子红发姑娘呢？哦，看见了。他挡在前面，我没看见。”

我说：“对。呃，约翰说过我们为什么来吗？”

“进来吧，你们站在外面像三只满头是尿的厕所老鼠。”

我们走进查茜蒂的客厅，家具和地板都铺着透明塑料布，就好像她准备搞一场大屠杀。墙上挂着一条巨大的毛绒鱼玩具。

我说：“不介意我问一句吧？沙袋是从哪儿弄到的？”

她耸了耸肩。“我花钱雇了两个人垒沙袋。就是两个星期前的事情，只花了他们一天时间。两个红脖子男人干起活来像两匹马。邻居觉得我发疯了，现在看，疯的是谁？我还有汽油发电机，就算断电，我也能保证冰箱和照明灯正常供电。我有冷冻的大头鱼，就是用这两只手抓的——好吧，我用了鱼竿，不过你明白我的意思。假如你无法满足自己的基本需求，那你就会被体制奴役。喝点儿什么？我有牛奶、果汁和水，就这三样。没有烈酒，没有咖啡，没有软饮料——我的生活无法承担上瘾。你想问我米基的事情？”

我说：“呃，对，在他失踪前，有没有一个诡异的男人来过？我说的是个陌生人。”

“反正我没看见。他是幽灵吗？”

约翰说：“你为什么这么问？”

“无论抓走米基的是谁，他不是幽灵，就是忍者，而且就算是忍者，我觉得我也能听到点儿响动。当时我就在沙发上睡觉，那家伙必须从我身边走过才行。进出一共需要两次，而且我的睡眠很浅。另外，即便这个变态是潜行大师，他能像蜂鸟似的飘来飘去，米基也会一路挣扎闹腾直到门口。这小子做个噩梦都能把床头板踢出一个窟窿来。你们在吓人的旧矿井找到了金发小姑娘，对吧？你们有没有好好搜索一圈，看还有没有其他孩子被藏在那儿？”

其实我们没那么做，但约翰还是说：“当然，警察一窝蜂似的涌到那一片，但什么都没找到。没有什么地方可以藏人，只有几幢小木屋，但根本没人住。”

“因为没人想住在那儿，所以人们认为魔鬼就住在矿井底下。当然了，那只是乡巴佬在胡说八道。我总是告诉他们，你想知道魔鬼住在哪儿吗？先去看看你自己的内心吧。孩子会不会被藏在矿井里呢？”

我说：“不可能，无数吨岩石封死了矿井，只有大型挖掘工程才有可能打通一条路，而且那家伙必须去弄一辆挖土机。你见过什么不寻常的东西吗？未必是那天夜里，之前任何时候都行，哪怕是几个月以前。米基有没有说过古怪的话，或者做奇怪的梦？”

“没有。”

“学校老师没报告过他有任何奇异的举动吗？”

“我在家教育他。我不需要美国政府给我儿子洗脑，把他变成机器人。”

从约翰的表情来看，这一点似乎非常重要。我还没来得及问原因，查茜蒂就说：“哦，当然，这里有蝠螳。”

埃米说：“蝠什么？”

“过去几个月一直在这地方出没的飞行怪物。其他人就算了，你们肯定听说过。”

约翰说：“邮件也许被淹没在我的收件箱里了。”

查茜蒂问：“你们想看看吗？”

我疲惫地长出一口气。“当然。有何不可呢？”

结果查茜蒂只是给我们看了一段视频，她并没有把怪物绑在衣柜里之类的。她领我们走进卧室，取出笔记本电脑。这东西至少是四年前的型号了，但上面连个指印都没有，她不用的时候就把电脑放在原装盒子里，估计每次使用后都要将里里外外清洁一遍。

她找到一段只有一百六十五次播放的 YouTube 视频。视频的开头非常缓慢，是一个男人在用手机拍摄训练博美犬叼飞盘，三次尝试的结果都是飞盘打在拒绝配合的小狗脸上并弹开。然后背景中忽然有人尖叫，拍摄者将镜头转向天空。

半空中有一只怪物在拍打翅膀，它飞得刚好够低，足以让人看清那不是一只鸟。从侧面望去，它像是一场恐怖事故的产物：一对蝙蝠的皮质膜翅和似乎属于螳螂的身体连在了一起。

镜头对准它后刚过了两秒钟，它就向后收拢翅膀，像炸弹似的扑向拍摄者。带翅膀的恐怖怪物俯冲而来，那个白痴居然还在拍摄。一团模糊的影子掠过，小狗汪汪惨叫，怪物重新飞了起来，用带钩的前腿抓着拍摄者的小狗。视频标题：

蝠螳？？？

查茜蒂点击重播，在快到中间的地方时暂停视频，给我们看怪物最清晰的影像——它掠过地面去抓猎物。它全身呈纯白色，翅膀与身体并不相称，一条带钩的前腿比另一条短小。中腹部比其他部位更粗，就像蜜蜂那样。它有一双黑色的大眼睛，但眉骨的形状使得它像是对自身诞生的这个世界充满困惑。

“你们从没见过这种东西吗？”

约翰没有说话，埃米脸色苍白。我说：“呃，它不在我们的数据库里。”

“等一等，还有其他的。”

她点击播放，镜头切换，另一个地点出现在画面里——小镇南边的废车场。夜间，手电筒的光束在一排排生锈的废弃车辆之间晃动。拍摄者不再是单独一个人，他左右各有一个手持猎枪的男人。

拍摄者用嘶哑的声音说："那儿！上面！"

蝠螳蹲在一摞六辆被碾平的轿车顶上——怪物把最上面的一辆老式敞篷车当成了巢穴。枪口的火光和响声此起彼伏，他们在朝长翅膀的怪物开枪。怪物躲闪着飞走，几秒钟后变成了夜空中的一个白点。

三个人走进"巢穴"，拍摄者爬上摞在一起的废车，他也许还怀着一丝渺茫的希望，说不定能发现他的狗还活着。他将手电筒照向敞开的车厢……

光束照亮了一个碗状的东西，它有点儿像巨大的鸟巢，占满了原先是前座的位置。这个"巢穴"由小骨头组成，其中很多是粉红色的，还带着残余的血肉。五颜六色的绳索和皮带穿梭于骨头之间，点缀着亮晶晶的金属碎片。

狗的项圈和皮绳，足有几十根。

拍摄者开始尖叫，视频中断。YouTube 上只有一条评论，内容只有三个字：一眼假。

我听见背后响起急促的脚步声，转身发现埃米不见了。走廊另一头，我希望是卫生间的方向传来她反胃的声音。

查茜蒂说："看来我应该提醒你们一下内容的问题。我第一次看的时候反应也不太好。"

约翰说："我知道这么说有点儿奇怪，但出于某些原因，看见狗出事更加糟糕。"

"一点儿也不奇怪。一个人心情好不好要看日子。但一条好狗，它从早到晚唯一的念头就是逗你开心。小姑娘开口了吗？她有没有看清楚是谁抓走了她？”

约翰正想回答，我立刻插话：“她没看见什么东西，但她也没说被一只巨大的白色蝠螳抓着飞上天空。这种细节哪怕是个孩子应该也不会被略掉。”

她说：“所以，你的意思是不是说，这只怪物的出现和米基的失踪没有任何关系？”

约翰说：“在这座小镇上？非常有可能。”他望向我，“我们需要给它起个名字。”

“它已经有名字了。至于米基，我们不能排除任何可能性。不过别的不说，我们安然无恙地找回了玛吉，这个事实应该让我们抱着乐观的心态。”

埃米回来了，她抱歉地和查茜蒂对视一眼，女人总是这么心灵相通。

查茜蒂说：“你们还没说收费标准呢。”

埃米说：“哦，我们不收钱。”

“不行，你们必须收。无论你们接不接这个活儿——我不希望你们半途而废，弄得好像你们是在卖我人情，努力到一半就可以给自己戴高帽子了。这是一份我需要你们完成的工作，既然你们接了，那我就要你们当它是一份工作。”

我思考片刻，说：“我们收两百七十五美元。找到他再付款。”

埃米和约翰都望向我，大概在想我怎么会想到这样一个有零有整的数字。

约翰说：“米基的体重是多少？”

“大概六十五磅。”

他点了点头。“好，两百七十五美元。”

埃米说："我们送他回来后，你再付款。"

我们起身，对查茜蒂说我们会保持联系的，然后再次驱车穿过雨幕。

我问埃米感觉如何，她撒谎说还行。

我们默不作声地开了一会儿车。

然后，埃米突然盯着我说："我们能搞定这堆烂事的，我知道咱们能做到。咱们能打败宁芙，找到另一个失踪的孩子。咱们会成为英雄。警察会道歉，特德会明白他错了，一切都会好起来的。"她点了点头，像是在赞同刚从自己嘴里说出来的话，"对。一切都会好起来的。"

我说："埃米，有可能就在咱们说话的此刻，还有其他孩子悄然失踪了。仅仅因为你及时找到了玛吉……你明白的，这种情况不是每次都会有好的结局。通常人们赶到坏蛋躲藏的窝点时，只会发现一堆……呃，项圈。"

埃米坐在后排，望着副驾驶座一侧雨水纵横的车窗，忽然痛哭起来。

我说："怎么了？"

10

闪回：给埃米留下心灵创伤的华夫饼早餐

埃米

大约九个小时前，肖恩在“金星捕蝇草”门口放下埃米，埃米上楼回到家里，有一瞬间产生了怪异的感觉，大卫像是凝固在了房间里。随后他开始说话，埃米也没有多想，这是因为接下来发生的事情更加古怪：

几个月以来，大卫似乎第一次发自肺腑地感到高兴。

她问：“小女孩的案子破了吗？”

“破了，”大卫答道，搅拌着华夫饼面糊，“她已经安全回家了。结果根本不是什么‘小丑阳具’，只是个本地变态。我们请警察追踪他的手机信号，找到了他的厢式货车。无论他有什么企图，都根本没捞到机会。”

他们花了一小会儿时间庆祝胜利，埃米当然不可能知道当时约翰和真正的大卫还在东奔西跑、努力破案，而玛吉依然不知去向。

随后埃米注意到漏水的屋顶修好了，听大卫说是他亲手修好的，她从内心深处感到震惊。

“我正在给你做华夫饼。你饿了吗？”

她不饿，但还是说：“快饿昏了！”

他说：“那就请坐吧。按照我今天的计划，你需要补充点儿能量。”

“嗯？是吗？”

“一会儿你就知道啦。工作怎么样？”

大卫差不多有一年没问过她这个问题了。

“无聊。有个老太太不停地打电话来说她死去的丈夫企图破门而入，结果是她活着的儿子。她患有阿尔茨海默病，没有怪物作祟。那么……你感觉如何？”

“非常好。我是说，我们解决了案子。”

“你昨晚过得很不太平……”

他耸了耸肩。“没什么是用华夫饼治不好的。”

她走到窗口。“咦，车去哪儿了？”

“哦，送去修了。刹车总发出怪声音。”

车当然没有“送去修”，真正的大卫正开着它驶向小教堂，前去寻找约翰。但另一方面，埃米绝对不可能知道。

“咱们……呃，花得起那个钱吗？”

“再穷也不能没刹车啊，埃米。否则免下车餐馆的那家伙没算好投掷时间怎么办？请坐。”

她坐下了。牌桌已经被清空，碟子已经摆好——真正的碟子，而不是纸碟。自从大卫觉得他连洗碗的能量都没了之后就开始买纸碟充数。

“但我想说的不是这个，”大卫说，“约翰和我破这个案子拿到报酬了，孩子的父母很有钱，我们怎么拒绝都没用。孩子的父亲还说了些特别催泪的话，他说在女儿失踪以后，他的脑子里只有一个念头：假如他知道女儿在他身边的那一天是最后一天，那一切就都不一样了。他会花时间念故事哄她睡觉，会真心诚意地对女儿说爱她。他说只要能把女儿救回来，从今往后的每一天他都会当作是最后一天过，只因为他能做到。然后我心想：这不正是我一直没有做到的事情吗？要是我知道今天是自己在世的最后一天，我会怎么做呢？答案很简单。我会带你去一个地方，就你和我两个人。为什么不这么做呢？明天是星期六，你可以拒绝加班。今天，你和我，咱们溜出去开心一下，去个既没有电视也没有互联网的地方。”

“呃……好的。你不会觉得无聊吗？”

“无聊？等你走进那扇门，我会立刻脱光你的衣服，等我和你做完，你会连一根手指都没法动了。要是我哪天对这种事觉得无聊了，你就干脆给我一个痛快，免除我的痛苦吧。”

埃米把双臂叠放在桌面上。“哦，是吗？”

“我只有一个要求——别再让肖恩送你回家了。别再和肖恩去任何地方了，哪怕是和一群人一起去。倒不是说我责怪他，任何一个男人待在全世界最美丽的女人身边，恐怕都会是这个反应。但万一他威胁到了咱们之间的关系，我就会失控——你知道我真的会，而我并不想失控。这既为了我好，也为了他好。”

“这事咱们回头再议。”

“不，不行。华夫饼锅烧得滚烫，咱们得趁热打铁。”

他们就这么聊了下去，吃着华夫饼。埃米笑得停不下来。

她建议等雨停了——至少稍微小一点儿——再出发，但他们刚吃完饭，大卫就执意要走。

“只是一点儿水而已，虽然会弄湿你的衣服，但反正这个周末你也不需要穿衣服了。”

她问要不要叫出租车，因为他们的车送去修了，但大卫一言不发地出门下楼，走向性玩具商店的停车场。她跟着大卫，发现他打开了一辆二十世纪六十年代的红色轿跑车的车门。

“这是什么？”

“一九六七年款的雪佛兰羚羊汽车。客户送给我们的，为了表示感谢。文件在手套箱里，写得清清楚楚，已经属于我们了。上车吧。”

她坐进车里。大卫转动钥匙，引擎“隆隆”发动。他转向埃米，微笑道：“听见了吗？”

埃米报以微笑。“我觉得咱们应该穿上大学运动队的队服，而且至少有一个人应该叼着香烟。”

“然后咱们去参加越战游行示威——拥护战争。”

两人放声大笑。大卫挂挡，车子开出停车场。大雨捶打着樱桃红的引擎盖，雨点落在闪闪发亮的车蜡上，然后破碎飞溅。这辆车曾经是某个人的心头宝贝。

埃米说：“这场暴雨越来越吓人了。”

大卫耸了耸肩。“只是各种各样的噪音，没什么好怕的。要是你在飞机或小船上，那确实有点儿吓人。但你在一辆超厉害的肌肉车里开两英里，那就什么都不是了。”

“我还是想知道咱们这是去哪儿。”

“受害者的家人感激涕零，报酬的一部分是去他们在矿眼的小木屋免费度周末。小木屋有个带纱门的凉台，可以俯瞰整个池塘。咱们可以听雨声，让附近的野生动物听我和你搞得天昏地暗。”

“你冷静一下，野小子。”

“哈！对不起。这个案子中失踪的女孩，我们把她安然无恙地送回家，我看见她父母脸上的表情……我说不清楚，仿佛突然间，我意识到咱们可以为这个世界做很多好事。办案的警探也在，他和我们握手，就好像……怎么说呢，我们是有资格的。你明白吗？就好像我们应该在那儿，我们做到了警察做不到的事情。”

“嗯，很好。你应该感觉很高兴才对。我跟你说过了，而且不止一遍。”

“我知道。但你知道我的问题，乌云在我脑袋里凝聚，所以我听不进任何道理。但今天，我看见了一条缝隙，一缕阳光照了进来。我能看见此刻你脸上的表情，你在努力克制希望，因为我就是这个样子，振奋起来一小会儿，然后又崩溃了。但我还有一个消息要告诉你。我打电话让医生开处方，用来调整我的情绪，我约好了下星期二见他。”

“大卫，我的天哪。”

“也该醒来了，你明白的。我过去的那些烂事，糟糕的童年，倒霉的高中时代，到一定的时候，必须放手翻篇了。不会有人回到过去，给我正常的父母。不会有人拨动开关，让我忽然变得和其他人一样。我永远无法适应社会，但没关系，所有的这一切都会好起来的。”

她伸手过去握住他的手，他扭过头看她。“你哭了？”

她说：“没有！当然没有。”她流着眼泪大笑，“你怎么能看见路呢？我只能看见飞溅的雨水。我都能感觉到风在推着车走。你确定不找个地方停下，等这一阵雨过去再走吗？”

“没必要。咱们到了。”

他们在车里坐了一会儿，等待暴雨稍微变小一点儿。小木屋就在前方，看上去很简朴，拾掇得挺干净，建造在矿井池塘之上。大卫伸出一只手抚摸她的大腿，然后凑过来亲吻她。她能感觉到他在呼吸和颤抖，他几乎难以自制。都快接近绿条纹内裤的水平了哟，她心想。

埃米有时候会看《时尚》杂志，他们每一期都会搞个“唤醒你男人内心的兽性”的专题。大卫曾经指出，每个女人都会记住她第一次拨动错误的开关——或者正确的——见到那头真正的“野兽”时如何被吓得魂不附体。也许是卧室里的高跟鞋，也许是一丁点儿疼痛，也许是打扮成高中女生嗲声嗲气地说话。大卫说，每个男人都有一根痒痒毛，有时候连男人自己都不知道那究竟是什么，直到它第一次出现在他眼前。埃米向大卫展示她为游戏大会制作的乌拉拉服装时，偶然发现了他的“兽性开关”。

那身衣服没什么特别羞耻的，只是一条白色胶皮裙（也许稍微短了一点儿），底下缝着裙撑，设计成复古未来主义的样子，以及白色长靴，傻乎乎的粉色假发，手套。她在大卫不知道的情况下另外加入了一条普普通通的绿条纹内裤。这是另一个两人之间的笑话，只有他明白其中的意思。在更加下流的anime（指的是日本动画，万一你太老或太酷，一定不认识这个词）里，女孩们有一半的时间身穿绿条纹内裤，这大概算是某种特定文化圈内的恋物癖。大卫觉得日本动画很可笑，日本恋物癖就更加可笑了，因此她猜大卫看到那条内裤时会笑得前仰后合。

她身穿完成版的戏服走出卧室给大卫看，当时他正要出门。他随口恭维了几句，就在他关门的那个当口，她开玩笑地撩起裙子，向他展示了绿条纹内裤。她大笑，但大卫没有。他换上了另一种眼神，然后转身回到房间里，关上门，接下来的事情堪称……癫狂。那条内裤最后撕破了一小块——她找到了他的一个兽性开关。

此刻她从大卫身上感觉到的就是这种气场。

大卫撤回去，然后望着窗外的暴雨，不耐烦地说："咱们总不能等一整个周末吧？不如直接跑过去好了。"

于是两人冒着暴雨跑过去，跌跌撞撞地冲进小木屋，"咯咯"笑得像青春期的少男少女。墙上挂着猎物的脑袋，雨点敲打铁皮屋顶的声音震耳欲聋。不出所料，他们刚跑进木屋，风就停了，外面只剩下暴雨。小镇的另一头，约翰正在查看宁芙那辆车的后备厢，追逐的结果是它被吉普车和电线杆夹成了三明治。

埃米和大卫走上带纱门的凉台，垂直落下的雨点敲出稳定而平和的旋律。池塘的另一头是座小教堂，坐落于绿草如茵的山丘顶上。大卫亲吻她，毛手毛脚地乱摸，她问能不能稍微缓一下。

她说："咱们有一整个周末呢，对吧？"

"我会尽量控制自己的，但我没法打包票。"他望向池塘，"喜欢这儿吗？"

昔日波光粼粼的皂蓝色水面，今天不见了踪影，此处不再像是童话故事的场景，肆意流淌的水流把池塘变成一个泥泞的水坑，雨点将池塘水面打得像开锅似的，波纹交错滚过水面。

"真美。"

大卫在柳条椅上坐下，拍了拍身旁的座位。"我想说真希望天气更好一点儿，但我很了解你。这就是埃米喜欢的天气。"

"对。不过前提是有屋顶罩着我——假如要我从早到晚站在外面，那我就没法喜欢这种天气了。另外，你明白的，最好全镇不在洪水警报的威胁之下。不过你说得对，这儿的雨势——大滴的雨点垂直落下，只有一点儿凉风吹进屋子……让我只想找个地方蜷起来。”

大卫搂住她。她偎依在他的怀抱里，享受他的温暖。

她说：“我知道你对这个小木屋没什么兴趣，除了——你明白的——有个私密的地方可以从早到晚做爱。但此时此地，我们就坐在这儿，彼此难分你我，头上有个屋顶，外面正在下雨。对我来说，像这样的这种时刻，就是天堂。”

“埃米，你相信天堂吗，就像一个真实存在的地方？”

“我这么说只是一种比喻。”

“但我还是想知道。认真的。”

“我不确定。但假如天堂真的存在，也许你可以选择它是什么样子的。也许每个人都会得到自己的天堂：一个魁梧的机车大汉，他可以骑着哈雷摩托车和一群伙伴永远奔驰；战士会去瓦尔哈拉[1]。而我只想要这个。不是下雨或小木屋，而是……所有的烦恼都能消失。钱、工作，每隔一段时间就要吃食物和药片，否则身体就会不好好工作，以及拉开你我之间距离的所有东西、所有的界限、所有的恐惧，全都烟消云散，只剩下你和我，两个人在一起，想厮守多久就能多久。要是不想说话，甚至连话都不需要说。只是……两个人在一起。”

“那地狱会是什么样子呢？”

她犹豫起来。“呃，这个转折就太黑暗了。”

“你从没考虑过？”

1　北欧神话中的天堂之地，是位于阿斯加德的一座雄伟大厅，由奥丁统治。

她思考片刻，然后说："奥斯维辛有一种窄小的牢房，名叫站牢。牢房的门开在地面上，只有一英尺高，你必须爬进去才行。里面小得就像棺材，只有四英尺高，没有足够的空间供你坐下或躺下，因此你无法睡觉和休息，只能弯着腰站在这个不透气的水泥盒子里。然后他们关上你脚边的小门，里面一片漆黑——没有窗户。你就那么弯着腰站在那儿，一个人，没法动弹，一片漆黑，接连几个月。要我说，地狱就是这个样子，但你要受苦到永远。"

"天哪。"

"是你要问的。"

"但你并不相信，对吧？随便什么地狱，都不相信。"

"我知道你相信。"

"对，因为我说只要有希特勒和强奸犯，他们泡在耶稣的游泳池里议论他们以前的受害者，天堂就不可能是天堂。但那儿对他们来说也不可能是天堂，有些人只要不残害别人，就不会感到高兴。对他们来说，唯一有可能存在的天堂无疑是其他人的地狱。所以，你相信地狱吗，一个永世受苦的地方？"

她说："不相信。"

"为什么？"

"咱们就不能换个话题吗？"

"你就稍微容忍我一下嘛。"

"我不相信地狱是因为那样天堂就不可能存在了。"

"因为假如你知道有人在受苦，你就无法享受天堂的快乐了。"

"要我说，假如一个人明知道有亿万其他人永远在痛苦中哀号，他还能永远享受天堂的快乐，那他肯定是个反社会的变态。"

大卫说："我想说的正是这个。那些浑球儿把自己投入烈火中，结果毁灭了你的快乐，因为他们在被焚烧。他们利用你的同情心来坑害你。这是地狱的终极把戏，它的烈火会灼烧每一个人。”

埃米没有说话，因为她希望这个话题能到此为止，她已经不怎么喜欢此刻的对话了。大卫思考片刻，像是终于弄清了他真正想表达的意思，但反而不知道该怎么说出口。

他最后说：“你记得咱们第一次谈到结婚吗？大概……呃，六七年前，我说除非你拿到学位，否则我不会和你结婚。你记得我为什么那么说吗？”

“你希望我能自立。你不希望我因为害怕无法一个人生活而结婚。因为一旦结了婚，就算我不快乐，也只能认命，以后都和你待在一起了。”

“没错。但我希望你知道……反过来也一样。”

“我知道。”

“不，我认为你不知道。埃米，我做过一些可怕的事情。”

“嗯？她叫什么？”

“不是那种事。我做的……我让你相信假如你离开我，我就活不下去了，我会因自残或者崩溃而灭亡。我知道你这么认为，而我是存心引导你这么认为的，因为我希望你留在我身边，因为我相信你是我的魔法保护层，能挡住外界所有糟糕的东西，还有我内心所有糟糕的东西。但我希望你知道，我不会有事的。假如你觉得自己不快乐，决定结束这段关系，我会生一段时间的闷气，然后继续向前走，因为我是个成年人了，成年人就该这么做。成年人不会把别人扣为人质。”

“我很快乐，大卫。我爱你。”

“那就好，好极了。但万一有所改变，万一我变了……你就离开，立刻离开。我救过你一次命，但从此以后你每天都在救我的命，日复一日，月复一月，年复一年。你什么都不欠我的。从宏观角度来说，我是个身体健全的白种男性，智商超过平均线，生活在有可能会在这颗星球永远存在下去的最富裕的文明国家里。我拥有全部的机遇，但我所有的问题都出在自己身上。不过最重要的是，我希望你能快乐，哪怕你和其他人生活在一起。”

“我知道，你以前说过——”

“我以前不是真心的，但现在是。”

埃米正要回答，但想了想还是让给了沉默。两人偎依在一起，就像大雨中一个干燥的小岛，埃米感觉到大卫的胸膛在她的身体底下起伏。她渐渐地进入了梦乡。

他说：“还有一件事我要向你坦白。但我必须带你去看，然后你才能明白。”

“哦，好的。”

“咱们必须出去才能看见。”

“不能等一等吗？”

“真的不能等了。”

大卫领着她再次上车，绕过池塘来到教堂门前。埃米以为他安排了什么俗气的求婚仪式，可他停车后却径直走过教堂，踏上蜿蜒通向池塘的砾石小径。

埃米跟着他，就快走到底下的时候，大卫说：“在这儿。”

“什么在这儿？”

“你会看见的。”

“你让我害怕了。告诉我这是要干什么。”

“埃米，有时候我会做一些事情，但事后忘得干干净净。然而事情依然是我做的，只可能是我，否则就不符合逻辑了。”

他做了一次深呼吸，闭上眼睛，最后说：“约翰和我……我们没有找到那个女孩——玛吉。大家这会儿都还在找她，但我知道她在哪儿。”

埃米忽然感到浑身冰冷。大卫没有再说什么，他走向水边。他蹚着水一直向前走，直到积水没过膝盖。

她战栗地跟上，雨滴打在眼镜上，她的视线变得模糊。大卫走向一堆松垮垮的石块，那里多年前曾经是矿井的入口。他走到锈迹斑斑的“禁止游泳”标牌前，标牌有一半泡在了水里。

她看见一根白色塑料管绑在标牌的柱子上，塑料管顶部弯曲，大概是为了防止雨水侵入。大卫停下脚步，把耳朵贴在塑料管上，像是在听什么声音。埃米强迫自己挪动双脚，觉得自己置身于噩梦之中。一个念头在她的脑袋里盘旋：你知道事情到最后会是这样。她走进冰冷的池塘，来到大卫身旁，低头望去，尖叫起来。

塑料管连接着一根软管，软管连接着一个透明塑料包裹，看一眼它的形状和尺寸，就知道金发小姑娘肯定就在里面。

“她还活着，”大卫说，“在睡觉。我给她用了药。”

“你给她用了药？”埃米觉得她要呕吐了。但三秒钟过后，她把这个念头踢出脑海，在冰冷的池塘里蹲下，积水没过了肩膀，她把塑料包裹拖出水面，四块煤渣砖吊着它的重量。大卫过来帮忙，他很清楚该怎么断开配重。两人一起把小女孩拖到岸边。

大卫掏出小折刀递给埃米，她割开防水的厚塑料布，在雨中把小女孩搂在怀里。玛吉在轻轻地吸气、呼气。埃米前言不搭后语地安慰女孩，安慰她自己，仿佛在对谁喃喃低语，那其实只是她无意识间发出的声音。

大卫说："埃米，看着我。我要你仔细听我说。你在听吗？"

她没有回答，但抬起头和他对视。

"我不是大卫。"

埃米说："我们可以……你看，她没有受伤，你没有伤害她，你肯定还有一定程度的理智，你肯定——"

"哎，埃米，这不是一个比喻，我真的不是大卫。我长得和他一样，说话和他一样，但我不是他。这会儿大卫在约翰家，依然没找到人生方向，还在努力地解决这个案子。你可以打电话给他。事实上，我要你打电话给他，但不是现在，得等一会儿。"

"什么？你到底在说什——"

"我想知道你听见了我的话，而且听懂了。我知道你并不完全理解，但我希望能知道你至少记住了我的话。"

"你不是大卫，那你是谁？"

"现在我要走了，我不会伤害你或追赶你，你等一会儿要打电话给他。哦，对了，你刚才太激动，忘记了去配药，你必须叫大卫去替你取药，否则明天早晨你的腰背抽筋，你就连动都没法动了。"

"呃……好的。"

"另外，埃米……你配得上更好的人。"

"什么？我——"

但他已经不见了，就像肥皂泡破灭一样陡然消失。小女孩在她怀里动了动。玛吉的眼睛半睁半闭，因为镇静剂而昏昏沉沉的，仿佛在看，但什么都看不见。埃米掏出手机给大卫打电话，大卫听上去都快发疯了。

"埃米，是你吗？！"

11

事情不是看起来这样的，我发誓

我

从查茜蒂·佩顿家回来的路上，我担心等我们开进“金星捕蝇草”的停车场，会发现特德·诺尔又在等着我们。还好他没有。

但鲍曼警探在等我们。

他钻出警用越野车，在楼梯底下迎接我们。他年轻的搭档待在车里。

我走到他面前，说：“你是来给我们颁奖的吗？因为我们找到了小女孩。”

“我看你能猜到我为什么来。”

我走向楼梯，鲍曼跟上我。

约翰说：“你没有逮捕令，因此除非我们邀请，否则你不能进房间。”

鲍曼说：“你说的那是吸血鬼。”他跟着我们走进公寓，抖掉衣服上的雨水。

我说：“所以，诺尔先生找过你了？”

“事实上，我和玛吉长谈了一场。昨晚两点到三点之间，你在哪儿？”

“睡觉，在我的这套公寓里。”

“有人能证明吗？”

埃米说：“我能。”

我说：“不，她不能，她在上班。”

“我是凌晨三点到家的。晚班。你在睡觉。”

“反正我在黎明前醒来，因为你要我替你办事，没忘记吧？你朝我竖中指，快乐地驶向黑夜。然后我们解决了你的案子。”

“但现在受害者指认了你。另外，受害者家里的利特尔顿警报系统非常配合地出了故障，而你女朋友刚好有机会破坏它。”埃米明显大吃一惊。我没对她提过这一点。不过她没吭声。“受害者的父亲发出了最后通牒，要么我们抓你归案，要么他亲手解决你。”

“那就逮捕他吧。”

“他还没犯罪呢，要逮捕也只能等他毙了你再说——前提是他拒绝让我帮忙处理掉证据。”

“就算你认为是我作的案，可救她回来的不也是我吗？所以你们要指控我什么？指控我们带一个小女孩去参观矿眼，八个小时后又送她回家？为什么？这个活儿我们连报酬都没收。”

“然后我们发现还有一名受害者，至少一名。”

我说：“你认为两次都是我？同一时间，在城市的两头，而且没被人看见？你对我的评价一会儿高到天上去，一会儿又低得不行，你自己不觉得奇怪吗？”

他耸了耸肩，说：“好吧，反正有人犯罪。”

“对，但罪犯不是人，你他妈应该很清楚。”

“我很清楚这个？”

约翰说：“所以，假如我们现在出去，找到了另一个孩子，只会继续增加我们的嫌疑。呃，你猜怎么着——我们不去找他了。相信你肯定理解，此时此刻，逞英雄只是我们的本能反应。”

我说：“让我把话说清楚，想要向你证明我们不是幕后黑手，唯一的办法是成功地找到作案的坏蛋，而且必须是个大活人，能让你收监和起诉。对吧？”

“事实上，王大卫，要是我再看见你靠近任何一名受害者的家人，看见你和证人交谈，或者做什么二把刀的警察活儿，我就把你们三个拖回去，指控妨碍警方执行公务。之所以用‘拖’这个字，是因为我会把你们拴在一辆巡逻车的后保险杠上，拖着你们游街示众。你们必须待在家里，不能离开小镇，只能等着我告诉你们去做什么。听懂了吗？”

我说：“当然，当然，您说什么就是什么。您毕竟是警察嘛。”

他转过身，打开门，人都快走出去了，此时忽然从另一个房间里传来“砰”的一声。

我们一起转身，包括鲍曼警探。

又是“砰”的一声，像是有人在踹门。

来自我堆放垃圾货的房间。

警探说：“这儿还有其他人吗？”

与此同时——

埃米说：“肯定是风。”

约翰说：“是狗。”

我说：“我什么都没听见。”

警探掏出枪，说：“后退。你们三个去房间的另一头。”

我们听话地走过去。

砰。

我说：“我不希望你以为我在威胁你，但上次有个警察来我家，听见奇怪的声音非要开门去看，结果他……怎么说呢，怪物钻进了他的脸。我说的不是扑上他的脸，而是真的进入了他的脸。”

“你他妈闭嘴。”

话虽如此，他走向关着门的垃圾房时还是好像随时会有迅猛龙破门而出。他在门外摆好姿势，手枪贴近身体，确保袭击者无法夺走他的武器，然后他伸出左手，推开房门。

他从门口跳开，与房间保持一段距离，然后举枪瞄准藏在房间里天晓得的什么恐怖怪物。从我的位置看不见房间内部，但我做好了思想准备，要是有巨颚、利爪、触手或尖喙把他拖进房间，我就立刻从公寓大门夺路而逃。

警探望向房间内部，等看清眼前的景象后，他忽然转过身，用手枪瞄准了我。

“趴下！趴在地上！你们三个都给我趴下！”

“怎么了？”

“趴下！”

我们服从命令，三个人交换着困惑的眼神。我已经猜到他在房间里发现了什么。埃米似乎相当确定她知道。

警探拿起步话机，呼叫巡逻车和救护车。

他说他发现了一名儿童。

活着，但没有知觉了。

我们被戴上手铐，坐在鲍曼警探那辆越野车的后座上——埃米的右手和一个皮带扣铐在一起——我们坐了很久，看着太阳落山。红色与蓝色的光芒扫过挡风玻璃上的水珠。“金星捕蝇草”的店员全都聚在门口，压低声音交谈，遮着嘴表示震惊。我看到查茜蒂开着一辆保养得无懈可击的旧路虎冲进停车场。她跳下车，跑向楼梯，然后被两名巡警拦住。他们安慰她，说她的孩子一会儿就会下来。

一名急救人员抱着迈克尔·佩顿下楼，孩子的小小身体裹着一条毛毯。查茜蒂毫不费力地推开两名警察，扑上去，从急救人员手中抢过她的心肝宝贝，把儿子紧紧地抱在胸口。第五台的新闻报道组在场，从头到尾拍了下来，我们的大部分邻居也在拍摄——每次警车来到王大卫家，消息总是传得飞快。孩子和查茜蒂坐上救护车，没过多久，犯罪现场调查小组开始在楼梯间爬上爬下，他们即将在我公寓里发现的东西很快就会弄得他们晕头转向。不知道证据保管室会不会有人能搞清楚油画里的小丑究竟在说什么。

鲍曼警探的搭档是个方下巴的小伙子，留着炫酷的发型，他坐上越野车前排的副驾驶座。鲍曼站在性玩具商店的雨棚底下，和调查犯罪现场的一名技术人员交谈，他最好能提醒他们一声，千万别徒手触碰公寓里的任何东西。

约翰对鲍曼的搭档说：“你知道这堆烂事里最让我头疼的是什么吗？就是我知道真正的坏蛋还没落网。你很清楚我们不是犯人，你很清楚你们需要我们，所以抓我们回去有什么意义呢？哦，除了能让你们结案，掩盖自己的错误。”

他说：“你给我闭嘴，老子没耐心听你瞎扯。”

鲍曼坐进驾驶座。车开出停车场，我对他说：“你到底能不能听我们说两句？你知道这个案子没法开庭，这种事上不了法庭。检察官只会扫一眼这两个案子，然后摇摇头，给自己满上一杯，琢磨该怎么向媒体解释她为何要撤销指控。每次都是这样。”

埃米说：“二位，他不是带我们去警察局。”

鲍曼扭头看我们一眼，说：“她说对了。现在有新流程了。”

他向南开，经过几块玉米地，绕过废车场——我们在查茜蒂家看过三个人来这儿追杀蝠螳的视频。我们拐进一座大型建筑物的停车场。几年前，这幢楼曾经是一家农资店，现在显然换了老板，翻修后重新开业了。唯一的标牌立在停车场入口处，看上去平淡无奇，声称此处是“IAEEAI 实验室与健康中心”。

停车场里有几辆卡车，你时不时会在不具名小镇见到这种黑色的军用车辆，而你每次都会假装没看见。

我不确定约翰和我多年来杀过多少名这个鬼祟组织的成员。一部分原因是我不确定他们的哪些雇员是真正的活人，另一部分原因是我一直搞不清楚这一次和下一次冒出来的组织究竟是不是同一个。你所在的城市应该也有这么一个路口，每隔一两年就会换一家餐厅——这次是墨西哥卷饼店，接着变成中餐馆，然后变成玉米饼自选餐厅——既然谁都开不下去，为什么他们总要尝试呢？好吧，我们面对的情况也差不多，但他们不是想从一个无法停车的差劲地点挤出利润来，而是妄图控制他们几乎完全不了解的庞大的暗黑能量。另外，他们不会在租约到期后弃镇而去，而是会在痛苦中惨叫着死去，对于在浓雾背后等待着的贪婪巨嘴的无尽欢宴来说，这还只是开胃小菜。然而……哎呀，朋友们，下次说不定就能成功呢！

约翰和我曾经花过一些时间调查这个组织的起源和权力结构，当时我们在等待比萨外卖，于是尽心尽力地在这个任务上投入了二十分钟。谷歌帮我们找到了几个充满动图的网站，追根究底的结果可能是十九世纪一名痴迷于神秘学的亿万富翁、苏联军方于一九六一年的远距传送实验、光明会，或者“国际犹太——”（在我们搞清楚具体名称之前，比萨就被送到了）。

鲍曼的越野车开到军车旁停下。尽管下着倾盆大雨，停车场也没有屋顶，但这几辆车的车身上一滴水也没有，停在完全干燥的柏油地面上。我似乎能看见雨点打在头顶的隐形屏障上飞溅弹开。我叹了口气。他们显然不喜欢被打湿。

十几个身穿兜帽斗篷的黑影走出卡车，很像几个星期前忽然冲进约翰家的那帮人。唔，有可能就是同一伙人，谁知道呢？他们在袍子底下穿着现代化的防弹衣，手里的武器上找不到供子弹飞出来的洞眼。他们全都戴着那种松垮的面具——至少我觉得是面具。他们在停车场里站成一圈，一边吟唱，一边用似乎是小瓶鲜血的液体在地上勾画。

埃米翻了个白眼，说：“没开玩笑？”

鲍曼警探从座位底下掏出扁瓶喝了一口，对搭档说：“知道吗？从我念警校那会儿到现在，执法部门还真是有不少改变。”

一辆卡车背后伸出一条坡道，两个正常相貌、身穿商务正装的人用小推车搬下来一个东西，这东西看上去像一口毫无特征的黑色棺材。他们把它运到吟唱的黑斗篷人群中央，然后卸下来立在地上，就好像随时都会有吸血鬼从里面走出来（吸血鬼并不存在）。

穿正装的人之一——是个女人——朝我们打了个手势。鲍曼说：“你们自己乖乖地下车走过去吧，免得我们用枪押着你们过去。你们知道我不喜欢出去淋雨。”

我说：“这么做不对，警探，你应该维护法律才对。无论接下来会发生什么，你都很清楚我们不该遭受那样的待遇。”

“咦，你知道还有谁对我说过这种话吗？每一个被我塞进后座的人渣。”

约翰说：“你看见外面那帮人在召唤魔鬼或者其他什么东西了，对吧？”

“你认为他们在召唤魔鬼？但我很确定那些狗屁巫术应该是想保护他们不被你们伤害。另外，送你们来这儿是因为没人知道牢房能不能关住你们。现在给我他妈的下车。”

我们交换了一下眼神，但除了制伏警察和抢车，我们并没有多少选择。他的搭档打开我们的手铐，我们走进暴雨中，向前走了几步，头顶上的雨停了。

埃米说：“古怪。”

“你们好。”面色严厉的女人说。她身穿熨得一丝不苟的海军蓝套装，大踏步走向我们，她背后是个面色更加严厉的男人，棕色头发，胡须修剪得整整齐齐。“我是埃伦·塔斯克探员，这是我的搭档艾伯特·吉布森探员。”

后来，约翰、埃米和我就探员报上的名字起了一些争执。但我听见的确实是埃伦·塔斯克和艾伯特·吉布森。

约翰说：“你们是……”

“鱼类及野生动物管理局的。”男探员吉布森嗤笑道。

我说：“所以，把宁芙的案子算在我头上的就是你们？还是说你们也在追捕宁芙？或者你们对这儿发生的事情毫无头绪？说真的，从我和你们这些人打交道的经验来看，三种可能性都有。”

女探员塔斯克说：“我们来这儿是为了搜集信息，你只需要知道这个。现在，为了防止你们串供，我们要分别同时盘问你们。”

吉布森走过来，打开棺材（谁知道究竟是什么——只是一个七英尺高的毫无特征的箱子，有一扇门）。女人看着我，说：“王先生，请走进那扇门，我会跟着你的。”

我说：“这里面装不下咱们两个。”

她没有说话。我走向那扇门。等我来到近处，我听见门里传来呻吟和哭号声。疾病与死亡的恶臭飘了出来，我觉得胃里一阵翻腾。穿过那扇门不是进入箱子，而是会去……另一个地方。

来到这个时刻，我的记忆再次出现错乱。

约翰、埃米和我后来都走进了黑箱子的门，同一名女探员在门的另一侧盘问我们。但我们每个人都记得自己是第一个进去的，而且都不记得另外两人进去过。感觉就像从塔斯克和我们交谈的那一刻起，我们就分别进入了三条平行的时间线。要是你明白这种事的运行原理，请尽可能清晰和详细地把你的解释写下来，然后扔进垃圾桶，因为谁在乎呢？

我深吸了一口气，镇定下来，然后走了进去。

我从另一侧冒了出来，这里不再是停车场，甚至都不是不具名小镇。浓烈的恶臭扑面而来，我以为我的大脑把大便拉在了鼻腔里。我想用嘴呼吸，但我发誓连舌头都能尝到臭味。

我站在一个垂死的男人身旁，他躺在我脚边一张肮脏的简易床上。干裂的嘴唇底下是一排发黄的烂牙，苍蝇在牙齿上爬来爬去。皱巴巴的被单盖着他的中腹部，上面结满了半干的大便。从被单底下伸出两条苍白的细麻秆般的腿，双脚黑乎乎得像是被冻伤了，脚趾头少了一半。他周围的地上乱七八糟地扔着用过的破布，上面沾着咳出来的红色血沫。

男人只剩下微微朝我扭头的力气，接着从嗓子眼里挤出一个字：“水。”

他旁边是个情况和他差不多的男人。再过去是个瘦骨嶙峋的女人，她似乎已经死了。放眼望去，我站在两排简易床之间，每一排大约有五十张床，每张床上都有一名痛苦的病人。两排简易床之外各有一排完全相同的简易床。我脚下的人工草坪——阿斯特罗人造草皮——被修剪得很整齐。抬头望去，我看见了一排排座位，这是个橄榄球场。我在简易床之间的草皮上辨认出了新英格兰爱国者队的褪色徽标。

我转身去找那扇门，但只看见了塔斯克探员。她说："你肯定非常震惊，但你得理解我们必须采取预防措施。"

"我们到底在哪儿？我们的波士顿没有瘟疫，对吧？这是未来，还是哪儿？是另一条时间线吗？"

"现在重要的是除非我们再次打开那扇门，否则你不可能回家了。为了防止你逃跑，我们带你来到了一个恐怕你不愿意逃跑的世界。我们想要你回答几个问题。"

"然后呢？"

"然后取决于你的回答。你别想撒谎，否则我会知道的。作为交换，我也不会欺骗你。"

我身旁垂死的男人又挤出一个字："……水……"

我说："咱们能不能换个远离……呃，疫病的地方，然后你再盘问我？我可不想染上这些人得的疾病。"

"在这个世界，你绝对不可能远离它。你的朋友问我们为谁工作，我相信你也在思考这个问题。"

我说："也不尽然。经常有你们这种穿西装的人来到这儿。你们四处窥探，努力表现得精明能干，问这问那，就好像你们以为自己有能力理解答案似的。有时候你们表现得像是美国政府雇员，有时候属于私人机构，但我估计连你们自己都不知道资金来自何方。

其实无所谓，都一样。我猜起点永远是幕后的某个权威人物听说这儿发生了什么，然后来到这儿……想干什么就天晓得了。也许是为了尝试利用些什么——尝试驾驭暗黑能量，想办法从中渔利。然后一切崩溃，你们收拾东西走人，我们其他人继续过古怪的小日子，努力挣扎求生。早在这座小镇还不是小镇之前，这个死循环就已经开始重复了。”

“我们的组织名叫‘非命局’——非自然生命体抑制局。”

“哦，随便吧，反正有一点永远相同——你们无论如何也不可能改善局势。”

“难道你们更希望我们把烂摊子留给你们这些外行人？你的档案中写着曾经有人看见你把一颗断头踢过院子，而且当时你还赤身裸体。”

“那是一起孤立事件。”

“你明白这种事情不能放任不管，任其自由发展，对吧？无辜的孩子在夜里被劫走，居民很害怕，完全可以理解。惊恐是一种能够自给自足的链式反应。我们必须恢复良好的秩序。”

“哎，你们想来破案，千万别客气。我完全信赖你们的判断。”

“镇上流传的消息是你和案子有关系。”

“唯一能在镇上流传的东西是安非他命。”

“不如你来说说你的历史吧。”

“你不是说有我的档案吗？你很可能比我都了解我自己。我喝醉酒的时候太多了。”

“我希望听你说。”

另一个男人蹒跚走过，身上肮脏褴褛的衣服似乎曾经是白色的。我惊恐地意识到他是医生。他看上去像是一个星期前就已经力竭而死，只是肉体还没收到通知。他经过时甚至都没看我们一眼。简易床上的男人向他转动眼珠，用沙哑的声音说：“……水……”但医生置若罔闻。

我说：“我的历史？从多久以前开始，出生吗？”

“从你们在这个领域的职业生涯的起点开始。”

“我……呃，过着普普通通的生活，直到高中。当时惹了些麻烦，打架的时候打伤了一个小子。你明白的，这是很常见的事情。后来我去参加派对，大家在传一种药物，用过它的所有人身上都发生了怪事——他们全都死了，只有我和约翰除外。现在我们能看见怪物，这感觉很糟糕。”

“因此你们有了一定的权威地位。如人们所说，这是你们成名的原因。去掉这个因素——你们所谓的超自然能力和自称的英雄主义，来说说你的生活吧，你作为一个人的生活。”

“没什么可说的。”

“我知道，但还是说说吧。”

“呃……我大学退学后，在一家音像店工作了一阵。那地方歇业关门后，我断断续续地在打短工。”

“是埃米在养你，我指的是金钱方面。”

“我们凑合着过。”

“因为埃米在养你。”

“我们互相帮助。这和你有什么关系？”

“她没有家人。”

“你这是在问我吗？”

“她的父母在车祸中遇难了。”

“对，在她十三四岁的时候。”

“你确定？”

“我又不在场。再说，她为什么要骗我？”

“谁说她骗你了？”

我脚边的男人又在要水喝。我转过去背对他，望向隔壁一排简易床上的病人。那个人在呻吟，一只手随意地抓挠腹部。他似乎挠了相当长的一段时间，因为他已经挠破了皮肤，穿透脂肪和肌肉，在肚脐旁边挠出了一个边缘参差不齐的窟窿。一截小肠已经掉了出来，就像一只惨白的蠕虫。一大群苍蝇在围着肠子乱飞。

我立刻转开视线，望向空无一人的看台。恶臭熏得我胃里翻江倒海，我敢发誓臭味正在渗入我的毛孔。

塔斯克警探说：“她在同一场车祸中失去了一只手。”

“对。咱们可以走了吗？”

“她的哥哥从此成了她的守护天使。”她停顿片刻，但我没有接话，因为她没有提问。几张简易床之外的某个地方，一个孩子开始尖叫。“他后来发生了什么？”

“你很清楚。”

“是吗？”

“他死于某个神秘事件。”

“但对你来说并不神秘。你在场。”

“唉，请相信我，我和其他人一样摸不着头脑。你说这些有什么重点吗，还是只想惹我生气？”

“我想说的重点是，现在埃米只有你了。她相信是你在保护她不被怪物伤害。”

“我不知道她相信什么，这你只能去问她。”

“我正在问，就在咱们交谈的现在。要是我回去，请她从她的角度讲述整个故事，她会提到相同的那些怪物吗？有多少是她真正目睹过的情况？有多少东西是她在黑暗和惊恐中看见的？有多少是她亲爱的大卫写下的细节丰富的故事增强了她的记忆？她相信这个男人保护她不被那些怪物伤害，这个男人却栩栩如生地向她描述同一些怪物？”

“你为什么对我们的关系如此痴迷？在现在这个情况下，问我和她的关系究竟有什么意义？”

“当然有意义。宇宙就像一系列的支点，支撑着命运朝一个方向或另一个方向倾斜。申请艺术学院被拒绝，年轻的希特勒改变了职业方向。”

“你想说埃米是下一个希特勒，还是我是？假如是我，那要费的力气就似乎……怎么说呢，相当大了……”

“你说她的生活在遇到你之前比较美好，还是之后？”

“唉，浑蛋。”

“不要急着为自己辩护，思考一下我这个问题的语境。尽量从局外审视这次的案件，看一看不具名小镇的情况在过去十年间如何逐步恶化。假如要你回到过去，选出一个人并将其从等式中抹掉，你认为选谁最有可能减少人们遭受的苦难？”

“塔斯克探员，你是不是打算杀了我？你的目的就是杀死我。你自己算来算去，最后决定问题出在我身上，对吧？那好，该死，我怎么可能说服你呢？”

“就算那是我的意图，我也没有权利这么做。”

“行啊，你是要我签什么文件，还是必须由你的上级……”

“我想说的很简单，躲藏在不具名小镇煤矿里的异常个体是我们的问题，和你们没关系。我们会负责处理它。你想杀掉横行于这座小镇的怪物，是吗？很好，毫无痛苦的快捷死法还有很多。我推演过各种各样的情境，我向你保证，结果对所有的参与者都妙不可言，尤其是埃米。”

“我的天。女士，你的意思是不是让我自杀？就好像《生活多美好》里的守护天使在桥上走到乔治·贝利面前，开口就是‘跳吧，娘娘腔’。”

“电影里的乔治·贝利是正面人物，因为他想向偿还能力有问题的市民发放低息房贷——正是这种做法在现实生活中导致了全球性的金融危机。事实上，要是他和他那种人肯跳河自杀，我们大家都会过得更好。”

“很好。要是你和你的组织肯闷死在我的卵蛋上，我看大家才会过得更好。去你的吧！想要我这条命吗？求你有点儿勇气，自己动手吧。”

她看一眼手表。“很好，咱们结束了。这边请。”

“结束了？你还没问我案子呢。喂！”

埃米

“你们好。”面色严厉的女人说，她身穿熨得一丝不苟的海军蓝套装，大踏步走向我们。她背后是个面色更加严厉的男人，棕色头发，胡须被修剪得整整齐齐。“我是埃米利·怀亚特探员，我的搭档是约克·摩根探员。为了防止你们串供，我们要分别同时盘问你们。”

男人打开那台装置的门，埃米觉得它就像来自未来的一个黑色大冰箱。女人朝埃米打了个手势，说：“沙利文女士，请走进那扇门，我会跟着你的。”

埃米照她说的做，等看清楚门里的景象时，她用手捂住了嘴巴，震惊得站在那儿无法动弹。一排又一排垂死的人躺在担架上，身上盖着破布。

“我们在哪儿？这些人怎么了？”

怀亚特探员耸了耸肩。“每次都是某个末日宇宙，反正肯定是个你不想在这儿逃跑的世界，你需要知道的只有这一点。”

“这是发生了瘟疫吗，还是别的什么？是全球性的？”

“你见到的是一种完美生物武器的杰作，但可惜很快就失去了控制。”

“完美的意思是杀死所有人吗？”

“完美是在于不会杀死所有人。尸体不需要看护和投入资源，因此迅速导致死亡不是让敌方瘫痪的最有效的战术。不，他们研发出一种病原体，能够在数个小时内让一个人失能，让他们无法战斗和工作，需要二十四个小时看护，而且永远处于这种状态之中——我指的是几十年。遭受痛苦的折磨，肌肉抽搐，什么都做不了，只能躺着扭动，从外到内慢慢地腐烂，而大脑和重要器官依然能正常工作……直到有人终于狠下心来，结束他们的苦难。利用敌人的同情心来战胜他们。”

“太可怕了。”

“沙利文女士，我要你集中精神。你明白你和大卫面临的危机有多么严重吗？”

“你问这个是认真的吗？你知道我们经历了什么吗？”

“你自己知道吗？我想问的是，大卫向你坦白过他的行为，还有他的为人吗？”

埃米正要回答，但她脚边的男人说“水”，她转过身，在男人身旁跪下。

她说：“找点儿水喝。”

“沙利文女士，我们来这儿不是为了干涉——”

埃米站起身，扫视四周，寻找护士或看上去像是权威角色的人。“喂！有人吗？这个人要水喝！”

“你眼前是一场全球性疫病的最终阶段。社会体系已经崩溃，生活用品已经耗尽。这些人被抛弃在这儿，再过二十年，蟑螂将统治这个版本的地球——只是又一个虫族获胜的宇宙而已。但这并不是我们要谈的重点。沙利文女士，我怀疑大卫并不是完全坦诚——”

“除非你给这个男人找些水喝，否则我一个字也不会说。”

探员的表情像是脑子里正在播放一连串的杀人妄想，但最后觉得还是答应她比较简单。她重新打开那扇门——门在草坪上陡然出现，四周没有任何东西——让什么人给她一瓶水，片刻之后，她递给埃米一瓶斐济矿泉水——一个专供富人享用的可笑牌子。埃米把水喂进垂死男人的嘴里。男人呛咳良久，然后闭上眼睛，继续沉睡或昏迷。没有一句“谢谢”，也没有解脱的表情，只有在痛苦的黑暗深渊之下，他残存的一丁点儿模糊意识觉得稍微舒服了一些。

埃米望向怀亚特探员，说：“谢谢。”

她耸了耸肩。“在这儿几乎没什么意义。”

“不，当然有意义。你不是警察，所以你应该知道，关于那两个孩子的案件，背后的坏蛋比我或大卫，或者镇上的普通变态要可怕得多。所以你是来帮我们阻止它的，还是来碍事的？”

“你相信大卫的那套神话学——怪物、幽灵和魔怪？你们算是某种天选之子，是人类最后的希望？”

“哈，没人这么说过我们。我只想尽量帮助我面前的人，这就足够让我忙得不可开交了。”

“但你相信绑架是某种超自然个体——一个怪物——的行为，只有你们才有可能阻止。”

“你去查‘怪物’，知道会发现什么吗？虽然文化彼此不同，但拥有相同的怪物，哪怕所属文明之间从没交流过。每一个文明都有魔怪、吸血鬼和人变成动物的传说故事，只不过不同人群加入了自己的小小想象——在欧洲是狼人，在亚洲是熊人，在中美洲是豹人。但核心相同，因为起因相同。”

“因为它们是真的，你是这个意思吗？”

“不，因为有了这个理由，人们就可以互相残杀了。野狼袭击你的孩子，你不可能向野狼复仇，因此你责怪村里的怪人。‘我看见那家伙变成了一条狼！’所有传说都能追溯到类似的源头——有人想找替罪羊。人们发现被木桩刺穿胸腔的古老骨架，那是村民发疯后扎死了一个倒霉蛋，因为他们认为他是吸血鬼，但其实他多半只是个贫血的失眠者。女巫，无非是村里一直没结过婚的老女人，男人认为她们又老又难看，屁也不是，因此把疾病和坏收成都栽赃在她们头上。她们被拉去烧死，甚至没有家人会出来为她们辩护。人们猎巫不是因为相信女巫存在，相反，他们相信存在女巫，因为这样就能猎巫了。”

“你认为我们来就是为了这个，为了猎巫？”

“我认为你们来这儿和人们猎巫的原因相同。为了你们无法理解的事情找替罪羊。”

“所以假如遇到被别人称为怪物的东西，你会对它慈悲为怀？保护它？当它的朋友？”

“对，有可能。”

“如果这么做会让世界面临危险呢？这不是一个假设性的问题，你必须理解我的意思。一些个体会利用你的怜悯来达到它们的目标，你看看你的周围。”

埃米叹了口气，扫视周围一排又一排呻吟受苦的人们。“对，怀亚特探员，这个宇宙的问题显然在于我们人类太有慈悲心了。你难道不问我案子的事吗？”

“我已经问过了。请穿过这扇门回去。”

约翰

“你们好。”穿紧身衣和紧身裙的女人一边用喉音说，一边慢悠悠地走向约翰。她的身旁是个皮肤黝黑的拉丁裔男人，他留着胡子，戴设计师品牌的墨镜。“我是罗莎琳·喵纳多探员，我的搭档是萨克斯·阳具人探员。为了防止你们串供，我们要分别同时盘问你们。”

她盯着约翰的眼睛说：“你先来。但丑话说在前头，只要你敢朝我挑一下眉毛威胁我，我就让它变成一个高尔夫球大小的窟窿。听明白了吗？”

约翰说：“你也许会发现我没那么容易被杀死。但我还有我自己的问题，咱们就赶紧翻过这一篇吧。”

约翰走进去，看见满地病人的体育场。他点了支烟。这地方散发着就像用卷心菜和丧尸阴囊做的大炖菜的气味。

“所以在这个平行宇宙里，这是他们的国民运动？他们把病人摆出来展览，爱好者买票进来看谁先死？真够恶心的。”

“闭嘴，”喵纳多探员说，“你别动。”

她用一根小棍上下扫过约翰的身体，像是在搜寻隐藏的武器。小棍经过约翰的裆部时，发出了危险的蜂鸣声。

约翰说：“你的机器坏了。那儿没有金属，反正现在还没有。”

“这个不是探测金属的，”她瞥了一眼约翰的裆部，“而是危险。好了，我们知道儿童失踪案的幕后主谋是你的那位朋友。我们现在还没有给他戴上镣铐，把他扔进最黑、最深的地洞，唯一的原因是我们确定他只是谜团的一部分。他有可能与某种东西同谋，也可能是它的代理人。”

“还有，你不确定镣铐能不能关得住他。”

她没有回答，但约翰知道这是真的。约翰说：“无论你们怎么认为，完全都是因为它们要你们这么认为。你们跟着它们的曲调跳舞，就像日本的跳舞猫。”

“我真的没听说过什么——”

“所有的证据都会指向大卫，仅仅因为幕后的那东西要你们去抓他。还有埃米，保安摄像头的那些屁话——它们企图除掉我们，把你们当工具。”

附近一张简易床上的男人低声说了句什么。约翰凑过去，听见男人说：“……杀了……我……”

女探员说：“你对朋友的忠诚真是令人钦佩。但你迟早会发现你必须做出一个可怕的决定，你能做到吗？”

简易床上的男人开始惨叫。他的身体内部有某种东西在蠕动，在皮肤之下挣扎，企图撕开血肉钻出来。伴随着皮肤撕裂的声音，从男人的肚子里钻出一只丑恶的动物——某种可怖的寄生虫从他体内孵化了出来。它应该长眼睛的地方长着牙齿，应该长牙齿的地方长着更多的牙齿。

约翰环顾四周寻找武器，发现不远处有一台火焰喷射器。他捡起武器，释放出的烈火吞噬了寄生虫和宿主。男人尖叫着表达谢意，他的苦难终于结束了。很快，他的周围出现了更多的寄生虫，一个接一个惨遭折磨的受害者孵化出了那些亵渎神圣的怪物。约翰转动火焰喷射器，点燃了身边的所有东西。

燃料很快耗尽。约翰扔下火焰喷射器，拉起恐惧地蜷缩在草坪上的喵纳多探员。

“我能不能做必须做到的事情？”他问，对她嗤之以鼻，“你说呢？咱们快离开这儿吧。我看爱国者队今年打不了决赛了。”

约翰看见传送门在这一排牺牲者的尽头处被打开。他拉女探员起身，牵着她跑向门口，一群猛犬大小的寄生虫飞奔着追上来。约翰把女探员扔进传送门，然后转身面对袭击者。他从脚腕的刀鞘里拔出弹簧刀，扎死一只扑向他面门的狂暴寄生虫。约翰的汗衫被整个儿从身上扯掉了。

“你快进来，然后关上门！”喵纳多探员在传送门的另一侧喊道，“杀不完的！这样没有意义！”

约翰又砍死一只寄生虫，然后再一只。他扭头怒视女探员，说：“当然有意义。”

我

我发现自己回到了停车场，站在约翰和埃米旁边，面对着两名探员，无法确定刚才的一切有没有真的发生过。我感觉我们根本没有移动过。包围我们的那十几个穿黑斗篷的人都举着武器。要是我们适时卧倒，他们说不定会互射而死。

约翰看了一圈四周，说："我们……呃，通过了？"

我认为名叫塔斯克的女探员说："假如我们允许你们离开此处，你们会去做什么？"

我说："什么都不做。埃米去上班，我回家打手枪，约翰回家喂狗，多半也会打手枪。你们再也不会听到我们的消息。"

"你喜欢撒谎，可惜不会撒谎。我知道你们会继续企图了结这个案子，但我们不允许你们那么做。"

"可你说过你没有权利杀死我们。"

男探员吉布森说："我们的上级认为有个反弹球包围着你们。"

我说："你这句话里有三个字我根本听不懂。"

"他们认为任何杀死你们的企图会通过某种超自然方式反作用在我们和我们的组织头上。我觉得纯属胡扯，但我们拿的薪水说明我们还没资格做判断。"

事实上，我心想，善待我们的人同样会遭遇恐怖的厄运。我觉得重点在于不能靠近我们。

约翰说："怎么，难道我们受到了保护？就好像我们有守护天使，或者力场护盾？"

塔斯克说："我向你们保证，庇护你们的力量和天使毫无关系。假如你们真的受到保护，唯一的原因就是你们能够贯彻它们的意志。无论你们走到哪儿，都有幕后黑手替你们开道，你们当然也能感觉到。"

我说："天啊，我真不想知道，要是没人帮忙，我的生活还能惨到什么地步。”

“就是这个意思。”塔斯克说，“不过，尽管不能伤害你们，我们依然有其他的可选手段。”她朝一个黑斗篷人点了点头，“知道他们的武器有什么功能吗？”

我说：“不知道，但我这人特别好奇，很想了解一下。”

“按照当前的设定，它们只会改变你们的思维。我指的不是让你们相信什么事，而是会彻底改变你们的思维，在大脑中创造出新的随机连接。结果是你们身体健康，但完全不知道自己是谁、你们如何来到这里，以及你们在折腾什么。你们不知道自己叫什么名字，彼此也不认识。你们会被清空大脑，然后被送到不同的地点，用新身份生活，重新做人。你们不会再有冲动来干涉此处的局势，除此之外，无论生理还是心理都非常健康，因此不会触发据说包围着你们的暗黑保护层。两个世界，皆大欢喜。”

埃米说：“你们不能这么做。”

吉布森说：“宝贝，这总比子弹强。”

“把我们放在一起——只有这个条件。清空我们的大脑，但把我们放在同一幢屋子或同一座城市里，让我们能重新找到彼此。”

塔斯克说：“出于某些显而易见的理由，我们不能这么做。目标不是让你们花六个月的时间进行逆向工程，重建你们的生活，最后杀回这儿来，而是让你们重新开始，并且再也不会感受到那种冲动。别担心，你不会想念大卫的。你根本不会知道他曾经是你生活中的一部分。没什么可怀念的。就像医生对婴儿做手术，切开胸膛前不会费事麻醉婴儿，因为他们知道婴儿不会记住那一刻的疼痛。”

埃米转向我说：“我会找到你的，无论如何都会。”

塔斯克说：“不，你不会的。”

约翰说："你的计划非常愚蠢。超自然烂事依然会出现在我们的门口，到时候我们只需要上网搜索，你猜我们会发现什么？关于我们的报道。往事会像潮水似的涌回来。"

"你们上网什么都不会搜到。随着你们的消失，报道会变得不复存在，因为那些事情根本没有发生过。"

"哦，"我说，"你说的重新安置指的不是把我们扔到阿肯色州去，而是穿过那扇门。"

"一次一个人。每个人去不同的世界。"

约翰点了支烟，说："没门儿，你只能杀了我们。"

"不，不需要。那感觉就像从深度睡眠中醒来，你们不会有任何报复的念头，甚至不会对失去的东西有哪怕一丝留恋。当然了，你们会对自己的失忆感到好奇，但你们去搜索过去的身份，会发现什么都找不到。"

埃米搂住了我。

她说："大卫，他们不能这么做。他们不能。"

她会比现在更快乐。

约翰现在真的有点儿慌了，他说："所以，你们除掉我们，等矿井里的那东西冲出来，用它那一百万条带刺的阳具捅穿全人类，到时候怎么办？你们发疯似的重新找到我们，恳求我们帮忙？把我们的大脑变回原来的样子？"

吉布森说："白痴，想继续困住矿井里的那东西，我们唯一的出路就是除掉你们。"

我说："好的，我明白你们的意思了。"

塔斯克望着约翰说："你在考虑逃跑，甚至想抓我当人质，但你记住，我们能选择那扇门通往何处。你要是跟我们对着干，等你醒来后，会发现你所在的世界天昏地暗，定量分配的肉块里爬着虫子。好好配合，我就送你去个和这儿差不多的世界。”

约翰说：“能不能去个图派克[1]还活着的世界？”

埃米说：“给我们一点儿告别的时间。”

还有一点儿思考的时间，我心想。

塔斯克说：“我还是那句话，既然不可能记住，告别又有什么意义呢？”

埃米说：“既然不可能记住，那你解释这么多又有什么意义呢？为什么不立刻用你的洗脑光波射击我们？”

“难道不是明摆着的吗？这么做会激发保护你们的隐形巨手，我想知道在我们下决定的那个时刻，它会不会跳出来阻止我们。很好，它没有。那么，今晚我还有事要忙，咱们就……”

塔斯克朝离她最近的黑斗篷人点了点头，黑斗篷人软塌塌的脸上有一抹灰色的橡胶小胡子，他举起武器瞄准我，那东西怎么看都像机械大象的可脱卸式阳具。

我不禁畏缩。埃米跳到我面前。约翰大喊：“等一等！”

忽然响起“噗”的一声，听上去像是在远处回荡的枪声。我没有感觉到任何异常。然后手持大象阳具枪的黑斗篷人瘫软下去，跪倒在地，应该是他前额的部位喷出黑色血液。他倒地时随便开了一枪，枪口射出一道亮得难以想象的蓝光，击中了吉布森探员的面部。

1　图派克·夏库尔（Tupac Shakur，1971—1996），非裔美国西岸嘻哈音乐人，1996 年因遭到枪击身亡。

吉布森的眼神变得怪异。他使劲眨眼，扫视周围的世界，首先看见了我们——我们看上去毫无伤害能力，然后他看见了手持外星武器、外形险恶的黑斗篷人包围圈。其中一个黑斗篷人出列，举起武器瞄准我们，大概是想完成同伴的遗愿。

吉布森瞪大眼睛，本能接管了身体。他拔出肩套里的手枪，一个肌肉反射般的动作过后，黑斗篷人头部中枪倒地。

塔斯克大喊“放下武器”，然后拔枪瞄准她暴走的搭档，但吉布森探员已经濒临疯狂，他连自己是谁都想不起来，完全进入了战斗逃脱模式。他转过身，看见枪口对着自己，立刻一枪打在自己搭档的胸口上。

他惊恐得眼珠突出，转身逃跑，朝挡在前方的黑斗篷人开火，杀出一条血路。约翰、埃米和我紧随其后。我正要招呼伙伴抢一辆非命局的卡车，但我们刚跑出停车场，来到公路上，吉布森一转身就看见了背后的我们三个。他以为我们在追赶他，于是举枪瞄准我，扣动扳机——

一辆路虎把他整个人撞出了我们的视野。路虎滑行着在我们面前停下，开车的是查茜蒂·佩顿。

“都给我上车！”

我们挨个爬进后座，她加速驶入黑夜。她身旁的副驾驶座上立着一把带瞄准镜的狙击步枪。

查茜蒂扭头说：“他们跟上来了吗？”

我说：“我没看见车头灯，但我不认为他们需要开灯。他们两个都是你干掉的？”

“希望他们地下有灵能够安息，但那是他们自找的。既然打扮成那个鸟样，就不可能是好人。”

埃米说："谢谢你。"

"先别谢我。咱们四个要好好谈一下。有句话我得说在前头，我真的烦透了这堆烂事！"

约翰说："他们来了！"

我们背后有一辆黑色卡车，车开得飞快，没开车头灯。查茜蒂俯身向前，猛踩油门。她的眼神里透露出坚毅的光，我看了有点儿害怕，这个眼神名叫"他们绝对不能活捉我"。

我们很快发现一辆慢吞吞的半挂式重卡堵住了我们所在的车道，它的速度勉强刚过下限。查茜蒂拐上左边一条车道，险些被迎面而来的一辆车撞飞，那辆车疾驰而过时愤怒地狂按喇叭。非命局的车辆在后视镜里变得越来越大。

我们来到一座跨线桥，查茜蒂再次向左拐，我们再次看到车灯迎面而来——又一辆半挂式重卡。这次她没有退缩，而是把油门踩到底，企图穿过针孔般的缝隙。所有人开始尖叫。

她超过右侧的重卡，猛打方向盘，千分之一秒后，狂按喇叭的毁灭性巨兽呼啸而过。我发誓我听见它刮掉了路虎后视镜上油漆的声音。

追赶我们的非命局卡车企图效仿。

它正面撞上了我们勉强躲过的十八轮重卡。

我在后视镜里看见的是一片混乱，重卡的拖车甩过来，在跨线桥上翻滚，货物飞出去，砸在底下的公路上。

约翰说："我的天。"

"看，"查茜蒂说，"这就是路虎的好处，换一辆吉普车早就翻了。永远做好准备，这是我的座右铭。"

12

迪奥齐不是一条好狗

查茜蒂走了一条蜿蜒曲折、毫无规律的路线返回小镇，不过我们没见到其他的追赶车辆。公路被堵住了，我有点儿担心非命局会召来直升机找我们，但我们显然还配不上这种待遇，至少目前如此。

我们在一个卡车休息点门前停车，借助一排拖车挡住从公路望过来的视线。查茜蒂打到停车挡，掏出左轮手枪，转身用枪指着我的面门。我都不记得过去这一个小时有多少次枪口瞄准过我了。五次吗？

她说："你给我说清楚这到底是怎么一回事。别跟我胡扯，别发糖衣炮弹，告诉我完整的事实。就现在。我跟你实话实说，我的神经快要承受不住了。"

我说："要是我说实话，你能相信我吗？否则咱们只是在浪费彼此的时间。"

"我肯定知道我听见的是不是实话。"

"很好。他们在我家找到你儿子之前，我从没见过他。"

"我相信你。"

“是吗？呃，那就好。有人把他藏在那儿，为了陷害我们。”

“不，其实不是这样的。”

“好吧。呃，还是你告诉我究竟——”

“他有些地方不对劲，我说的是米基，他不对劲。这件事从头到尾都不对劲。”

约翰说：“这一点我们完全同意。”

埃米问：“他开口了吗？你儿子。”

“对，他开口了。”

“关于那天晚上发生的事情，他是怎么说的？他还记得吗？”

“他说你男朋友出现在他的卧室里，叫醒他。说大卫打了个响指，然后他们去了其他地方，某个混乱的迪士尼乐园。”

我说：“欢乐园？”

“你怎么知道？”

“在玛格丽特·诺尔的案子里出现过。这个游乐场并不存在。”

“他妈的不可能存在。米基说所有人走进大门时都会长出一双翅膀，从一个项目飞到另一个项目去。我在网上搜索欢乐园，只找到了我在亚洲小妞身上见过的最大的胸部。然后他表示，你对他说最后一个‘项目’是让他住进一个怪物的肚皮。”

我说：“你到底要我们干什么？你别急着让我告诉你究竟发生了什么，我先声明我做不到，因为我们也不知道。”

“我要你们去见我儿子，和他谈一谈。我需要其他人帮我搞清楚，因为我觉得我的意识正在分裂。”

我说：“好，让我们和他谈谈。”

“米基不肯和你谈，他认为正是你抓走了他。”

埃米说：“我呢？他没有理由要害怕我，对吧？你到底要我们搞清楚什么？”

“我想要你们搞清楚他还是不是我儿子。”

我心想：哦。

约翰说：“你认为他被……模仿者替换了？”

她说：“你们直接跳到这个结论，说明你们已经知道存在这个可能性了。和他谈一谈，你们会明白的。”

我挠了挠下巴，盯着暴雨看了一会儿。假如回到她身边的孩子其实只是一团交螂，那么其中蕴含的意义几乎超出了我的领悟能力。我要做一个电子表格才能列出我脑袋里的一系列问题，而真正的米基在哪儿仅仅是第一个问题。

约翰说：“很好，我可以让我的狗和他待在同一个房间里，它能闻出是不是古怪。这很难解释，但假如他真是你暗示的那种东西，狗见到他就会发狂。”

查茜蒂说：“然后呢？”

然后，我心想，事情就会变得很尴尬。

非命局和警察都没有监视查茜蒂的拖车和约翰的住处，但我们认为在这两个地点停留都不明智。我们最后跟着查茜蒂来到一家汽车旅馆，吉普车的后排车窗开了一条几英寸的缝，让迪奥齐把鼻子伸出去吹风。暴雨暂时放过了我们，此刻落下的是绵绵细雨，感觉像是幽灵在无声无息地对着你的面门打喷嚏。

晚间九点，我们来到全镇最不体面的五个地点之中的一个——一家破败、杂乱不堪的汽车旅馆，这里永远没有空房。这是著名的罗奇旅馆，业主是本地的机车手兼异教领袖莱米·罗奇。旅馆的半数房间是妓女和毒贩的碰头地点，其余房间是罗奇的机车帮派“基督叛逆”的总部和办公地点。这座小镇充满了互相竞争博出位的组织，我敢说最有格调的应该就是“基督叛逆”了。

这个名称没有讽刺或亵渎神圣的意思。罗奇是名真正的信徒，他受过严重的脑外伤，苏醒后收到了上帝给他的启示，上帝将一个非凡的使命交给了他：做他本来就要做的事情，只是再出格一点儿。因此，他的基督教派的核心理念是唯一的律法属于上帝，美国政府对没有受害者的犯罪的禁令只是令人恼火，无视即可。罗奇认为，一个人愿意嗑安非他命或者让妓女给他口交，那都是他的自由。严刑峻法的结果只会给罪孽增加痛苦，因此凡人的责任只有一点，那就是确保在安全和双方同意的基础上做这些事。否则的话，他说，我们每个人就要为自己的灵魂负责了。

我之所以知道这些，唯一的原因是约翰从罗奇那儿买货，有一次他拉着我去参加每年十一月的“基督叛逆慈善狂欢节”，主办者会向有需要的家庭发放冷冻火鸡和冬季衣服。罗奇花了一个小时在我耳边唠叨，向我灌输他那套诡异的基督教自由派世界观，后来我好不容易才拿着几张满篇错字的传单溜走。

我们在停车场等待，查茜蒂去和前台的胖子交谈。他们看上去认识，他甚至没收她的房费。

约翰说：“真奇怪。”

我说：“哪里奇怪？”

“玛吉的母亲，我记得她说过特德带玛吉来这里上主日学校。不可能是巧合，对吧？也许特德属于罗奇的……呃，‘邪教’有什么委婉的说法吗？我好像看见罗奇了，就在那儿。”

停车场对面有五六名机车手围在一个五十五加仑[1]的油桶四周，油桶里生着火。我看见罗奇就在其中，他身材瘦削，充满活力。他们朝一个眼泪汪汪的女人大喊大叫，其中一个男人时不时地拥抱她一下——似乎是某种开导活动。我注意到每个男人背后都挎着一把霰弹枪。要是有人想这么开导我，我建议他也别忘记带武器。

埃米说："咱们应该和他聊聊。"

我说："回头再说。那边的局面瞅着相当尴尬。"

查茜蒂回来，从路虎车上抱下米基——看上去完全正常，大概七八岁——领着他走向一个房间。我们的目标是搞清楚米基是不是某种吃人的二重身，但万一他不是，也不能给他留下终生难忘的心灵创伤。现在的计划是我和约翰待在车上，查茜蒂和埃米去房间里和孩子（或者所谓的"孩子"）聊聊。他们会交谈一下，向他解释我们想做什么（更确切地说，告诉他一个不会吓到他的版本），然后带狗进屋。

进房间的路上，埃米看见热狗贩子就在一个街区外，他推着小推车，橘黄两色的雨伞分外惹眼，推车上贴着一张保险杠标识，提醒人们注意圣战分子和奥巴马医保计划的危险。过了一分钟，埃米走进房间，带着热狗和汽水。查茜蒂和米基坐在床沿上。埃米拉上窗帘，挡住从停车场望过去的视线，也让米基无法看见他指控的绑架者就神秘兮兮地坐在窗外的一辆车里。感谢科技的魔法，我们依然能看见现场——埃米拨出视频通话，把手机立着放在梳妆台上，

1 美制容积单位，1 加仑约等于 3.785 升。

这样我们就能在吉普车里通过约翰的手机观看了。

我们在直播视频里看着埃米把热狗和汽水递给米基，问道：“饿了吗？”

米基望向母亲，无声地请求许可。查茜蒂说：“吃吧，你可以相信她。”

米基接过食物，不需要母亲的提醒就说出了“谢谢”。他从包装蜡纸里取出热狗，放在面前。

查茜蒂说：“她叫埃米，是我的朋友。她不是警察的人，你可以放轻松。她不但比警察好看一万倍，而且我觉得你看她一眼就能知道她的心地很好。她想知道什么，你就说什么。她想帮助我们。”

米基点了点头，但没说话。他从面包卷里抽出热狗肠，用两根手指剥掉一块肠衣，然后塞进嘴里。

埃米说：“你感觉还好吗？”

“很好。”

约翰在车里说：“问他是不是一堆会走路的交螂。”还好埃米听不见他说话。埃米把我们这边设置成了静音。

埃米问：“你平时喜欢玩什么？”

米基耸了耸肩。

“喜欢打电子游戏吗？”

“有时候吧。”

“你最喜欢哪个游戏？”

“《你生命中最糟糕的一天》。”

“这是游戏的名字吗？听起来不怎么好玩。”

“我喜欢让老头在购物中心拉裤子的那一关。每次我都能让他哭。你必须让他的孙子嘲笑他，这就是关键。”

他又剥掉了一块肠衣，露出来的热狗肠像是嚼过的烂肉。

“你妈妈在家教你念书，对吧？你最喜欢的科目是什么？”

他耸了耸肩。“我喜欢嗅探可怕的记忆。妈妈说我最擅长筑梦。我们这个星期学元历史，很难。知道吗？女孩在性爱中发出的声音比男人多。”

“我……什么？”

我以为查茜蒂会羞怒不已，但她只是抬起眼睛看摄像头，仿佛在说：“这下明白我的意思了吧？”

“这是为了吸引部族内的其他雄性，”米基听上去很厌烦，“因此等一个搞完，下一个可以立刻接上。我看过一段视频，一个女人和二十个男人，一个接一个。这就是真相，人类历史上一直如此，整个部落会共享女性。一个男人射出他的精子，他就完成了使命，但女人还能接纳下一个男人，然后又一个，再一个——”

“哎，”埃米打断道，“你喜欢狗吗？”

埃米说了声抱歉，离开房间，来接吉普车上的迪奥齐。

我说：“要是狗发疯，你转身就跑，明白了吗？别和米基说话，别企图电昏他，你跑就是了。”

埃米没有回答。她把迪奥齐的皮绳绕在手腕上，领着小狗走向客房，做好拉住狂暴小狗的准备。我们背后的停车场里吵闹起来，机车手尝试开导的女人沿着人行道跑掉了。罗奇追上去，喊道：“伊娃，你在犯错误！这是你的家人！就在这儿！”

直播视频里显示，埃米进去后关上房门，迪奥齐依然冷静。米基没有对狗显露出特别的兴趣，只是在小狗进门时望向它。迪奥齐东闻闻、西闻闻，但它显然在寻找热狗肠气味的源头。

米基从狗身上转开视线，摇了摇头说：“可悲。狼群曾经统治这片土地，整片土地。几千年过去了，我们把它们培育成了只会汪汪叫的小玩意儿。培育它们抓老鼠，让它们长出小小的细腿。拿非利人曾经在某个地方对人类做这种事。”米基从汽水里拔出吸管，慢慢地把它插进剥掉皮的热狗肠中，捅穿了热狗肠。“他们霸占权位，培育我们，不让我们长牙齿，这样他们要撕咬我们的时候就不会碰疼他们了，让我们长小短腿，这样我们就不能逃跑了。唯一的区别在于，我们培育狗是让它们的大脑对人们的爱抚上瘾，而拿非利人培育我们是让我们对他们的精液上瘾。”

埃米紧张地说：“迪奥齐，你过去看看米基好吗？”她领着狗走过去，但小狗依然无动于衷。

我从手机上抬起眼睛，对约翰说：“我怎么觉得你的狗没什么用呢。”

“因为你认为这是同一件事——米基和宁芙是同一个东西。”

手机屏幕上，米基说：“你认为我不是真正的米基，对吧？”

查茜蒂警觉地看了一眼埃米，然后望向手机摄像头，也就是我们。她说：“亲爱的，你为什么这么说？”

“也许真正的米基还在欢乐园。也许你该去看一看。”

埃米说：“欢乐园在哪儿？”

“你知道在哪儿。除非你指的是那个大胸妹子。”

查茜蒂说：“我们去去就来。”

查茜蒂和埃米同时起身，准备离开，但就在这时，迪奥齐第一次做出了反应。然而不是对着米基——它意识到自己要离开客房，于是开始发疯。它朝着埃米狂叫，埃米企图去抓它的皮绳，它甚至对她龇牙。埃米吓得后退，它立刻变得异常平静。她只好把迪奥齐留在房间里。要是米基动手攻击它，我们恐怕只能冲进去救它了，尽管事实证明它连这么简单的任务都完成不了。

没多久，查茜蒂和埃米坐进吉普车。查茜蒂说："明白我的意思了？"

我说："先假定这是个冒充者吧。在我看来，更重要的是你儿子还没回来，假如他其实还在矿眼，那我就不知道该去哪儿——"

查茜蒂摇头道："不。"

"我知道你很难理解这件事，但我们见过——"

"不，事情比这个更复杂——这整件事。"

我说："你有什么想法吗？不妨告诉大家。"

查茜蒂隔着挡风玻璃望向汽车旅馆的一排房门，每一扇门都被漆成一种不同的原色。理论上应该看上去很喜庆，但结果显得旅馆更加破败，像个废弃的马戏城。

她说："我曾经读到过一种寄生虫，一种非常微小的蛔虫。它在鸟类的体内繁殖，于是鸟粪就充满了虫卵。那么你看，寄生虫面临的第一个难题是如何进入鸟类的体内。它的解决方法是这样的：它先感染一只蚂蚁，让蚂蚁肿胀得又粗又红，看上去像个浆果。然后它侵占蚂蚁的大脑，命令它爬上一棵树，站在其他浆果之间。鸟飞过来，吃掉蚂蚁，因为以为它是浆果。"

我说："我没听懂。"

查茜蒂恶狠狠地瞪着旅馆客房的窗户，窗帘拉着，我们看不见里面的情况。

"米基被抓走后，我首先想到的是两年前米基六岁生日时，我带着他去比萨马戏团。我记得他被店里墙上的玻璃纤维小丑吓坏了，我们只好赶紧离开。我带他回家，给他做了个烤奶酪三明治，这是他最喜欢吃的食物。我们坐在沙发上看电影——动物园里的一群动物企图逃跑，克里斯·洛克[1]给斑马配音。我记得我比他笑得还厉害。”

她停了下来，继续盯着那扇窗户。我们等她说完，但她只是盯着窗户。我好像看见窗帘动了一下，也许米基在偷看我们。

最后开口的是埃米：“两年前？时间对不上，比萨马戏团在上一轮骚乱中被毁，被抢了个干干净净，后来一直没开业。”

查茜蒂默默地点了点头。

“我没有儿子。从来都没有。”

1 克里斯·洛克（Chris Rock，1965— ），美国演员，曾给电影《马达加斯加》中的斑马一角配音。

13

等一等，这是什么鬼？

我说："这不可能……不，仅仅一个小时前，你还完全确定你有个儿子呢。"

她心不在焉地点了点头。"而且我有记忆，一直从八年前开始。但仔细想来，其实并不符合逻辑，所有的细节都很别扭。他在拖车里没有自己的房间，这可以用我在火灾中失去了房子来解释。但他也没有衣服和玩具。"

"可是……你怎么会没注意到呢？这不是立刻就会发现吗？"

她摇了摇头。"你看过讲囤积者的电视节目吧？有些人家里的破烂堆得特别高，甚至没法从一个房间走到另一个房间去。家人试图干预，但那些人完全看不见那些破烂，不肯相信存在任何问题。你的意识有盲点，会忽视最基础的东西。我有个侄子，他的体重是六百磅，但一到开饭时间，关于体重的忧虑就顿时烟消云散。然后我想到那种寄生虫——小虫所做的一切就是让蚂蚁相信它一直存在于自己体内，爬到树上并站在浆果之间是蚂蚁最喜欢的活动。哪怕蚂蚁应该完全清楚这就是自杀。"

我说："但人类不是蚂蚁。你说这东西突然出现，让你相信自己有个儿子，而且成千上万条记忆能一直追溯到好几年前。这怎么可能做得到呢？”

埃米说：“记忆只是大脑内的物质结构，和蚂蚁身上发生的事情一样，只是稍微复杂一些。”

约翰说：“交螂，我们体验过它企图钻进我们的过往。它不但会变得像手机，还会让我们在记忆中认为那就是手机，而且足够有说服力。”

埃米说：“更糟糕的是，狗似乎并不能识别出这些东西。假如我们现在确定所谓的‘米基’是它们的一员……”

约翰说：“呃，这不是它第一次出错了。记得那只被恶魔附体的毛绒熊玩具吗，我在秋季嘉年华上赢回来的那个？迪奥齐完全被它迷住了，扑上去就是一通猛干。”

埃米说：“你到底在说什么？”

“你不记得玩具熊的事情了吗？那会儿我还住在公寓里，楼下是——”

埃米用一只手揪住头发。“我的天！你竟然以为你一直在养那条狗！”

我说：“呃……什么？”

埃米倒在座椅里。“今天之前我从没见过那条狗，我以为约翰在替别人照看狗。”

我望着汽车旅馆的房间门。“不，怎么……可能？那是迪奥齐啊，它和莫莉一直合不来。它有一次啃坏了你的一只凉鞋？”

“从来没有狗啃过我的鞋。”

客房窗户里面，窗帘又动了动。

约翰对她说：“不，这太……它们搞坏了你的脑子。是你的问题，不是我们的。我记得很清楚。迪奥齐曾经是马西的狗，我们分手后，她把狗留给了我，因为她的室友过敏。有几年了，那年的冬天特别难熬，还……发生了好多事情。”

“肯定是埃米记错了，又一次。”我对她说，“还记得几个星期前那帮人闯进来抢那个东西吧？你把它扔进河里……”

她摇了摇头。“我记得那次的事情，但没有狗。”

约翰说：“我们送它去看兽医，因为它吃了巧克力。”

“你有收据吗？”

“当然，我……等一等，没有，她没收我们的钱。”

“约翰，那天晚上我们没去看兽医。”

查茜蒂说：“你集中精神，聚精会神地思考那些记忆，就能打碎它们，找到藏在底下的真实记忆。你看，它们选我是找错了对象。你可以让我怀疑世界，但无法让我怀疑我自己。我的记忆——我的虚假记忆——告诉我，米基的父亲是我的一夜情对象，我和他在湖畔认识，他睡醒后就走了。但我这辈子从没做过这种事，会做这种事的男人不可能爬上我的床。假如我有孩子——真的孩子——我肯定会住在更好的屋子里，甚至一个更好的城市。”

我说：“你的朋友们，你的家人，他们不会怀疑你为什么忽然表现得像是有了孩子吗？”

“我不和家里人联系——我剩下的家里人，而且我不爱社交。那东西知道这一点。要我说，它选中我是有原因的，可惜没成功。”

约翰说：“好的，好的。咱们先把精神集中在火烧眉毛的问题上。现在他们都在那个房间里，一个孩子和一条狗，两者都不属于咱们这个世界。我们他妈的该怎么办？跑路吗？”

埃米说：“要是我们能想办法让它卸掉伪装，能不能——呃，我也不确定——和它交谈？搞清楚它到底想要什么。”

我说：“咱们怎么可能让它卸掉伪装？”

约翰说：“我们必须让它产生这个想法。等一等，它变成狗的时候，是不是必须表现得像一条狗？要不然我走进去说：‘哦，朋友，既然你只是一条狗，那就肯定不会介意舔掉我蛋蛋上的花生酱了吧？’”

“也许只需要让它知道我们能看穿伪装就够了。”埃米建议道。

约翰说：“真希望我们还有‘酱油’，它肯定知道该怎么做。”

查茜蒂说：“还有什么？”

我说：“他指的是一种……呃，物质，可以当它是一种增效药物，专供有超自然能力的人使用。也可能人人都能用。总之，我们的本事就是从它那儿来的。”

约翰说：“我有百分之九十九的把握，要是用了‘酱油’，我们肯定能看穿那东西的伪装，看穿它制造的整个幻象。”

“反正也不重要了，”我说，“因为我们把全世界唯一的一瓶扔进了河里。”

查茜蒂说：“很好，聊这些真是一点儿也不浪费时间。”

我说：“好吧，所以咱们进去和它聊聊，看看能不能搞清楚它想要什么。要是它的目标是拿我们当食物或者繁殖后代，那我们该怎么办？”

我们一起望向查茜蒂。只有她能给出结论。

“我们杀了它。寄生虫只能这么治疗。”她看着我们，“知道该怎么做吗？”

约翰说：“它们不喜欢火。”

埃米说：“旅馆里住着人呢，我们不能放火。”

查茜蒂点了点头。“这地方存放了大量毒品，点火能让整个小镇沸腾起来。不行，咱们必须带它去其他地方，远离人群。米基和你的狗，两个一起去。”

约翰说：“我知道一个地方。”

我们四个人小心翼翼地走向房门，我们中只有查茜蒂有武器。她带着左轮手枪，约翰问能不能让他拿着枪。

“不行。要是事情出了岔子，必须采取行动，那么动手的只能是我。”

我说：“那你要做好准备——这东西会想方设法扯动你的心弦。它会使出无辜儿童的那套把戏，扑闪着大眼睛说：‘妈妈，你不能对我开枪！’你确定你做好准备了？”

“当然没有，但我还是会动手的。要是你想说换成是你，在这种情况下开枪也毫无问题，老弟，那可没什么值得夸耀的。”

她定了定神，推开房门，然后放声尖叫。

一个怪物站在门口，它的脖子以下是小米基·佩顿，完全就是我们见过的样子，身穿一件褪色的篮球明星勒布朗·詹姆斯的T恤，但是从脖子往上是迪奥齐，更确切地说，是迪奥齐的后半身。狗的两条后腿耷拉在米基的胸口上，原本是米基额头的地方，现在是一根尾巴竖在半空中。

狗的肛门一开一合，像是一张嘴在说话：“看，妈咪，我有个屁股脑袋！”

查茜蒂摔上房门。

我说：“好的，我没想到……会有这一出。”

一个体形巨大的黑种女人拿着手枪大声尖叫，引来了围着篝火铁桶的那群机车手的注意。几个门洞外，管前台的胖子把脑袋伸出办公室，显得怒气冲冲，感觉像是汽车旅馆的规矩被打破了。

莱米·罗奇说："查茜蒂，发生什么事了？"

我说："没什么好看的！没事！"

我的话音刚落，房间的窗帘被猛地扯开，出现在窗口的既不是米基，也不是狗，更不是狗屁股脸的米基，而是一个赤身裸体的年轻女人，从腰部往上看得清清楚楚。她浑身血点，一只手被铐在床头板上。她趴在窗户上大喊："救命啊！他们要杀了我！"

两个男人从旁边的房间里冲出来，和篝火桶周围的机车手会合。罗奇拔出两把短筒霰弹枪，大喊："他们抓了莱西！"

我敢肯定根本不存在一个名叫莱西的女人，但同时也确定这附近的每一个人都会立刻拥有莱西的回忆，满脑袋都是有关她的美好往事，想要保护她的冲动会压倒一切。

罗奇领着一群机车手走向房门，每个人都掏出了武器。查茜蒂尖叫着要他们后退，他们不听，她开始挥舞左轮手枪。

"你们进去会送命的！这是个陷阱！"

当然了，机车手毫无理由要相信这个疯女人的胡言乱语，正是她绑架了他们的一名女性朋友，另外，他们还有霰弹枪壮胆。冲突的声音传遍了整个汽车旅馆，我们周围的房门陆续被打开，渴望加入战局的机车手一涌而出。一个穿黑皮夹克的女人带着三个小孩离开——有些机车手有老婆和孩子。

窗户里面的"女人"继续尖叫求助。约翰、埃米、查茜蒂和我面对着霰弹枪与黑皮夹克的海洋。

罗奇挥舞着两把霰弹枪的四根枪管，大叫道："查茜蒂，给你三秒钟，放下武器，给我让开！"

约翰对他说："虽然现在问你似乎有点儿奇怪，但你认不认识特德·诺——”

停车场的另一头忽然骚动起来。所有人同时转身，看见三辆非命局的黑色卡车冲了进来。停车场那边没有出入口，他们直接撞开汽车旅馆的标记，压倒一排灌木，最后急刹车停下。十二个黑斗篷人下车涌入停车场，带着他们奇形怪状的武器。

窗口的裸体女人尖叫着拉扯手铐。

暴雨选择在这一刻继续落下。

离我们最近的非命局黑斗篷人正是几个星期前在半夜率队冲进约翰家客厅的那一个——至少戴着同一个面颊丰满的婴儿面具。面具张开婴儿的嘴巴——嘴巴里有小小的橡皮牙齿——说：“远离那个有机体。”

回想此刻，我必须说这是个错误。我、约翰、埃米甚至查茜蒂都能听懂这句命令，但仅限于我们。在场的其他人都不明白这个“有机体”指的是什么，以及它在什么地方，也不知道自己该朝哪个方向走才能做到“远离”它。

大多数机车手转动枪口瞄准非命局的黑斗篷人，但也有几个还记得他们最紧要的任务是解救亲爱的莱西。我们就那么傻乎乎地站了几秒钟，被大雨淋得透湿。在我看来，我们应该抓住这个完美的机会溜走，让这些人争出个所以然来，但我不可能神不知鬼不觉地把这个想法告诉另外三个人。

“莱西”在窗口尖叫：“他来了！我的天哪，他来了！”

一条肌肉发达的胳膊凭空出现，抓住她的头发，把她拖回床上，窗帘落了下来。

这就足够了。

罗奇怒吼：“放开她，狗娘养的！”他冲到门口，推开查茜蒂，用霰弹枪轰开门把手，然后拽开门，跳了进去。

五秒钟后，一团内脏连同黑皮夹克飞出了那扇门。

接下来，一个身体走出了那扇门。

“莱西”只有腰部以上的半个身体，底下是一排交螂的小脚。它从那扇门里出来，没有身体的男人手臂（结束于肱二头肌）依然揪着它的头发。

查茜蒂说：“该死！”然后她用左轮对怪物莱西开枪。它退缩、搏动，每次一颗子弹击中目标，交螂就会卸下伪装几分之一秒。

非命局黑斗篷人扯着他们怪异的假人般的嗓门尖叫着，命令查茜蒂住手。面具人发射出一道蓝色光波，大概是想毁坏她的脑子，从而中止她的威胁。但他射偏了，光波击中“基督叛逆”教会的一名成员，那人大喊：“暴力是错误的！”他扔下枪，趴在湿漉漉的地面上，看样子是想睡觉了。

“莱西”的身体摇摇晃晃地走向机车手们，魔咒到了此刻已经完全被打破。他们用霰弹枪向它开火，每一枪都轰得交螂瞬间四散。面具人命令他们停止向生物体射击，但机车手哪里肯听他的，于是他又朝他们射出一道蓝色光波。光波从一名机车手后脑勺的头发擦了过去。他眨了眨眼，满脸困惑，然后开始朝天空乱放枪，大喊：“月亮，去你的吧！”

其他机车手在半身怪物和用魔法光束射他们的诡异浑球儿军队之间散开。有些机车手用霰弹枪朝非命局开火，打倒了几个黑斗篷人，然后战略性撤退，跑过停车场，逃向停放摩托车的地方。

受到冷遇的“莱西”明显生气了，它完全散开，变成虫群，“嗡嗡”地乱飞，最后集聚成六个被斩断的人头，它们都属于同一个老妇人，悬浮在离地面几英尺的半空中。离它们最近的机车手只来得及大喊一声“不，奶奶”，它们就扑了上去，开始啃他的脸。男人倒在我脚边的地上……

……一个磨砂金属小容器滚落在地面上。

正是几个星期前被埃米扔进河里的那个瓶子。

正是装“酱油”的那个瓶子。

14

密西西比河入侵鱼类及其对国际贸易的影响简史

埃米把金属小瓶扔进河里后，它其实没有如她希望的那样一路漂到墨西哥湾去。那需要一系列难以置信的巧合，因为一个漂浮物体有无数可能性会被冲上岸或在长达数百英里的河道中遇到障碍。但这个物体确实进入了密西西比河，然后被一条八十磅重的亚洲鲤鱼吞了下去。

这条鲤鱼有着值得自豪的英勇家世（但它自然对此茫然无知，它除了隐约知道当一条鱼的感觉还不赖之外，根本什么都不知道）。

你看，众所周知，想在密西西比河里抓鲶鱼，最好的方法相当残忍。你需要先弄来一条比较小的活鱼，用鱼钩穿过它的背部，然后在鱼线上绑个浮标或干脆固定住。被刺穿的惊恐诱饵会发疯般地企图逃跑，但它疯狂的挣扎会引来鲶鱼把它一口吞掉。二十世纪七十年代，渔民开始用亚洲鲤鱼充当活饵，但鲤鱼很快反客为主——它们挣脱鱼钩，找到配偶，组建家庭。它们在密西西比河里没有天敌，于是很快就像游牧民族征服世界一样将密西西比河据为己有。

仅仅几年前，有人想出了一个好主意，捕捉亚洲鲤鱼并向中国出口，它们在中国能成为盘中美味，因此可以卖出个好价钱。就这样，那条鲤鱼在吞下小瓶后的第二天被一条商业捕鱼船抓住，船主名叫乔恩·明钦。这条鲤鱼连同卡在它嗓子眼里的小瓶被送到港口，和上百条类似的鲤鱼一起被活着塞进淡水集装箱。叉车挑起集装箱，将其送进一架货机的机舱。这条鲤鱼在狭窄而黑暗的监牢里游动，它不知道自己飞越了半个地球——事实上，它甚至不知道它所在的世界能够被飞越。有一点值得注意，卸下这条鲤鱼后四分钟，明钦那条渔船的一名船员乱扔烟头，点燃了刚好在漏油的输油管，随之而来的爆炸害死了两个人。

鲤鱼带着身体里的金属小瓶抵达南通市的一家巨型水产品加工企业，此处离它被捕获之处足有七千三百七十英里。工厂有一台专门用来剁鱼头的机器，刀刃撞在鱼喉咙里的金属物体上，因而断裂。一块碎片飞出去，扎进一名倒霉的生产线工人的脖子，他在四十三秒后就失血而死了。一个小时后，二十三岁的生产线修理工阿明更换了剁鱼头机的受损刀片，他在清理机器时发现这个奇怪的金属小瓶卡在机件之间。阿明认出这是个外来物，而不是机器的零件，于是他洗干净金属圆筒，研究它的属性。它摸起来冷冰冰的，像是内部有降温装置，除此之外没有任何特征——没有能够打开的缝隙，没有铭文或饰纹。它弄坏了机器的刀刃，但表面上连刮痕都没有。

阿明决定带这个物体回家。他年轻的妻子罹患多发性硬化症，无法正常上班。但她有艺术细胞，发现用杂物制作手工艺品有疗愈作用，于是她会把各种东西拼在一起，在网上出售成品（当然了，她产生了感情的那几件成品除外）。阿明经常会把他认为她有可能觉得有意思的东西拿回家（但无论他拿什么东西回家，她总会微笑并可爱地轻轻欢呼）。

一个星期后，金属小瓶成了一个手工艺品的身躯部分。这个装置是个蒸汽朋克机器人，关节和肢体由她从旧钟表里拆出来的弹簧和齿轮制成。各个组件用胶水固定在一起，因为她发现小瓶所用的金属无法熔化或焊接。总之，她完成了这个小装置，放在网络手工艺品商城 Etsy 上出售。又过了一个星期，一位名叫胡安·希门尼斯的西班牙少年买下了它。可惜的是他没能收到货品，因为运送包裹的联邦快递国际货机在法国乡村坠毁，机上的所有人不幸遇难。

以国际合作与共同促进安全标准的名义，美国国家运输安全委员会经常会派遣调查组协助勘查世界各地的坠机现场。调查组的首席调查员约翰·曼德尔森发现了这个金属小瓶——他不小心踢中它，看见它躺在一堆被烧得扭曲的金属之间。航空煤油燃起的烈火烤了它们几个小时，却只有它毫发无损。这个小瓶看上去很干净，手工艺品的其他组件在爆炸中完全脱离了它的表面。这东西似乎不可能在坠机中扮演任何角色，然而他却不由自主地对它产生了好奇，尤其是它的温度似乎永远比室温低三十摄氏度。

曼德尔森决定把这个物体送往堪萨斯州威奇托的一家私人飞行器鉴证实验室进行分析，主要是为了满足他毫无理由的好奇心。飞机在纽瓦克安全着陆，小瓶很快上了一辆向西而去的快递卡车。前往威奇托的路线不需要卡车经过不具名小镇，因为州际公路彻底绕过了这个地方。然而，快递卡车的司机明妮·约翰逊听调度员说有一辆满载蜜蜂的卡车在前述的州际公路上翻车，堵住了两条向西去的车道，造成了长达数英里的交通堵塞。调度员没告诉她的是，有一辆过路车辆的年轻司机下车去救那辆半挂式卡车的驾驶员，结果被蜜蜂袭击，很快死于过敏反应。

明妮只好拐上131号公路，驶向她只要能做到就敬而远之的诡异小镇。开进不具名小镇的边界仅仅两分钟，她驶向一座跨线桥，却看见一辆路虎汽车的白痴司机企图超过向东车道上的一辆半挂式重卡，结果这辆越野车径直撞向明妮的卡车的该死车头。明妮连忙刹车，但她知道刹车不可能改变这个死局的结果——她无处可躲，顶多只能让路虎汽车受到的冲击力减少一成左右，稍微减少一点儿公路巡警从残骸中寻找尸体碎块的工作量。路虎汽车驾驶员的生死完全掌握在他们自己手里。

路虎猛地一拐，从明妮的卡车和另一条车道上的卡车之间钻了过去，但明妮只开心了千分之一秒。这是因为存心自杀的路虎后面还有一个更想找死的变态狂——这辆黑色卡车的驾驶员居然没开车头灯。明妮只来得及喊出一个音节，接下来的话会构成一连串超级有创意的辱骂，然后她的车头就撞上了那辆卡车。两辆车一起翻出栏杆，车头没有脱离卡车，它连同驾驶员的残缺尸体一起挂在跨线桥上，距离底下所跨过的公路只有几英尺。

就在这个时刻，六辆摩托车组成的车队刚好从跨线桥底下驶过，车手都是“基督叛逆”帮派的成员，莱米·罗奇开路，约翰·“啤酒肚”·克洛斯特曼断后。“啤酒肚”抬头望去，刚好看见可怕的撞车事故在头顶上方发生，一辆半挂式卡车翻滚散架，货物像雨点似的落在摩托车四周的路面上。“啤酒肚”忙着躲避卡车的残骸，没注意到一个金属物体落在他两肩之间的卫衣兜帽里。金属圆筒一直躺在那儿，直到他在罗奇汽车旅馆的停车场里倒在地上，被他过世祖母的飞行头颅活活吃掉。

15

“酱油”

我弯腰去捡小瓶，但查茜蒂一把拽得我险些飞了起来。该死，她真强壮。她大喊：“咱们快走！”

约翰看见我想捡的东西，立刻扑了上去，结果不小心一脚踢飞了小瓶，小瓶顺着路面滚了出去。一个正在逃跑的机车手踩在上面，他脚下一滑，仰面跌倒，刚好摔在停车位的挡板上，摔断了脖子。小瓶继续向前滚动，不偏不倚地来到了埃米的脚下，她在行走间把它捡了起来。

我们连滚带爬地离开混战的现场，但没法去开查茜蒂的路虎和约翰的吉普车，它们停在我们背后怪异的三方大战的另一侧。我们看见一排哈雷摩托车，查茜蒂毫不犹豫地跳上一辆，抬脚发动引擎。

约翰看见她的动作，于是停下脚步，跳上她旁边的一辆摩托。他发动引擎，让埃米上他的后座，她爬了上去。

我不会骑摩托。

约翰绝尘而去，扭头朝我吼了一句什么话，听上去很像“豆子香肠”。

查茜蒂扭头对我说：“你还在等什么？快上车！”

我跳上她的后座。

我们在夜间稀疏的车流之中穿梭，我以为这下自己死定了。雨点像冰凉的钢针一样扎在我的脸上。我们跟着约翰出镇，驶向工业园，那地方的不远处就是制冰工厂——这些烂事的开始之处。我知道他要去哪儿了。这座小镇经历过至少七八次经济下行期，那一片的几座庞大建筑物属于没能在此期间逃脱厄运的数家厂商。其中之一曾经是豆子和香肠罐头制造厂，这座蔓生的灰色建筑物的外墙上镶着生锈的巨大金属字母，它们用浮夸的字体拼出“豆子”和“香肠”两个词，看上去像是敌托邦集权主义独裁者的标语。多年前，约翰的乐队曾到此处表演过；废弃罐头厂的二楼当时被翻修成了嬉皮艺术家社群的居住场所，那会儿总有二三十人在那儿来来去去，过着没水没电的生活（其实他们从附近的电线杆拉线偷电，从未装流量计的阀门偷城市用水，因此他们事实上有水有电，只是从不付钱而已）。

后来有一天，一个年轻人死于吸海洛因过量，依然拥有那块地皮的公司认为责任问题过于重大，于是清理嬉皮士，雇用保安每天巡逻数次，驱赶进来躲雨、喝酒的流浪汉。幸运的是，这位保安名叫泰勒·舒尔茨，是约翰的朋友。我们开到充当大门的一截细铁链前，泰勒放下铁链，挥手放我们进去。

我们把摩托车开进建筑物里，免得被过路人发现。巨大的建筑物里阴冷潮湿，到处都在漏水，艺术家社群留下的画作已经毁得差不多了。一面墙上的喷绘壁画中，自由女神像浑身鲜血，底下是四个大字：战争杀人。我经过一尊玻璃纤维的米老鼠雕塑，它的双眼是美元符号，胸口喷着“贪婪”二字（我不确定这是写实主义，还是象征手法）。这儿还有一个诡异的水泥雪人，面部奇形怪状，有一条用生锈钢筋做的手臂。

约翰领着我们上楼，走向二楼曾经充当居住场所的空间——只有那个位置的屋顶不漏水，摆着四张旧沙发，彼此相对。角落里还有两台冰箱和一个水槽。

查茜蒂飞快地扫视一圈，然后走到窗口前。

约翰说："就安全屋而言，这里是全镇我能进的最后一个了。"

我说："我不喜欢这儿，外面的画吓得我的世界观屁滚尿流。"

查茜蒂说："还不算太糟糕。从这儿能看见车辆接近，有六条路径可供紧急时刻逃命。"她掏出一卷用橡皮筋扎着的钞票。

她抽出三张百元大钞，问："你们有二十五美元的零钱吗？"

埃米说："不用了，米基还没回到你身边。"

"别废话。这不是做慈善或者发善心。我不付你们钱，说不定下个月我的哪个老板也会觉得他不用付我钱。这搞不好会变成常态——每个人都逼着其他人以谦恭的名义拒绝酬劳。然后就什么事都做不成了，因为大家知道做事没钱拿，别管什么慷慨或不慷慨的屁话，是利益在推动世界运转。你们做事，你们担风险。所以你们到底有没有二十五美元零钱？"

约翰有。

查茜蒂说："我的拖车里有个'跑路包'，现在我非常后悔，应该看着不对劲就拿上的。现在回去太危险了，路虎估计也没希望了……"

她在自言自语，盘点现状，显然不是在问我们的看法。

我说："你要走？"

"你们不走？"

埃米说："我们必须留下，搞定这件事。"

“这个‘搞定’具体是要干什么？”

“呃，首先，”埃米说，“我们必须警告特德。”

我说：“警告他什么？”

“关于玛吉。”

“为什么要——见鬼，对。你认为她和米基一样根本不存在？”

约翰皱起眉头。“等一等，不对。他们有照片的，还记得吗？特德从钱包里拿出来给我们看，就像你在西尔斯百货拍的那种照片一样。”

“照片还在你手上吗？”

“不在……可是，你知道的，米基是怪物，不代表玛吉也是。”

查茜蒂说：“假如她和米基是一样的东西，那你们必须去处理掉它。我猜那对父母还被迷惑得神魂颠倒，觉得那是他们的孩子。所以，祝你们好运。”

埃米说：“假如他们还被‘迷惑得神魂颠倒’，那为什么只对他们起作用，却对你不起作用？”

“我对此有个理论。你看，我认为它对你也起作用，但对你的男朋友应该不起作用。约翰，我不怎么了解他，所以两种可能性都有。但是你……唉，你看着像个会因为忘了说晚安而在凌晨三点把男人叫醒的那种姑娘。”

“呃，我没听懂。”

查茜蒂耸了耸肩。“有些人能感觉到无条件的爱，有些人则不能。我猜取决于他的成长历程。”她对我说，“我猜你和父母没什么感情，对吧？”没等我回答，她继续说，“我也一样。从小就以为爱是某种要靠表现来赢得的东西，也要用同样的方式给出爱。”她对埃米说：“我敢打赌，你和男朋友吵架的时候会越来越暴躁，而他会越来越安静，内心陷入死亡。你越来越激动，因为你对他的爱无论如何都无法撤销，对抗它的压力能把你撕成两半。但是大卫，我打赌他会越来越冰冷。我也一样。这种事情没法假装。但是，无条件的爱会造成盲点，它们依赖的就是这个。因此，米基的表现开始不对劲以后，我脑中关于他的记忆乱成了一锅粥，没花多少力气就斩断了联系。但很多母亲，她们宁可去死。那种不问理由的爱会从一些人心中倾泻而出，掩盖所有不对劲的细节，让你对一切都视而不见。”

我说：“那东西把爱当作求生的适应策略。”

“人类同样会这么做。但有一点我们能确定：它们迫不及待地想让咱们去那个矿井。我猜假如有人清理掉洞口的石块，肯定会有个恐怖的大怪物跳出来，对吧？”

约翰说：“这大概已经是最好的情况了。”

“很好，”查茜蒂说，“我祝你们好运。我要去找个风平浪静的地方待着，努力回想我自己到底是谁，不让怪物重写我过去八年的人生。”

埃米说：“你就一点儿也不想留下来帮忙吗？”

“有时候最好的‘帮忙’就是让自己安全脱身，不让自己成为受害者的一员，免除其他人清理尸体的麻烦。问题不在于世上的英雄不够多，而在于总有笨蛋以为自己是英雄。”

我说：“等一等，最后一个问题——你和汽车旅馆之间是什么关系？你怎么会认识‘基督叛逆’的那帮人？”

“我和莱米做生意，他欠我两三个人情。和毒品、妓女没关系，不是那种人情。我会修摩托车，那是我的几份工作之一。怎么了？”

埃米说：“诺尔夫妻和那里也有关系，我在想这代表着什么。”

“你去问莱米好了，不过他被扔在停车场上，恐怕没法活下来。”

约翰把玩着手里的“酱油”小瓶。

查茜蒂问：“那是什么？”

我说：“那东西就是‘酱油’。几个星期前，埃米把这个容器扔进河里，可它刚才又出现在罗奇旅馆的停车场地上，离我的脚只有六英寸远。”

“呃，听起来不像什么好运气。”

我说：“在这座小镇里，事情不是非善即恶，背后是各种势力在互相竞争。你从那些特工手上救出了我们，他们坚信有某种力量希望我们胜利。”

查茜蒂摇了摇头，嘲讽地说：“你们就像在拆炸弹，希望自己剪对了正确的导线。求你们给我两个小时离开，然后再炸了这座小镇。”

约翰说：“所以我们必须用‘酱油’，我们需要领悟究竟发生了什么。”

“嗯哼，是不是就是你们嗑仙人掌得到的那种‘领悟’？你们坐在地上盯着墙纸看，觉得里面蕴藏着宇宙的全部秘密，口水顺着下嘴唇往下滴？”

我说：“呃……通常不是。”你很难用三言两语描述“酱油”造成的效果，就像你很难用三言两语描述大猩猩出现在小朋友生日派对上的效果一样——存在许多种可能性。我说：“你打电子游戏吗？我猜多半不打。总而言之，有一次约翰和我玩《侠盗猎车手》，其中有一个角色穿过地板，结果掉进了某种雾气弥漫的地狱，乱七八糟的物品飘来飘去，变形的角色永远在动作片段中循环。我觉得‘酱油’有点儿像那种感觉，它能通过打破规则揭示出游戏的本质。”

“你这是想说服我试一试？”

我说：“不是，我很确定你会当场暴毙，埃米也一样。对约翰和我来说，其实……也不怎么快活，但用了‘酱油’之后，我们通常会更清楚应该怎么做。我的请求很简单——我们用‘酱油’的时候，你待在这儿陪着埃米，等我们回来。我们有可能会知道该怎么帮助你，哪怕你打算跑路也一样。”

她望向窗户。“给你们一个小时。一个小时内要是看见他们来了，我一样会走。所以无论你们打算干什么，就快点儿开始吧。”

约翰已经在拧“酱油”瓶的盖子了。你或许已经发现了，先前研究过这个容器的人都没找到盖子，但这就是它的能力——它会在希望被打开的时候打开。否则的话，我相信就算一群人用金刚锯、冲击钻甚至死星射出的绿色激光束都没法给它留下哪怕一点儿印迹。

约翰把瓶口转向嘴巴。一滴纯黑色黏液在瓶口成形，落下来，但在半空中拐了个弯。它避开约翰的脸，径直钻进了他的裤裆。

“狗娘养——”

“酱油”在约翰的裤子上烧出一个洞。他使劲拍打，查茜蒂看得目瞪口呆。“酱油”瓶从他手里掉出来，落在瓷砖地面上。约翰抱住裆下，痉挛着躺成胎儿的姿势。几秒钟后，他停止了挣扎。

“酱油”附体了。

约翰爬起来，若有所思地点了点头，说：“很好，他们将在三十七分二十四秒后发现我们躲在这儿。除非我们采取措施。对，措施。”

然后他穿过房间，跑向一扇窗户，一个鱼跃，撞碎玻璃飞了出去。

我们跟着跑到窗口，看见约翰跑过底下的停车场。

埃米对着他的背影大喊，我却说："让他去吧。"

我回去蹲下，捡起小瓶。一股"酱油"细流滴在瓷砖地上，一点一点地流向我——不对，是爬向我。就像一只细长的小虫，有目的地爬向我。

黑色小虫蜷起身体，像是在嗅闻空气。然后它蹿起来飞向我的脸，正中我的左眼。

剧痛炸穿了我的后脑勺。

世界随即消失。

我周围的一切都从视野中消失了。这并不是"酱油"上头之后的异常体验。我发现我不是跪在豆子香肠罐头厂的油毡地面上了，而是漫无目标地蹒跚着，行走于一片贫瘠的土地上，蝗虫似乎吃掉了这儿的所有东西——灰尘笼罩着一切，树木没有叶子，植物的嫩枝被啃得只剩下了根基。空中弥漫着致癌的有毒空气。

走着走着，我遇到了一条悬在半空中的虫子。它离地面大约三英尺，底下是一堆缠结的线圈，顶上有个足球大小的球体在不停地抽动，然后有一根分节的管子通向上方，末端是个开口。它转向我。它的顶部是一张人脸的嘴巴——这条"虫子"是个没有身体的食道加消化器官，底端是一团小肠，末尾有个肛门，正面是六英寸长的勃起的阳具。

嘴巴张开，从喉咙深处发出歌声。

很快，我看见另一个这种东西——消化器官加生殖器官，但抛弃了它所属的身体，最底下的是雌性生殖器官。它张开嘴，发出高亢的歌声，像是在回应刚才的呼唤。我后退，但它们没有来追我，而是开始彼此追逐。两团搏动的内脏终于相聚，两张嘴亲吻交缠，阳具很快抽插起来，湿乎乎的肠道垂到地面，在狂喜中互相拍打。

我很快见到了另一对这种东西，然后又一对、再一对……我爬上山坡，发现脚下是粉红色的内脏怪物的群交海洋，它们起伏不定，颤动不已。这一片的周围是比较小的怪物，小小的成团内脏像缠结的蚯蚓一样在地面爬行。

我眨了眨眼，它们消失了，但也可能是我消失了。

我来到了一间简易教室，房间里有小小的课桌，墙上刷着苏斯博士[1]的名言："今天你是你，这比真还真。世上没人比你更像你。"教室里只有一个模样狂野的女人，她站在最前面，对着空荡荡的房间不停地尖叫。

我眨了眨眼，回到了我的公寓，站在卫生间里。夜间，我能听见雨点敲打屋顶的微弱声音。埃米走进卫生间，关上门，放下马桶盖，坐上去。她直视前方，默默地用手遮住嘴巴。她身穿工作服——干净的白色系扣衬衫和海军蓝的长裤。水从天花板滴进她的头发，但她似乎毫不在意。

然后她开始哭，但没有发出声音。

我走向她，伸出手，但我其实并不在场，这也不是此时此刻正在发生的事情。她很快起身，擦干眼泪，走出卫生间。我跟着她穿过客厅。她套上红色雨衣，离开公寓。我跟着她——我在飘浮，就像钢丝上的摄像机。她过马路，走向便利店，拿着雨伞在雨中小跑。

1　苏斯博士（Dr. Seuss，1904—1991），美国著名儿童文学家、漫画家，以儿童绘本而闻名。

她在便利店门口再次擦拭眼睛，然后进去买了柜台小架子上的最后一个蓝莓玛芬蛋糕。

我眨了眨眼……

我又有了身体。我躺在一个肮脏的房间里，这儿似乎曾经是医院。我在轮床上动弹不得，但我没有看见任何有形的束缚。

我左右转动脖子，想看清自己周围的环境。一只偌大的蟑螂顺着T恤往上爬向我的脸。更确切地说，它看上去最像的东西就是蟑螂——足足有两英寸长，长着螃蟹一样的小钳子。我试着晃动胸部，企图把它甩下去，但我连这么简单的动作都无法做到。

我听见一个声音说："你醒了。"抬眼望去，只见宁芙走出暗影。他变成了体健貌端、有钱有闲的那个我，但穿的不是正装，而是我此刻的这身衣服（有污渍的牛仔裤，旧T恤上印着"芝加哥小熊队，一九八四年超级碗冠军纪念"，文字包围着身穿蓝橙两色队服的丹·马里诺）。大概是在嘲笑我。

我说："真的是你？不会还是我产生的幻觉吧？"

他没有回答，只是微笑。

我说："假如真的是你，我有一卡车的问题想问你。但假如你只是某种象征性的狗屁玩意儿，冒出来是想教导我深入认识自己，那我也就不费这个劲了。"

"告诉我，"宁芙说，"假如我要你吃了你T恤上的那只昆虫，你会这么做吗？"我没有回答。回答有什么意义？他继续道："要是我转身出去，一个星期后再回来呢？到时候你会饿得愿意吃它吗？"

虫子爬上我T恤上的一道褶皱，越过我的乳头。它有一双黄眼睛。它眨了眨眼。

“答案是四十六。”宁芙在我开口前答道，“不给你食物，只需要这么多个小时，你就会愿意吃掉一只活昆虫。无论从什么时候开始算，用不了两天，你都会在欲望面前抛弃所有尊严。”

接下来，他指着墙角说：“换成一具儿童的尸体会怎么样呢？”那里确实有个小男孩，以胎儿的姿势躺在地上。他皮肤黝黑，也许是西班牙裔。“让你饿多久，你才会去吃他呢？我知道答案，但我很好奇，想知道你的估计会差多远。假如那个孩子是活着的，我同样知道答案。”

我说：“藏在老煤矿里的那东西，你的‘主上’，它到底是什么？它想要什么？”

他歪了歪脑袋，像是在说：你真想问我这个？

我再次尝试，因为反正无事可做。“它为什么企图用伪造的后代来给人们洗脑？目的何在？只是一场游戏吗？因为‘主上’过得太无聊了？”

宁芙朝我走了几步，在轮床边的生锈铁托盘前停下。“你看。”

托盘上有三件物品：

一把外科手术刀；

一块打磨成原始刀具形状的黑色石块，就像你会在考古挖掘中发现的东西；

一块依然是黑色石块形状的黑色石块。

“黑曜石，”宁芙说，“三件都是。知道吗？全世界最锋利的刀具就是用黑曜石制作的。这把手术刀的刀锋磨得只有三十埃米宽——一埃米是一亿分之一厘米。相比之下，剃刀的刀锋比它厚二十倍。所以，允许我问你一个问题，在这三件工具里，你希望我用哪一件来剥掉你的脸皮？”

我们长着相同的脸，因此我不太确定他说的是从哪个脑袋上割——是我的，还是他的？不过并不重要，因为这依然是某种幻觉，并没有真的发生。

你真的敢百分之百确定吗？

虫子爬到T恤的顶端，站在有弹性的脖圈上。我听见了柔和的“嘶嘶”声，随即意识到我能听见它的呼吸。它的呼吸很吃力，仿佛它小小的肺部得了哮喘。

“这样吧，”宁芙说，“我来问你一个问题。要是你回答正确，咱们就换个话题。要是不正确，我就在你的脸上开一圈刀口，从你右耳的背后开始，向下绕过你的下巴，从你的左耳底下过去，划过额头，最后回到右耳。然后我会像剥橙子似的剥掉你的脸皮。请听我的问题——这三件物品里，哪一件是自然产生的？”

我不太明白这么谈下去我能得到什么有用的信息，但除了奉陪到底之外，我似乎也没有其他选择。我打量那三件物品。他问哪一件是自然产生的？好吧，手术刀显然是人造的。至于另外两块黑曜石，一块看上去没被人碰过，保持着风化或水流侵蚀成的原有形状；另一块显然是被凿刻成刀刃的形状，很可能出自史前穴居人之手。它的材料是黑曜石，而黑曜石是自然产生的，而“刀刃”形状出自人手。我觉得这是个语义学的问题。

长着我的脸的男人说：“给你三十秒回答，然后我就要动刀了。”

“没有正确的答案。你可以说两者都是……”

我忽然灵机一动。

“好吧，”我说，“我懂了。三件都是自然产生的。”

“解释一下。”

“因为石刀是人类制作的，手术刀是人类生产的，但人类是自然产生的生物体。因此，我们制作或创造的东西依然是自然产生的。”

“正确！水流侵蚀和人手切削其实都是原子对原子的作用。分子形成细胞，细胞长成大脑、器官和肢体，从而改变石块的形状。一片真菌、一个蚁丘、一座人类城市全都是粒子的聚集和经过力量改变而成的。事实上，任何物质或事件，只要不是自然产生的，那就必定是超自然的。因此，这就引出了第二个问题。在你眼前的两件切割工具之中，哪一件是有选择地制作的？”

“我明白你想说什么了。”

“真的吗？五十万年前制作这把原始刀具的是个大呼小叫、臭烘烘的生物，你不可能将它视为一个人类。那么，这个毛茸茸的灵长类动物为了从骨头上削肉而制作这把刀的时候——我打算用它完成相同的任务，它是自己选择这么做的吗？还是说它只是在遵循它的动物性本能，就像昆虫见光逃跑？”

趴在我胸口喘气的虫子爬下T恤，我能感觉到它的小脚扎得我脖子发痒。

他说：“二十秒。”

“我说不准，哥们，你去问科学家吧。也许只是它饿了，面前刚好有个死动物，而它懒得用牙咬。”

“所以你想说饥饿是创造的动力？那么，它和手术刀有什么区别呢？否则的话，你可以辩论说有一种能量让你这个人类拒绝服从某种简单的机制，这种机制使得树木趋光生长，而昆虫见光逃避。那种能量同样让你拒绝服从物理学的链式反应——这些反应主宰了宇宙中其余万物的行为，从亚原子粒子到制作这把石刀的人类先祖都不例外——而它只存在于现代人类的身体里。”

“那么这两把刀就都不是有选择地制作的了。你想听的是这个回答吗？听好了，这是我的答案：我们全都仅仅是……该死的动物。但这和我们眼前的局面有什么关系？”

“最后一个问题。假如你是正确的，我们其实都无法做出选择，只是和昆虫一样遵循本能的冲动，那么我为什么能选择不剥掉你的脸皮？我应该受到本能冲动的驱使，像那只昆虫一样无从选择。”

虫子爬上了我的下巴。它累得“呼哧呼哧”地喘气。我觉得我听见它在低声咒骂。

我说：“你想说的是，无论如何你都要剥掉我的脸皮。其实无关紧要，因为这一切并没有真的发生，对吧？”

“你觉得呢？”

宁芙拿起手术刀，爬上轮床，骑在我的胸口上。他抓住我的脸，但情况忽然变得混乱，我反过来骑在了上面，一只手抓着正在挣扎的那个人的脸，另一只手握着手术刀。躺在轮床上的是约翰，不是我。刀刃切开皮肤，我沿着他的下颌割……

16

性玩具大洪水

我陡然回到自己的身体里，发现我骑在约翰的身上。但我手里握着的不是手术刀，而是粉红色的假阳具。我把它压在他的下巴上，像是企图割开他的皮肤。约翰反过来把什么东西按在我的脸上，那东西在我下巴底下碎成了渣。我们在一英寸深的脏水里扭打。

约翰说："吃啊！给我吃，狗娘养的！"

我说："等一等！住手！"

我们一起眨眼，凝固在那儿，扫视周围的环境。我们在"金星捕蝇草"，满溢的洪水已经侵入店里。地上扔着许多性玩具的空包装盒，扫荡商店的劫掠者大概也想为婚姻生活找点儿刺激。这地方散发着一股屁味。

我从约翰身上爬下来。他呻吟着扔掉手里的东西——他企图塞进我嘴里的一把奥利奥饼干，天晓得为什么。他从积水里起身，点了支烟。

我说："发生什么了？我昏过去了多久？"

"我……不知道。你最后的记忆是什么？"

"'酱油'。我们在豆子香肠罐头厂。'酱油'进入我的身体，然后一切变得很古怪。之后我在这儿醒来，就是刚才。”

约翰点了点头。“对，我也是。”

“你拔腿就跑，一个鱼跃跳出二楼的窗户。”

“完全没有记忆了，但我浑身都疼，到处都是刮伤。”

我喊埃米的名字，没有回应。一缕阳光从东方偷偷摸摸地射穿了窗户。门口有几个附近五金店的购物袋，我大致翻了一遍，发现了几袋塑料袋封口的亮黄色粉末。一个口袋破了，里面的东西撒了出来——硫黄。原来屁味是从这儿来的。这是我们买的吗？假如是，为了什么呢？

我在身上找手机，发现手机没丢。我打电话给埃米。

她接起来就说：“真的是你吗？你在哪儿？！”

“‘金星捕蝇草’。我醒来时发现约翰和我在抓着假阳具打架。”

“你们去哪儿了？”

“不知道。我离开多久了？一整夜？”

“一整夜？现在是星期一上午。你们失踪两天了。”

“该死。你完全没有我的消息？”

“你用了‘酱油’后，看着查茜蒂喊道，‘一路向前全都是假阳具，宝贝’，然后跑出了大楼。你让她等一个小时，但你一直没回来。那是星期五夜里。她一直待到第二天天亮，现在早就走了。星期六和星期日我都没有你的任何消息，我担心得都快吐了。这两天你都干了什么？”

“不知道。也许会想起来的。后来没人来找你吗？”

她说：“目前还没有。也许他们周末不上班。”

“好的，很好……那么，你一直待在哪儿？”

“我睡在豆子香肠罐头厂，不知道还能去哪儿。我穿着衣服睡在沙发上，夜里冷得要命。我请尼基送吃的给我。反正没人来这儿找我。”

“好的，很好。呃……该死。埃米，真对不起。也许约翰和我已经处理好了。我们用过‘酱油’以后，也许我们全都搞定了。我们不在的时候，有什么新进展吗？”

“有。又失踪了十个孩子。”

“你说几个？十个？”

“昨天失踪的。都是从同一个地方失踪的——罗奇汽车旅馆。机车手的孩子。他们那儿专门有个房间当日托所。昨天机车手的大部队去参加莱米的追悼会。等他们回来时，看孩子的女人都快发疯了。她说只转过去一秒钟，再回过头时，孩子们就不见了。‘基督叛乱’这会儿杀气腾腾，都快把全镇掀翻了。”

“妈的。等一等，先别急——他们是真实存在的孩子，还是和米基一样的情况？”

“我见过照片。”

“咦，你见过照片？”

“对，我当时正在汽车旅馆和孩子们的父母谈。”

“你在汽车旅馆干什么？”

“我刚说过了，我们想帮他们搞清楚究竟发生了什么。你以为我一整个周末都在干什么？我在办案呢。”

“好的，好的。我们马上就到。”

“大卫，地球离了你也一样转。”

“我知道，对不起，天哪。”

“我爱你。”

“我也爱你。”

我挂断电话。我们蹚水出去，走进停车场，约翰的吉普车停在外面，因此我们显然在某个时候回旅馆取过车。“金星捕蝇草”店门的牌子上写着“由于洪涝灾害，本店暂时歇业，请等待进一步的通知”。这片区域尚未被淹，但此刻还在水面上的岛屿只剩下了部分建筑地块和小段道路，其他一切都覆盖着几英寸打着旋的棕色泥汤，水流夹带着木棍、垃圾和成团的枯草。

我们上楼，发现公寓和我离开时差不多一个样，只不过现在到处都堆满了箱子。门口码着十箱樱桃味激浪汽水。折叠桌上有一张发运单——显然我把找到米基·佩顿的一部分奖金花在了购买汽水并隔夜送货上门的服务上。不远处是八个更大的箱子，上面贴着“绒软性爱硅胶臀部”的标签。我们中的一个（最好是约翰用他的信用卡）买下了楼下店里的所有硅胶屁股性玩具。我望向约翰，想问这是不是他干的，但他只是缓缓地摇了摇头。

“完全不记得。”

我从包装箱里掏出一瓶激浪汽水，把孩子失踪的事情告诉他。

“等一等，你……等一等。假如他们是诱饵，那么他们有能力像这样给一个人群洗脑吗？一整个团伙？”

“这个，”我说，“就是咱们必须先要搞清楚的了。”

我去卫生间小便，发现镜子上用逆序写着六个字——希望是用黑色的可擦马克笔写的：

谈谈塔雷洛找

这是“找洛雷塔谈谈”的镜像，从逻辑上说不通，因为它们写在镜面上，因此我读起来依然是逆序的。要是写在镜子对面的墙上，这么写还有点儿道理。我认出那是约翰的笔迹。

我说：“我觉得咱们应该去找特德的老婆谈谈。”我擦了擦镜子上的墨水——不是用可擦马克笔写的。

约翰走过来看了看，说："咱们为什么没有当时就找洛雷塔谈，而是给自己留言让我们以后再去？"

"也许我们……不。约翰……"

"怎么了？"

"你不会特地留下一堆云里雾里的线索，就为了演一出《猪头，我的车咧？》，你不会这么做，对吧？快告诉我。"

"呃，要是我这么做了，那肯定有个好理由。你知道的，我打赌那些屁股也是一条线索。"

"我的天。"

"听我说，重点是咱们必须去找洛雷塔谈谈，就像留言说的。下一条线索也许在她那儿。"

"去你的吧。咱们要去罗奇旅馆，因为埃米在那儿。"我思考片刻后说，"我忽然想到，她说她在汽车旅馆的时候用的是'我们'，你说她到底和谁在一起？"

"也许是警察，要么是她在出轨的那个同事。"

在去汽车旅馆的路上，我们发现市政府已经因为被淹而封锁了几条小街——水位还没高到会让车辆抛锚，但万一你开车不够当心，很容易就会打滑失控。我在这儿生活了这么多年，记忆中只发生过一次情况特别糟糕的洪水，那年我十岁。学校停课三个星期，洪水退去之后，所有东西都散发了一个月的鱼腥味。这次的情况似乎更加不妙。

两个模样吓人的机车大汉堵住了罗奇旅馆停车场的入口。我们停下车，两人中块头更大的那个说："我们歇业了。"

一个人从他们背后走过来，不是埃米，也不是查茜蒂，而是该死的非命局探员埃伦·塔斯克。她对大块头机车手嘟囔了一句什么后，他让开了，但我们进去时他用恶毒的视线盯着我们。

我问约翰："你不会凑巧带了枪吧？"

"你让我和她谈。"

我们停好车，约翰刚跳出车门就对塔斯克说："所以你没死？"

"我为什么会死？"

"你两天前胸口中了一枪。"

"星期五晚上你来找我的时候到底嗑了多少药？"

"我来找过你？"

"看来嗑得很多。我不会再说一遍了。我的雇主对我进行急救，我不到一个小时就回到岗位上了，甚至连条伤疤都没留。"

"了不起。你的搭档在哪儿？"

"神经元扰乱光波击中了他的大脑，一辆越野车碾碎了他的上半身。他要到今天下午晚些时候才能回到岗位上。"

约翰点了点头。"好的。所以你能简单说说咱们星期五晚上聊了什么吗？"

"你来找我帮忙。"

"是吗？"

"对。你说有一群孩子即将失踪。"

埃米从塔斯克背后走过来，她身穿红色雨衣，很像《辛德勒名单》里的小女孩。她走到塔斯克身旁，说："我说服他对我开口了，他说'基督叛逆'帮有一半人认为劫走孩子的是个敌对帮派，名叫平原人；也有人认为是上帝带走了他们，世界末日快要到了；剩下的人认为是蝠螳，有人甚至说他们那天见到了它。"埃米看了我和约翰一眼，说："你们看上去真狼狈。"

塔斯克说："最后一点说的是什么东西？"

我说："和这个案子无关。YouTube 上有段视频，拍的是个长翅膀的怪物，已经在镇上病毒式地传播开了，现在人们不管在哪儿都觉得见到了它。这是典型的大脚怪效应。所以……呃，你们现在是搭档了吗？"

埃米气呼呼地瞪着约翰说："是你让她来找我的！"

我说："好的，好的，冷静一下。"然后我对塔斯克说："这帮机车手愿意和你们谈？你两天前才在他们的停车场搞了一场稀奇古怪的大战呢。"

埃米说："他们以为她是美国联邦调查局的。她有所有机构的证件。"

我说："好极了。你和这位探员说过失踪儿童有可能根本不存在的问题吗？他们其实仅仅是一组虚假记忆，由一群会控制意识和变形的虫形怪物植入人们的大脑。"

塔斯克探员的表情证明埃米一个字也没提起过。

约翰说："等一等，你向她隐瞒这一点肯定是有原因的，对吧？这样的话，那就当我们什么都没说吧。"

埃米挥了挥手。"他们有证明材料和照片。这些孩子真实存在。"

约翰怀疑地皱起眉头。"能让我们看看照片吗？"

我们跟着塔斯克走进前台办公室，所谓的"美国联邦调查局"显然已经征用了此处。这儿散发着香烟和引擎油垢的气味。塔斯克用拉丁语对一个黑色公文箱说了句什么，公文箱自动打开，她从里面取出一个档案夹，又从档案夹里抽出一沓文件递给约翰。

约翰一边翻阅，一边问塔斯克："核查过了吗？不是伪造的，对吧？”

“没有。为什么有可能是伪造的？”

他问埃米：“你也见过了？看上去是真货吗？”

“照片看上去不像是合成的，但我不是专家。怎么了？”

约翰把那些文件递给我。

它们全都是空白的。

我叹了口气。“你解释一下吧。我头疼。”

约翰做了一次深呼吸，不确定该从哪儿说起。最后，他转向埃米说：“我用了‘酱油’产生幻觉的时候，看见了一些东西——从第三者角度重播的一段记忆。这段记忆是我去诺尔家，和鲍曼警探碰头。我们交谈的时候，鲍曼向特德要玛吉的近照，特德打开钱包，掏出一张百视达[1]的旧会员卡。警探看着会员卡开始说话，就好像眼前是张照片似的——问女孩的头发是不是还这么长，等等。然后他把会员卡递给我，大卫来了以后我又给他看。一直是那张蓝白两色的塑料会员卡，但每次我们看到的都是一个小女孩。这在逻辑上说得通，因为既然交蜖能隔着一段距离改写记忆，那它们就能让你在看过的一瞬间之后‘记得’你见过它们要你见到的东西。因此警察和其他人会花上一整个周末在美国政府数据库里搜索那些孩子，然后清楚记得他们成功地找到了许多页记录。但假如大卫和我在旁边看他们工作——我指的就是现在，因为‘酱油’的作用还没过去——我们会看到他们在盯着空白的电脑屏幕看，甚至就那么呆

1　美国影音连锁店，家庭影视娱乐供应商。

坐着。”

埃米说：“这个……不可能，它们不可能做到。”

“为什么？”

“因为那样一来，你怎么还能相信你见到或听到的任何东西？”

我心想：说得好。

塔斯克探员说：“你们必须证明一下才行。你们有什么具体建议吗？”

我们告诉了她。等我们说完，她的表情就像快餐厅的厨师在关门前五分钟看见一大群饥肠辘辘的醉鬼走进来。

她说：“我必须和上级商量商量。”

我说：“没问题。届时告知我们一下他们怎么说的就行。”

“你们不可能理解他们说的话。回家去等着，别和任何人说话。媒体迟早会抓住儿童失踪的新闻，但我们拖延得越久，就越有可能控制住局势。你们在听吗？”

我说：“嗯？哦，谢谢，我最近经常做深蹲。”

她转身摔门而去，暴雨似乎对她毫无影响。塔斯克探员刚出去，我就对埃米说：“我们发现一条线索指向洛雷塔——特德·诺尔的妻子。我们必须去和她谈谈。”

“一条线索？”

约翰说：“我在你们家卫生间的镜子上写了‘找洛雷塔谈谈’。你有什么想法吗？”

“听上去像是在演《猪头，我的车咧？》。”

“不，我是说我们为什么必须专门去找洛雷塔谈。”

埃米说：“我认为玛吉在洛雷塔那儿。更确切地说——”埃米用手指打了一个引号，“‘玛吉’在她那儿。”

约翰说："哦，对。"

我说："所以，咱们只需要去解释一下情况，她就会明白的，对吧？"

约翰说："你说二十个硅胶屁股能不能说服她？"

17

与玛吉共进早餐

我们三个前往洛雷塔的住处，但决定要是看见特德的车停在门口就不进去，因为我们估计他依然打算一见到我就开枪。

没看见红色羚羊汽车，但我们还是采取了一个小小的预防措施，我们把车停在塔克表门口，而不是洛雷塔家外面。餐馆的橱窗上用喷漆涂着几个大字：

还在营业

洪水去死

但看上去顶多再过四十八个小时，厨师就只能站在水洼里烤肋排了。车辆在街上慢慢地往前蹭，左右乱拐越过黄线，躲避满溢的排水沟。

我问约翰："所以，星期五晚上你见过这位非命局探员，但你没有任何记忆。"

"唉，你知道用过'酱油'是怎么一回事。你会出现幻觉。感觉像做梦，或者小时候的记忆，你不确定究竟是真事，还是你的大脑根据听说的故事拼出来的记忆。我记得我跑出豆子香肠罐头厂，心想‘我需要交通工具’，然后来了一个男人，他骑着铃木运动摩托车——特别像我几年前骑过的那辆——开口就问我是不是约翰，他说五年前收到一封信，让他把这辆车在这个时间送到这个地点。于是我上车就走，结果撞上了非命局车队。不知道为什么，我知道喵纳多探员坐在哪辆卡车的车厢里——”

埃米说：“等一等，什么探员？”

“就是刚才和咱们说话的那位。总而言之，我下车跳上卡车的引擎盖——不对，我记忆中是这样的——他们急刹车停下，我朝驾驶员嚷嚷，说我必须和她谈一谈，事关所有人的安全。她让我进了车厢，里面只有她和我。我说我需要五分钟，她说她需要八英寸。”

埃米说：“我的天。”

我说：“不可能是这样的。”

“但我记忆中就是这样的，我发誓！”

“你还记得出窍以后其他的事吗？除了这种蠢到家的屁话，和洛雷塔或者玛吉有关的事？能帮我们做好准备，进去应付马上就要面对的局面？”

他摇头道：“我说不准，看起来没有。你呢？”

“没有。我在幻觉中遇到了宁芙，他想告诉我生命的真谛，然后我就醒了。”

埃米说：“算了。显然我必须再进去一趟，因为我猜玛吉和洛雷塔都认为你是绑架犯。”

“考虑到上次发生的事情，你不能一个人进去。要是咱们必须凭蛮力破门而入，那就硬闯好了。”

埃米说：“用蛮力干什么？”

“干掉玛吉？”

“留言说的是‘找洛雷塔谈谈’，不是‘杀死洛雷塔的孩子’。”

“那东西不是孩子！”

“我们还不能肯定呢。听我说，你们俩坐在这儿继续吵架好了，我反正要进去。我把手机揣在口袋里，你们可以看——”

我说：“但要是玛吉变成——”

“嘘——让我说完。危险的不是玛吉变成一条巨蟒怪物什么的，而是她扰乱我的大脑。要是她变成大怪物，我尖叫着跑出来就行。但要是她扰乱我的大脑，你们就必须把我拉出来，然后用几个耳光扇醒我。”

我说：“这两种情况我都不喜欢。”

“随便你，等我进去以后，你可以坐在这儿慢慢地琢磨你到底有多么不喜欢。”她打开车门，“爱你。”

“我也爱你。”

我们目送穿着红色雨衣的埃米蹦蹦跳跳地穿过暴雨。她敲了敲洛雷塔家的大门，里面的人让她自己开门进屋。我在手机上看直播，但画面不够好——摄像头只能勉强看见衣服口袋外面的情况。埃米推门进屋，似乎有人友好地和她打招呼，她做出回应，但外套摩擦麦克风的“沙沙”声盖住了其他声音，我听不清楚他们在说什么。

我说：“我不喜欢这样。”

约翰说：“没错，你好像已经说过了。给她一分钟，然后咱们闯进去。”

埃米走进客厅。我们能听见洛雷塔在厨房里说话的声音。“……其实她处理得比成年人更好。你知道的，孩子很坚强。约翰昨天来过，他全都解释清楚了。我知道你们只是想帮忙，特德怎么认为并不重要。但现在又有那么多孩子失踪，太可怕了。”

埃米说：“咦，我不知道约翰来过。等一等，呃，他是怎么解释的？”

通过埃米的摄像头，我们看见洛雷塔进入画面，她手里拿着一杯咖啡。

然而她的半个身子不见了。

她像是被大白鲨撕碎了。脖子有大部分已经消失，甚至到了不可能继续支撑头部的程度，白色的脊柱和黄色的韧带清晰可见，支离破碎的肉体之外就是空气。从腋窝到髋部的三分之一躯干也不翼而飞。

她继续说话，就好像一切正常。我能看见她的气管在抽动，裸露在外的肺部随着每次呼吸起起落落。

这女人不该还活着。

约翰吓了一跳，我知道他也能看见。但埃米对此视而不见，有礼貌地和她一问一答。

洛雷塔说：“约翰说警察释放了你，坏蛋同你家大卫的体形和发色相同，他们已经排除了你的嫌疑。但我还是不希望他进屋。玛吉还在床上，我不想让她害怕。所以，你有什么想法？”我在视频中看着女人的胃部颤抖、抽动，它正在消化早餐。

埃米说：“我不确定。你知道的，我们只是想尽量帮忙……”

“唉，我知道事情没这么简单。”洛雷塔说，耷拉在喉咙上的一小块皮肤弹起又落下，“玛吉显得不太正常，我说的是绑架前。我知道这件事情……不寻常。”

埃米说：“玛吉回来后有什么异常表现吗？”

“考虑到她经历了什么，没有。”

“能让我见见她吗？”

洛雷塔邀请埃米跟她去玛吉的卧室，镜头跟着女人残缺的身体顺着走廊前进。她把卧室的门打开了一条缝，说：“玛吉？醒着吗？”

卧室里传来的回应令人恐惧，像是从喉咙深处发出的一声尖啸。约翰望向我。埃米的反应像是听见了孩童的可爱呢喃，说：“哦，就让她继续睡吧。我不想——”

洛雷塔对着卧室里说：“有人想来看看你，就一眼。一分钟就可以。”

“咳——库库库库库库！”

“没问题的，她在帮助警察。”

“咿——呜——咳。咿——”

洛雷塔推开房门。

一条大虫子正躺在床上。

它的尺寸和人类儿童的身高差不多，皮肤透明，因此我能看见它的消化系统正忙着碾磨似乎是肉糜和皮革的东西。

约翰说：“哈？”

我说：“我要进去——”

“等一等。”

“玛吉？”埃米说，然后踮着脚尖走进房间。镜头的视角向床上倾斜。“你觉得还好吗？”

“玛吉”用尖啸和“咔咔”声回答，发出吸吮的怪声。

洛雷塔上床，坐在“玛吉”身旁，怪物拱到她的身上。母亲搂住大虫子的背部，怪物将面部的一圈牙齿贴在洛雷塔的肚子上。

“她能回家我真是太高兴了。对于今天失去孩子的其他父母，我感到心碎，但我不得不承认自己很自私。我很高兴玛吉能回到我身边，这比什么都重要，我想确保他们不会企图再次劫走她。只要你们能帮我做到这个，其他的就都无所谓了。”

约翰和我见到的东西与其他人见到的不一样，我知道原因就是“酱油”的延宕效应——集中精神，我发现我能看见交螂军队在大虫子的周围涌动，它们蠕动、抽搐，大致组成了一个小女孩的形状。继续集中精神，我能看见它们向整个世界投射出的那个金发小女孩，埃米见到的就是这个孩子，被编织进入洛雷塔·诺尔的全部记忆的也是这个孩子。然后再一眨眼，女孩变回蛆虫，饥饿、抽动。

“玛吉”张开滴着黏液的大嘴，咬下一块洛雷塔的腹部，牙齿切开皮肤和脂肪，大声咀嚼。洛雷塔甚至没有畏缩。

第三部

《恐惧：地狱的寄生虫》书摘

——艾伯特·马尔科尼博士

曾经有个著名的思想实验，大致是这样的：

一个孩子天生眼盲。她有两件木头玩具——一个球和一个方块。玩了几年之后，她靠长时间触摸知道了两个玩具的轮廓——球体和立方体。后来在童年晚期，她接受了矫正视力的手术。现在她能第一次看见世界了，这位年轻女士该如何凭视觉区分球和方块呢？

我说"曾经"有个思想实验是因为我们已经知道了答案，答案是不可能。现实中有一些先天盲人后来恢复了视力，第一次见到方块时，他们无法将它和他们记忆中用手摸到的八角物体联系在一起。他们会以为它摸起来像是光滑的球体，直到最终拿在手里，才发现事情并非如此。

其中的道理是什么？因为你不是用眼睛看的，而是用大脑。

假如没有大脑赋予其意义，进入你视神经的光学信号只会是毫无意义的杂讯。寓意非常简单：你看到的（真正的看到，而不是比喻）东西仅仅是建构的结果。打个比方，宠物狗趴在房间里，它的主人在电视上看电影。狗看不见电视画面（它们的视觉与我们的迥然不同），因此它们只知道房间里的人类一动不动地坐在沙发上，没精打采地望着墙上一个闹哄哄的方形物体。狗也许会发觉那个物体偶尔发出人声或其他熟悉的声音，但这些声音并没有伴随着气味，因此无法引起狗的任何兴趣。即便狗能学会与人类交谈，你也几乎不可能向它解释那些一动不动、一声不响的人类其实在和千里之外的其他生物互动，在观看发生于多年前的表演行为。简而言之，人和狗虽然在同一个房间里，但体验到的现实完全不同。

第二天，人带狗去公园散步。狗发疯地嗅闻一块块草坪，似乎空无一物的地方能让它欣喜若狂，让人觉得非常有意思。人也很奇怪狗为什么执意要去闻其他狗的肛门，于是使劲拽皮绳，不许狗沉溺于人心目中异乎寻常的恋物怪癖。狗该如何向人类解释呢？它的嗅觉比人类的敏感几千倍，因此它在几秒钟之内就能闻出几个星期前在一块空荡荡的草坪上演出的生死大戏。轻轻一闻，狗就知道不久前有一只动物在某处撒过尿，这只动物的新陈代谢濒临崩溃，它极度恐惧。闻其他狗的臀部能“看清”它的全部生理特征——年龄、是否擅长狩猎、是否适合交配，或者能不能赢得一场浴血苦战。

同一个公园，两种不同的现实。

尽管人和狗在相同的环境中演化，有着非常类似的生物学特征，但差别依然如此巨大。现在，请想象一下两种生物，它们在彻底不同的两个世界中分别演化。

考虑到我的职业，读者应该已经猜到了这个话题为何关系到我的研究领域。假如另一个宇宙的生物来到我们的宇宙，就像盲人少女无法单凭视觉识别她心爱的玩具一样，我们理解它的能力也会极为有限。我们的大脑会疯狂地搜寻相关信息，用来理解面前的个体，徒劳无功之下，它会更加疯狂地尝试建构某种粗糙的类比。因此，有些人会见到恶魔，有些人会见到外星人，有些人什么都见不到。

等这些彼此矛盾的印象相互碰撞，啊哈，你只需要打开历史书就会看到结果了。我们的生死取决于我们如何诠释陌生事物。整个人类文明的本质就是在一遍又一遍地上演这样的过程。

18

马尔科尼再次自私地企图抢走风头

埃米回到吉普车上，看到我们的表情，说：“怎么了？”

我说：“我不知道该怎么解释。玛吉在你眼中是个可爱的八岁孩子，但其实是一只巨大的食肉蛆虫，正在一口一口慢慢地吃她的母亲。”

埃米说：“我看我不需要问这是不是只是个比喻了。你们在嗑药幻游时留言让自己来这儿，这样就能看见这一幕了，对吧？所以现在怎么办？”

“埃米，我们必须杀了它。”

“你们要当着玛吉的母亲杀了她？那你们也必须杀了洛雷塔。”

“不，我觉得我们必须想办法引开她……”

“你的意思是绑架她？那不就是女孩指控你做的事情？你说话难道不过脑子吗？”

“埃米，那是一条幼虫，它必定会长大变成某种东西，对吧？我们不能让怪物孵化出来，再一次蹂躏整座小镇。”

“好吧，我问你一个问题。你们看见一个东西，我和洛雷塔看见另一个东西。我们怎么知道你们见到的就是正确的？”

“这难道是什么苏格拉底思想实验吗？我们已经知道那是怪物了。我是说，你看到的是个女孩，但其实它是怪物。”

“但我和她交谈了。”

“所以呢？”

“所以她有能力思考和表达情绪，会恐惧，会爱，等等。我们既然应该保护拥有这些能力的人类，那为什么她没有资格得到相同的保护？”

约翰说：“但你没有看见我们见到的东西。那怪物在杀死洛雷塔，在吞噬她。字面意义上的一口一口地吃她的血肉。我都没法理解她为什么还能走来走去。”

“她在我眼中一切正常。虽然看上去很疲倦，但像是如释重负。”

我说：“好吧，这正是你担心会发生的事情。你需要我们扇醒你吗？我不得不说，我打算扇你的屁股。慢慢地扇。”

“假如我思路不清晰，请你向我证明，我会听你的。在洛雷塔的心目中，那完全就是她的女儿。你们看见她脸上的表情了吧？那是爱，发自肺腑的爱。你们杀死玛吉，她也会感受到真正的痛苦，和你们真的杀了她的孩子一样。”

我说：“怪物死去后，魔咒也许会被打破，就像米基那样。咱们投票吧。”

埃米说：“我赞成你说的，但无论你们怎么投票，我都不会让你们去杀它。”

“民主不是这样——”

约翰的手机发出“叮咚”一声，表示收到了电子邮件。

“哦，嘿，是马尔科尼。他说收到了样本，想和我们谈一谈，问我们能不能上 Skype。”

“什么样本？”

约翰耸了耸肩。“我猜咱们把什么东西寄给他了，在咱们幻游的时候。”

“听上去不像我们会做的事情。我的意思是说，这个主意真好。”

埃米说：“就这么说定了。咱们去用我的笔记本电脑打给马尔科尼博士，而不是杀死这个孩子。”

我说：“暂时如此。但如果这个玛吉的中间体完成孵化，吃掉一整个孤儿院，那都是你的错。”

埃米

离开洛雷塔·诺尔租的简朴住处几个街区后，埃米觉得她揪起来的心稍微松开了些。

这整件事都让她回忆起过去。

自车祸夺走父母和左手之后，埃米在比尔姨夫和贝蒂姨妈家住了噩梦般漫长的三年。这对夫妻的婚姻一团糟，埃米每次进门都能感觉到空气中的电火花。两人彼此仇恨，把所有精力花在发明新的发火理由上，而且每时每刻都想把自己塑造成被辜负的一方，就仿佛他们在各自的床底下藏了个记分牌。埃米掺和进来之后，就好像在马蜂窝里戳了个瓶装火箭。贝蒂是埃米母亲的姐姐，接纳埃米是她的决定。贝蒂姨妈随后一直在暗示，称比尔姨夫对这个十四岁的客人有非分之想。贝蒂知道这不是真的，而是她能想到的一项最恶毒的指控。她的脑子就是这么运转的。

然而，这意味着埃米无法避开他们恶毒的争吵，因为她已经成了其中的因素。她也是三个人之中唯一一个似乎不乐在其中的人。情绪紧张引发生理反应。她不习惯这样的关系——她的父母除了是夫妻之外，还是好友。她父亲体形庞大，有一双会笑的眼睛，曾经开车带小埃米花了六个小时走遍所有商店，寻找超级任天堂游戏机上能玩的《最终幻想 2》。她是他的小公主。

但在比尔和贝蒂家，假如有一个晚上能够平安度过，那只可能是因为埃米使出了所有精力，每时每刻都在维护来之不易的和平。只要看见冲突的迹象隐约浮现——比方说，注意到贝蒂姨妈买了奇迹面包，而不是比尔更喜欢的邦妮面包——安抚双方情绪的重担就会百分之百地落在她的肩上。面包品牌的争端曾经导致比尔把盘子摔在桌上，结果被碎片割伤了手掌。埃米记得有一次她不得不在大冬天穿上外套，走到五个街区外的便利店去，却发现货架上连一条邦妮面包都没有了，于是站在店里痛哭流涕。第二天早晨，她在厨房里看着比尔姨夫做吐司，肚子里像是压着一吨酸液。他看见面包的牌子，挖苦地“哼”了一声……然后就没了，和平时一样开始准备早饭。

还有一次，比尔姨夫捶墙并反复尖叫着脏活，他冷笑着告诉埃米，他会在夜里溜进卫生间，把体液弄进妻子的面霜里。最可怕的就是这种不确定性。假如他们定期吵架，埃米就会提前做好准备，当作某种日常来看待。然而事与愿违，和平会维持一段时间，但她刚放松警惕，下一场冲突就爆发了。

时至今日，每次她经过面包货架时，都会感到一小股恐惧顺着脊梁骨往上爬。真的是每一次都如此。

埃米今天就有这种紧张的感觉，就好像她必须调停一场行将爆发的战争。不，这个比喻还不够恰当——调停至少还存在能够恢复的秩序。此刻更像把自己扔到两辆飞驰的卡车之间，希望内脏被挤爆以减缓撞击。人们不会为这种人拍电影或制作游戏，对吧？一个紧张兮兮、嘟嘟囔囔的小人物企图说服骑士和龙相信世上存在不止一种的勇气。

她把手伸到前排座椅之间，握住大卫的手。

我

艾伯特·马尔科尼博士，学术先锋、时尚人物、作家、冒险家、真人秀主持人，他的最新著作数次提到了我，但每次都把我写成一个浑球儿。对，他擅长科学研究。他为探索频道做讲述奇异现象的特别节目，他的制作公司的摄制组至少来过不具名小镇五六次。但马尔科尼本人只来过一次，而且他只会在情况听上去能用来再写一本书的时候回我们的电话。假如他是医生，除非你的症状像是某种恐怖的未知热带疾病，他能用自己的名字给它命名，否则他就不会腾出时间接见你。

我们回到豆子香肠罐头厂，埃米坐下捣鼓 Skype（假如你在未来阅读本书，Skype 已经不复存在，那么我解释一下：Skype 是一种可供视频通话的软件，当时有很多人使用。还是我该说现在有很多人使用呢？管他呢）。

我对约翰说："你把交螂塞在邮件里寄给了他？你不担心它会给从这儿到马尔科尼那里一路上靠近它一百英尺之内的所有邮政员

工洗脑吗？”

“那段记忆还很模糊，但用过‘酱油’之后，我猜我想出了预防措施。我不记得具体是什么了，但我知道其中牵涉到抓一把硫黄塞进容器，用小镜子包围整个内部，然后再裹上十几层铝箔。我还扔了几块奥利奥给小怪物，但我不记得那是预防措施的一部分，还是我想在旅途中给它一点儿食物吃了。”

马尔科尼出现在埃米的电脑屏幕上。他六十多岁，把白胡子剪得整整齐齐，穿一身米色正装。他坐在写字台前——每次遇到这种情形，我都会怀疑他其实没穿裤子，只穿上半身的衣服上镜头。他似乎坐在一间狭窄的办公室里，背后的墙上挂着各种带框的证书。为了拍到那些东西，天晓得他花了多少时间调整镜头的角度。当然了，也可能无论把镜头指向他附近的随便哪个方向，都会拍到社会对他的各种赞许。

“先生们，”他说，“还有女士，你们好。很高兴再次见到诸位。”这他妈肯定是撒谎。“我在车里和你们交谈，我们正在路上。我已经重新用锡箔包裹了样本，然后锁进一个只有我知道密码的保险箱里。遏制它可真是一项冒险行为，我这还是往轻里说的。一名助理深信我们把她家的猫锁进了保险箱，因此歇斯底里地发作了，我们只好对她加以约束和镇定。就伪装而言，它的能力确实令人震惊。”

我说：“你说你在路上，是指带上了整个摄制组？”我想塔斯克探员知道后会非常生气的。

他没有回答我，而是说：“告诉我你们是怎么遇到这个样本的，从头说起。”

我们飞快地讲了一遍前因后果，就是你们读到这儿已经知道了的那些事情，但去掉了我的抑郁和约翰吹嘘性能力的夸张桥段。马尔科尼听完我们的叙述，说：“真有意思。”

约翰说：“查茜蒂，也就是和我们打交道的第二个母亲，她说有一种寄生虫会让蚂蚁以为自己是水果，然后主动献身被鸟吃掉。她觉得这里就是这样的情况。”

马尔科尼点了点头。“对这个案子来说，更准确的例子是一种果蝇，它们的雌性演化得看上去酷似行军蚁幼虫。它会落到一群蚂蚁幼虫之中，蚂蚁则把它当作自己的同类，进行喂养、清洁和保护。当然，我情愿更谨慎一些，不把它看作某种寄生虫，因为这些生物体毕竟不属于我们这个世界。我们这次遇到的东西更接近于某种蜂群——多种生物体共同合作，其中每一种都有特定的功能。”

我说：“好的。那么矿井里的东西就像是蜂后？”我其实在等他兜完圈子说到底要用什么魔法干掉它，但马尔科尼就喜欢听自己夸夸其谈。

“咱们暂时假定你们寄给我的样本就像蜂群中的工蜂，也不妨进一步假定旧煤矿里的东西确实就像蜂后。那么，蜂后正处于生命周期中产下幼虫的阶段，但由于某些原因，它的幼虫需要人类宿主才能存活——有可能是为了食物，目前这仅仅是猜测而已。因此，工蜂唯一的任务就是通过一切必要的手段虏获人类宿主。在我看来，这些工蜂进入我们的世界，意图就是诱骗人类把幼虫当作自己的孩子收养下来。”

“通过模仿人类的孩子。”

“通过模仿*需要被拯救的人类孩子*。请记住，为了表现所谓儿童的处境有多么危急，它能够把事情做到什么程度。”

我说：“好吧。于是玛吉失踪，然后——”

“玛吉*没有*失踪。根本不存在玛吉。蜂后在矿井口的池塘里产下一条幼虫，工蜂集群出去说服人类来取走它。在那一刻之前，玛吉根本不存在——整个故事，包括绑架的记忆，都是事后补充的脑内印象。”

我揉了揉太阳穴。“很好，好的。‘玛吉’是在矿眼找到的，没错，但‘米基’是在我住的公寓里冒出来的。”

“在你去过矿井之后？”

“对。”

“肯定是你在不知情的情况下把它带回来的。”

“呃，怎么带？是卡在我鞋底，还是怎么样？那玩意儿很庞大。”

“只要愿意，它们就能隐形。按照你们说的，那一只已经被毁灭了。”

我们面面相觑。

约翰说：“呃……有可能。我们最后一次见到它，一群男人在汽车旅馆用霰弹枪向它射击。应该能杀死它，对吧？”

马尔科尼说：“他们射击的对象是幼虫，还是陪伴幼虫的工蜂集群？”

我们无法回答。马尔科尼看见了我们的表情。

“那么，咱们先假定那个样本依然在外面活动吧。但有一点我要说清楚——类似蜂群的生物体会批量繁殖。事实上，这是它们能够成功存活的唯一原因。就这个案子来说，蜂后应该需要继续吸引人们去矿井。因此，在市民的意识中，现在又有十个所谓的‘儿童’失踪。需要我来猜一下线索会将搜寻引向何处吗？”

我说：“该死，这个繁殖过程还真是复杂。”

“王先生，你不知道人类的繁殖过程是什么样的吗？给你一个提示，几乎可以肯定，你驾驶的车辆在被设计时就考虑到了繁殖。”

我的车肯定没有，但我明白他的意思。

埃米说："所以，我们必须阻止所有人靠近矿井。"

我说："他们多半已经过去了。所有人都知道玛吉是在哪儿被找到的，报纸上已经登了。机车手会去那儿，连警察都至少必须去摆个样子。"

约翰说："呃，继续讨论之前，我们必须给矿井里的怪物命名，就是那个蜂后。这次轮到埃米了。早些时候她好像管它叫'一千屁股之怪'，所以咱们就用这个名字吧。"

我说："她没这么说，而且这名字也太长了。"

埃米说："千臀。"

约翰说："就这个了。还有，宁芙在这里面扮演着什么角色？"

马尔科尼耸了耸肩。"很可能根本不存在这个人或生物，只是集群制造的幻觉。"

我说："为什么呢？"

埃米在马尔科尼之前开口："给我们一个理由去救孩子。我们每个人都看见了我们必须战胜的敌人。"

埃米的话里蕴含着我无法完全理解的哀伤。

"所以，"约翰说，"咱们去矿井打老怪，你说我们会在那儿发现什么？"

我说："用不着你说，也知道会遇到我们无法预料的东西。但咱们先根据逻辑推测一下吧。"

马尔科尼点了点头。"很好，在场的各位都不是门外汉，对吧？现世就像一层薄纱，背后是实在世界之外的领域。栖息在那里的不死个体没有形态或尺寸，只能以它们施展意志的能力来加以度量。我有理由相信，我们这次遭遇的有形幼体是某种个体在借此从那个维度空间插入我们的空间。”

我说：“很好，所以它是邪灵之类的东西。意思是不是说它不可燃？”

“你应该思考的是这些个体会如何彼此争斗。在我研究的领域之中，这并不纯粹是个学院派的问题——我们认为我们死后就会立刻发现自己置身于这样的战斗之中。意志力对抗意志力。假如凡人的肉体是一个蛋，破壳而出的可能是飞翔的鸟儿，也可能是流动的蛋黄。”

“但我觉得这只是一个想吃掉我们的怪物。”

“从某种意义上来说，没错。这种生物会靠慑服其他生物的意志来为它服务。在我们的神话中，恶魔永远想要附体和诱惑——吞噬人类的意志，只留下空荡荡的傀儡躯壳。你们自己也能分辨象征意义和现实意义在何处分道扬镳。”

约翰胸有成竹地点了点头。“有道理。大卫，这就像你垃圾房里的附魔木偶。”

马尔科尼说：“一点儿也不像。允许我提示一下你们肩负的任务有多么复杂吧。你们应该注意到了，我一直小心翼翼地避免提到那个个体的真名。它想被说出来。你们向其他人讲述这些事情的时候，我建议你们也这么做。”

我又听不懂了。“但我们该怎么杀死它呢？既然我们连——”

玻璃破碎的声音突然打断了我的话。

19

三人组遭遇额外的复杂因素

约翰

身旁的窗户陡然炸开，一个男人抓着绳索荡进房间。约翰一眼就认出了他金色的胡须。他很确定他们没锁豆子香肠罐头厂的大门，但特德有速降绳和攀爬钩，老天在上，他怎么可能忍住不用呢？他还带来了援军——对面的又一扇窗户炸开，一个穿迷彩服的魁梧男人绳降入室。

“都趴下！你们所有人！”特德命令道。

约翰、大卫和埃米都连忙趴下，手抱着脑袋。约翰隐约听见马尔科尼在电脑里说：“看来这次通话只能结束了。”

那天晚上在“金星捕蝇草”的停车场里，特德给了大卫二十四个小时去解决儿童失踪的案子，约翰不得不承认，这个最终期限早就过了，而且局势还恶化了不只一星半点儿。

两个男人拿起身上的突击步枪，面对面站好，看着趴在地上的俘虏。

特德怒吼道：“他们在哪儿？”

大卫说：“什么在哪儿？”

“那些孩子！肯定被你们关在这儿，要么就是其他什么地方！”

“好吧，你之前指控我们同时绑架两个孩子，那真叫荒唐，但现在只能叫稀奇了。我们能抓走十个孩子，让他们凭空消失吗？我们难道能开着一辆厢式卡车过去，把那群小杂种塞进车里，而且从头到尾都没人注意到？那儿可住满了全副武装的机车黑帮。”

“不。我认为你们有某些能力，你们用那些能力来做这种烂事。”

约翰说：“我们找到了玛吉。我们为什么要抓孩子，然后再放回来？”

“因为你们能做到。过两天，你们去关押孩子的上锁房间，当着无数摄像机的面放他们出来，得到英雄的名号，然后觉得自己会被女人堆淹没。”

埃米说：“我以为你是好人，但有些事情……超出了你的理解能力。”

“哈，这位小姐，说出来让我开开眼。”

“你不会想听的。”

“试试看呗。”

大卫说：“你有没有注意到玛吉有什么不寻常的地方？”

“别把话题扯回到她身上。想不想猜一下汽车旅馆用的是什么警报系统？想不想猜一下孩子被掳走的那一刻发生了什么？”

约翰想说这太可笑了，但没有开口。事情有蹊跷。约翰和大卫都望向埃米，但埃米没看他们。

大卫说：“是罪犯陷害了我们！这是计划的一部分！”

埃米说：“你想搜查这个地方找孩子？那么请便。我们就趴在地上等着。可以吗？”

大卫说："不过请当心一点儿，这儿有些艺术品，能够揭示现代世界只是一座谎言构建的大厦。"

话虽如此，但约翰相信大卫也想到了同一个问题：要是他们真的在这儿找到了孩子怎么办？

这个念头还没转完，底下的一楼就传来了金属碰撞的一声砰然巨响。

所有人都愣住了，侧耳倾听。

砰。

特德和搭档跑向楼梯间。约翰爬起来跟上去。大卫和埃米在他背后低声争辩，约翰听不清他们在说什么。

楼梯底下迎接约翰的是特德搭档的枪口，那家伙守在楼梯口，确保他们三个人不会企图从背后偷袭特德。他吼了一句什么，大致是说约翰再敢上前一步，就会看到自己的肠子像弹簧玩具似的从楼梯上滚下去。

从约翰所在的位置，他只能看见特德慢慢地向一扇金属卷帘门移动，门上用喷漆写着"山姆大叔"几个字，旁边引出一个气泡框，里面写着"我有一肚子骗人话"。

又是"砰"的一声，那扇门为之震动。

特德说："有人吗？能听见吗？"

就算从门里传来了什么回应，约翰也听不见。

门再次震动。

"我们是来救你们的！后退！"

一截生锈的棕色铁链和一把沉重的挂锁锁住了门闩——看上去有十来年没被碰过了。特德换上霰弹枪，轰开铁链，然后弯腰去开门。他的搭档用枪瞄准门口，不时回头看一眼约翰，确保约翰不会伺机偷袭。

假如约翰能在这一刻暂停时间，用一整天思前想后，他也不确定他能不能猜到门里究竟藏着什么。会是所谓失踪的孩子们吗？米基？迪奥齐？宁芙？模仿者残害的另一个人，能激起特德对他们的怒火，例如他的妻子？特德本人的二重身？不知怎么被困在房间里的流浪猫？丹尼斯·罗德曼？

门向上卷起，露出一个黑洞洞的房间，里面有几罐古老的油漆，几个装地板蜡的生锈的蓝色铁桶……

约翰只来得及看见一道白色的影子，就听见特德的搭档大喊："该死！"然后他开始射击。

从阴影中弹出一双白色的皮质膜翅，它们长在强壮的蚂蚱身体上——正是本地人称之为"蝠螳"的东西。

怪物向前一扑，朝特德挥舞着爪子。特德向后一跳，发现手里的霰弹枪只剩下了半截，另外半截"叮叮当当"地在地上滚动，怪物不费吹灰之力就把金属和塑料砍成了两半。

枪声，叫声。两个男人快速后退，但目的明确——拉开距离，离开敌人的攻击范围。蝠螳吃了十几颗步枪子弹，然后再次向前扑，挥动一条弯曲的前肢，特德的搭档飞出去，摔在了墙上。它转身逃跑，动作笨拙，两条腿似乎总是互相磕绊。

它没有跑向二十英尺外的大门，而是径直撞在墙上，使劲地往墙里钻，就好像不明白墙是干什么用的。特德继续向它的后背开火。蝠螳只顾趴在墙上，畸形的双脚刮着地板……

然后它忽然消失了——就在他们眼前。那怪物解体穿墙而去，就像你把一块布丁按在纱门上。墙外传来一声发闷的尖啸，怪物似乎在穿墙的过程中弄伤了自己。

特德跑向大门，约翰跟了上去。他们来到室外，刚好看见蝠螳向上一跳，拍打翅膀，飞了起来。特德用突击步枪对着天空开火。他不是在盲目的愤怒或惶惑的惊恐中浪费子弹，而是仔细瞄准后再扣动扳机，目标是干掉猎物。特德再次进入职业士兵的模式，等任务完成之后，他有的是时间去震惊。

约翰很确定子弹击中了目标，怪物应该“啪嗒”一声掉在地上，死得透透的，但蝠螳只是随着冲击力晃动，继续飞翔，很快消失在了隔壁大楼的背后。

特德飞奔追赶，约翰跟着他，冷雨胡乱地拍打着他的脸。

他们绕过建筑物，看见了怪物的苍白身影。特德不停地开火，直到打空弹匣，但是毫无用处。他们又开始奔跑，特德的皮靴“啪啪”拍地，溅起水花；他发疯般地扫视乌云，而乌云朝着他仰望的面庞“撒尿”。

怪物消失了。特德诅咒天空。

约翰的脑子转得飞快，他气冲冲地走过去，指着特德怒骂：“哎，你给我听着！我们想帮你。我知道你为自己的死脑筋而自豪，但现在你看明白了吧？你想知道是谁抓走了咱们这儿的孩子，现在你知道了！”

特德说：“你们为什么不说那东西藏在里面？是等着看它撕掉我的脑袋吗？”

“因为我们不知道。它藏在那儿是为了伏击我们，多半因为它知道我们越来越近了。否则我们怎么可能把那东西关在里面？”

这当然纯属胡扯，但追杀蝠螳似乎是个完美的任务，能搬开特德这块大石头。但与此同时，他的问题也很正确：那东西为什么要躲在豆子香肠罐头厂的旧厂房里？约翰怀疑是他或大卫在他们丧失记忆的周末期间把怪物骗了进去，但他们是怎么做到的呢？还有更重要的，为什么？事情和硅胶屁股有关系吗？

“听我说，”约翰说，“我跟你说实话，我们找这东西已经几个月了。我们在研究该怎么追踪它。因此它才骗你女儿认为那天夜里是大卫绑架了她——它会耍花招，想方设法地摆脱我们。”

“等一等，那个宁芙是谁？”

“它们是一体两面的。宁芙只是它的另一张面孔——另一种猎食者，拥有人类的形体。他会变身，就像狼人。它是人蝠螳，蝠螳人。但重要的是，隐藏在底下的东西只是某种动物，它会流血，能被杀死。找到它的巢穴，就会找到那些孩子。希望找到孩子们的时候，他们的情况比那些狗强。”

“狗？”

“它吃小动物。要我说，你应该坐下来，找张地图，标出所有丢失猫狗鸡鸭的住户或农场，然后画个大圈，把这些地点全都包进去，再在圆心画个叉。去那儿你就会找到你要找的怪物了，要是上帝肯帮忙，你在那儿也会找到失踪的孩子们。如果你和警察的关系很好，那就请他们帮忙吧。非常不幸，我们就得不到这个待遇了。警察不想和我们打交道。除了警察，还有一个执法机构正盯着我们呢。事实上，要是你看见黑色卡车绕着某个地方转悠，而且开车的是个穿黑袍子的诡异浑球儿，我打赌你会发现他们也在追捕同一个东西。”

特德说：“要是我发现你在胡扯——”

“刚飞走的怪物不是用纸浆和烟斗通条做的。我跟你说实话，特德，那东西会想方设法扰乱你的脑子。它有这个本事，别让它得逞。我不在乎你相不相信我。但既然你连自己的两只眼睛都没法相信，你说你还能相信什么？”

约翰感到很自豪，因为他居然理直气壮地说完了最后这段话。

我

埃米和我看着约翰迈着沉重的步伐走回来，看上去雨水连他的骨头都快泡湿了。特德的搭档已经离开，他捂着受伤的侧肋，冒着大雨一路小跑而去。

约翰摆了摆头，说：“他们的车停在马路边，希望他们掉头而去，把下个月花在找那东西的巢穴上。天晓得它在这儿干什么。莫非你们俩当中有谁知道？”

我说：“你看见它变形穿墙而去了吧？它有这个能力，但为什么依然被困在了一间储藏室里？看起来似乎不太聪明的样子。”

埃米说：“特德用枪指着我们的时候，它开始发出响动来。也许它是想保护我们。”

“我很想去你的世界待上一天。我知道这话听起来像是在挖苦人，其实不是——我真的很想。”

约翰说：“好吧，我们需要一个行动计划。”

我说：“好，在特德把注意力转回来之前，我们必须查个水落石出。也要赶在那个玛吉幼虫孵化之前；赶在塔斯克搞清楚非命局怎么能干掉咱们，但不需要承担任何风险之前；赶在搜寻失踪儿童的行动吸引全镇人去矿井之前；赶在机车黑帮为了这些烂事找我们麻烦之前；赶在蝠螳回来吃了咱们之前。”我撩开贴在额头上的湿头发，叹了口气，“有人饿了吗？华夫饼屋是不是声称无论如何都不关门的？”

约翰说：“咱们必须去矿井，对吧？我是说，那里就是问题的根源。”

我说：“好的，假如咱们去了，看见十个所谓的‘孩子’站在池塘边。然后呢？你别说杀了他们，因为埃米会开始尖叫的。”

“无论咱们做什么，都好过让机车手找到他们。感谢‘酱油’，我们能看穿他们的伪装，但谁知道这还能维持多久呢？不然咱们直接过去，但之后要干什么，我也不知道。我们有硫黄。也许抓一把扔过去就能打破魔咒。另外，咱们还有那堆屁股。”

“你就不能少说两句屁股吗？你知道你为什么买它们吗？就为了你能每隔五分钟提一次。”

埃米问：“什么屁股？”

我们坐进吉普车。我坐在前排的副驾驶座，忽然有股冲动想拉下遮阳板，尽管清晨的阳光已经“旷工”一个月，显然是存心想让“老板”炒它鱿鱼。

一张字条落在我的大腿上。

是约翰的笔迹。

埃米问：“上面写了什么？”

“写的是‘别放蝠螳出去’。”

20

臀部留言

约翰想回一趟家去取装备，为矿井任务和有可能发生的千臀大战做好准备，结果却是我们花了半个小时抬电器和家具上二楼。约翰家的院子和车库里有积水，但屋子本身比水位线还高几英寸。不过感觉被淹已经无可避免——埃米说就算雨现在就停，从高处下来的积水也会流进他家的客厅。情况和其他地方不会有任何区别。水实在是无处可去。

我说："要是雨不停呢？要是水位就这么持续上升，就像新闻里能没过屋顶的洪水呢？"

约翰说："那保险公司就要承担所有损失了。"

"不，我说的是……怎么说呢，我担心你家里的东西，但从这座小镇的角度来说，会发生什么？那么多发霉的泡水屋子，人们到最后会不会直接离开，放弃这个地方？"

"不知道。我都不知道为什么还有人待在这儿。"

"我们为什么待在这儿？"

埃米说："听上去好像你们站在洪水的那一边。"

"我算是吧。"

“你去买双雨靴就能结束这件倒霉事。”

约翰说：“我去车库看看有没有什么附魔的武器。你们再找一找，看有没有其他的神秘字条。”

约翰出去了，我打开冰箱，没找到字条，但找到了一块吃剩的比萨。我咬了一口，问埃米：“究竟是我疯了，还是这东西真有一股香水味？你说约翰会不会又找了个女朋友？”

埃米像是捡起了她脑袋里正在思考的话题，说：“假如今天是你在世界上的最后一天，你会做什么？”

“埃米，我不担心这东西会杀死我，我担心它会在全世界播撒诡异的怪物。你能想象咱们会接到多少个电话吗？我实话实说，要是发生这种事，我就去退订电话服务，就像一九九五年那样。”

“我是说，咱们假设一下。你只剩下二十四个小时了，你会怎么使用？比方说，医生说你只有一天的寿命了。”

“我会用最后一天去找其他的医生，或者研究治疗方法。肯定还有其他的方法可以尝试。我是说，我凭什么要死心塌地相信一个医生的看法？你记得高中同学杜奇·沃格莱斯吧？他现在是医生，在印第安纳波利斯。他是个蠢蛋。让那个医生去死吧。”

“只是个思想实验。比方说，你收到诊断报告，知道自己就剩下一天可以活了。”

“这个问题蒙不住我。答案是我会用最后二十四个小时去拒绝接受这是我最后的二十四个小时。我现在就能告诉你，要是命运这玩意儿真的存在，我就请它吃一口袋大屌。”

这个答案显然让埃米生气了。我努力思考该怎么改变话题，但还没等我想到，她就开口道：“我认为你该去看医生。”

“什么？你觉得我有晚期绝症吗？呃，你这么告诉我还真是够稀奇的。”

“不，我说的是治疗你的情绪。”

“现在不是聊这个的时候。”

“当然是，因为你心情很好。你觉得浑身是劲，因为你有目标。等事情结束，你会窝在沙发上一动不动，然后我就像在和一截坏脾气的树根说话。”

“埃米，我抑郁不是因为大脑里的化学反应，而是因为我既没工作，也没技能，更没受过教育，因为我在浪费生命。没有任何药物能让我接受这个现实。大概只有酒精除外。重点在于，我不需要医生，而是需要工作。我需要理由让我一早就能起床。”

“药物就是起这个作用的，让你从沙发上爬起来，这样你就可以去调整生活了——找工作，打破死循环，否则你会因为抑郁而从早到晚躺在床上，而你抑郁又是因为你把一整天都浪费在了床上。”

“咱们以后再谈这个。”

“你明知道我们不——”

但我已经走向楼梯了，为了逃避这场谈话。我走进主卧室，约翰有非常昂贵的超大号乳胶床垫和弹簧床垫，但两者都直接铺在地上，他坚持说一直不明白床的其他部件都有什么用处（我承认我无法回答这个问题）。天花板上固定着一台电视机，方便他躺在床上看电视，那玩意儿看上去重达一百磅，万一螺丝松了，掉下来能砸烂他的脑袋。

床被叠好了。这不寻常。

我飞快地扫视一圈，证实了猜想：对，曾经有女人待在这儿。衣橱里有女性的衣服，卫生间里有化妆品。这本身没什么不寻常的，但瞒着我和埃米就非常不寻常了，甚至到了我觉得从没发生过的地步。如果是因为他觉得我们会不赞成，那就去他的吧，我们的看法什么时候阻止过他了？他和尼基勾搭了十多年，我却一直努力地躲着她，她甚至都没在这个故事里出现过。她有某门没用学问的博士学位，属于自己说笑话会笑，但别人说笑话绝对不笑的那种人。你千万别让我开始唠叨。

我在房间里找我们留下的字条，但没找到。

回到楼下，约翰刚好从车库里回来，拿着一根中世纪的狼牙棒，钉子足有三英寸长。

他说："好了，我有佛陀的降魔杵。这东西虽然有两千五百年的历史，但应该还能用。"

我说："我还以为咱们用过'酱油'后，在你家车库里制造了什么超级武器呢——能杀死怪物的大炸弹。"

约翰说："嗯，我们有那么多硫黄，还有——"

"硅胶屁股，对。对了，谁住在你这儿？"

"什么谁？"

"要是不关我们的事，你直接说就是了，没问题的。我只是……你明白的，平时你从不遮遮掩掩的。"

"我不知道你在说什么。"

"明显有个女人住在这儿。你的衣橱里有她的衣服和杂物，除非那是你的东西。但还是一样，我唯一难过的只是你觉得你不能告诉我。"

约翰看上去很困惑，甚至有点儿慌张。他"咚咚咚"地跑上楼梯，手里拿着降魔杵。我们跟着他上楼，看着他翻看衣橱里的裙子和上装，然后查看卫生间洗手台上的一堆化妆品和洗面乳。

"以前没有这些东西。"

埃米说："呃，这是怪物作祟，还是你有了不速之客？也许是你的哪个女朋友家里被淹，来你这儿住下了。"

约翰说："不可能不通知我的。必须烧掉这些东西。"

"呃，也许她告诉你了，但你当时用了'酱油'，现在只是记不起来了。"

约翰指着那些衣服，说："不，你来看。"

埃米仔细地查看那些衣服，说："哦。"

我说："怎么了？"

她说："这些衣服不属于我们认识的任何人。"

"你怎么知道？"

"因为我没见过这些衣服。大卫，我知道约翰的朋友穿什么。"

"你知道？"

"这条黑裙子的侧缝一直开到臀部中间，你想象一下，我们认识的任何一个姑娘谁会穿上它？"

"好的，你等一下。"

约翰说："她说得对。确实奇怪。"

我说："当然奇怪了。你大清早好好儿地起床，然后发生了这种事情，太疯狂了。"

"是啊。好吧，我去趟卫生间，然后咱们就出发。"他去卫生间为的是马桶水箱上的猫头鹰罐子。约翰会当着我的面抽大麻，但用安非他命时就不会了。人啊，总有这种奇奇怪怪的小边界。

他刚走出耳目所及的范围，埃米就说："我来捋一捋，假如你面对的是生死危机，你会战斗到最后一口气，然而你会愿意慢慢地淹死在盛满你自己的倦怠的温水游泳池里吗？"

"我自己的什么？"

“假如我说你被附体了，附体的是个……呃，强大的衰神，正在吞噬你的生命力，你会不会和它战斗？要是我说它的下一个目标就是我呢？”

“你到底在说什么——”

我们听见约翰冲出卫生间。他跑进厨房，气喘吁吁地说：“大卫，给我看看你的屁股。”

我瞪着他看了足足四十秒，一片死寂。

“为什么？”

“我找到下一张字条了。这次应该是事先找到的。用马克笔写在我那玩意儿上——‘去看大卫的屁股，上面写了一条重要的留言，含有宝贵的情报’。”

我说：“不可能有这么长。”

“你想看一看吗？你都不需要靠近看，因为字体——”

埃米说：“大卫，就给他看看你的屁股吧。”

我咬牙怒视着约翰。“是你干的。你存心想搞该死的《猪头，我的车咧？》。”

“我完全不记得了。”

“对，重点就在这儿。”

“你为什么还在朝我嚷嚷，而不是给我看屁股？”

“你们待在这儿。我去对着镜子看。”

一分钟后，我回到厨房里。“上面写着‘别让他们’和字母S、C、R，然后一团乱线画到另一边的屁股上。就好像我醒来时发现有人在我屁股上写字，一巴掌狠狠地扇开了那家伙的手。”

约翰说：“妈的，别让他们scr……别让他们尖叫（scream）？搞（screw）？刮（scrape）？”

埃米说："瞎猜毫无意义，因为我们并不知道这条留言本来有多长。"

"肯定足够短，能写在一个人的屁股上。搞砸？写情景喜剧试播集的剧本？"

"在你的屁股上乱画？"埃米猜测。

我说："该死，我们花费了一个小时，结果连个屁都没弄出来。"

埃米说："在此之前的八千个小时难道就弄出来了很多东西？"

约翰的手机发出提示音，他说："马尔科尼来了。他们在清空的沃尔玛停车，说那儿地势足够高。"

我说："算他走运。"

"他说他想见面。"

我举起双手。"那就见呗！咱们去干掉怪物之前，还有谁有其他事情要办？有人要去车管所换新执照吗？"

埃米说："你不想去医生那儿一趟吗？"

21

我们都必须从库尔特·罗素的悲惨错误中吸取教训

马尔科尼的观光车队是两辆大型房车，一辆供他老人家使用，另一辆是整个摄制组的。他比约翰还不在乎低调做人——车身上喷绘着他的巨幅肖像，不过我注意到那是摄制组的房车，而马尔科尼本人那辆则没什么特征，只做了白金两色的涂装。因此，假如发疯的崇拜者企图闯进房车谋杀马尔科尼，他们多半会上错车。说不定他还会在另一辆车里雇个留胡子的替身呢。

约翰、埃米和我肩并肩坐在房车尾部狭窄的办公室里，早些时候，马尔科尼就是在这儿用 Skype 和我们通话的。挂满证书的那面墙其实是四面墙里最无聊的一面，房间的其他地方塞满了稀奇古怪的器物。我不知道它们是来自闹鬼房屋和挖掘现场的真东西，还是给电视节目背景增光添彩的廉价道具。假如是前者，我觉得其中一些只怕是用非法手段从原产国带出来的。这儿有一个水晶骷髅、一个金色圣杯和一把古老的长矛——带着切削而成的黑曜石矛尖。

另外还有一些似乎毫无关联的物品：一个破烂娃娃安[1]，一尊莱昂内尔·里奇[2]的黏土胸像，角落里是个浑身鸟屎的独臂水泥雪人。写字台上，马尔科尼的烟斗靠在一尊古老的小雕像上，那东西看上去像是某个埃及神祇，但勃起的巨大阳具几乎和身体一样大，左手握着它的大宝贝。

马尔科尼问我们要不要喝瓶装水，约翰和我都谢绝了，埃米则一如既往地接受了——她从不拒绝免费的东西。马尔科尼回来，递给她一瓶水，朝着阳具小雕像摆了摆头，说："你们应该会喜欢这家伙。埃及的敏神，流行于公元前四世纪，丰产之神。据说在新法老的加冕仪式上，他必须当众手淫，显示他拥有敏神的生殖力。假如你们看过总统发表国情咨文演讲，就会发现这个仪式其实没怎么变过。"

他在写字台前坐下。

他说："社交媒体上的传闻似乎围绕白色的有翼怪物而起，说它抓走当地的孩子，躲在附近诸多废弃建筑物中的某一座里，用他们的骨头筑巢。"

我说："对，传闻也许是我们不小心搞出来的。但不得不承认，这比真相容易接受得多。"

"据你所知，其中就不存在任何真实性吗？"

"我……不这么认为。该死，我也不知道。我已经不知道究竟

1　美国颇有知名度的布娃娃玩具。

2　莱昂内尔·里奇（Lionel Richie，1949—　），美国创作歌手、音乐制作人。

在发生什么了。”

“这么一个怪物，它真的存在吗？我的团队说，假如那段YoutTube视频是伪造的，那一定伪造得非常完美。”

约翰说：“存在，我们在近处见过它。非常近。但我们不认为它吃儿童。”

我说：“它身上都没有二两肉。”

“倒是可以另外做一期节目。情况和上次咱们谈话时一样吗？两条幼虫在外活动，另外十条随时有可能降临？”

我说：“据我们所知，是的。另外，埃米不赞成杀死它们，因为它们看上去像是儿童。”

埃米盯着马尔科尼说：“你能做到吗？就因为有人坚持说一个儿童其实是怪物，你就给儿童迎面一枪？”

马尔科尼戴上一副金丝框眼镜，说：“沙利文女士，你生活在一个残酷的世界里。看见停车场旁边的那棵橡树了吗？那棵树是个谋杀犯，它会尽其所能地进行大屠杀。它的树叶有两个功能——采集阳光以哺育树干，不让比它低的所有生物获得阳光。它的高度是竞争的结果——它长得比附近的其他植物高，挡在它们和太阳之间，饿死它的竞争者。你走进一片宁静的森林，身边其实是个战场，只是攻击和反攻发生得非常缓慢和平静，你无法感知其中的残酷。你喜欢新割草地的气味吗？你闻到的是表达惊恐的化学信号，由草叶在被斩首的那一刻释放。这才是我们生活的这个宇宙的本质。因此，假如另一个物种对人类有所图谋，我们应该如何选择就早已确定了。”

我说：“没错。”

马尔科尼说：“然而，我们很容易就会坠入世上所有暴力狂和堕落警察秉持的谬误陷阱，也就是说，我们面前永远只有两个选择——凶残的暴力和怯懦的退缩。现实生活向我们提供了有着微妙区别的大量选择。就我而言，无论在什么情况下，我都努力地贯彻一条核心原则：不要出于无知而采取行动。”

我说：“好，我的原则是能不起床就不起床。”

“有了这条指导原则，”马尔科尼说，“我们需要一个可靠的方法来看穿工蜂群落的伪装，这个方法不需要观察者摄入极度危险的物质。我有个方法想检验一下，但我需要一个样本。”

我说：“是不是就像电影《银翼杀手》里测试人形机器人的调查问卷？”

埃米说：“人性测试机。”

“鲁格·豪尔表演的整段雨中独白我都背下来了。就样本而言，我觉得你不妨找诺尔家的女儿试一试，但不知道她的父母愿不愿意合作。”

马尔科尼耸了耸肩，表示他无所谓。“当然。假如你们不介意的话，我想现在就做个实验，大致感觉一下整个过程。测试咱们几个人。先取个控制性的结果，然后再用在真正的样本上。我不会抛出一大堆令人困惑的问题，其实只是几台摄像机和一组远程观看的友人。”

我们全都一动不动，默默地盯着马尔科尼。

他说：“几分钟的事情而已。”

我转向约翰，说：“马尔科尼认为我们是二重身。”

埃米看上去是我们三个里最紧张的，她说：“这也是测试的一部分——看我们愿不愿意接受测试。”

马尔科尼说：“这么说应该能让你们安心。假如你们不是人类，仅仅听见‘测试’二字，你们就很有可能会变得狂暴。当然，如你们所见，对于这种可能性，我没有采取任何不寻常的预防措施。”

然而，我们已经犹豫得太久了。

约翰说：“好吧，但既然要做，就好好做。我不想搞库尔特·罗素在电影《怪形》里搞的那套名堂，把所有人绑在同一个房间里，结果其中一个人突然变成怪物。咱们一个一个进来，锁上门，其他人在外面等着，做好随时逃跑的准备。”

我说：“这正是一窝变形怪物有可能提出的那种建议。”

“咱们走着瞧。”约翰望向马尔科尼，“我们是不是必须脱光了测试？”

我们并不需要。约翰自告奋勇地第一个上。马尔科尼在办公桌上架设了一组各种各样的摄像头，全都指着他的座椅。

“对于这种情况，”他说，“我用多层远程感知法取得过一些成功。早些时候你说米基·佩顿的二重身在汽车旅馆房间外的实时视频中依然能够维持伪装，但每个生物的能力都有极限。我这儿有四种不同的设备：数字摄像机、热信号感应器、紫外线成像仪和电子游戏外设上的一种感应器——它能利用类似声呐的方法，建立房间里所有物体的三维视图。四个设备的信号实时转播，由一个网络论坛的几十名成员在世界各地观看，他们每个人都能看到实时信号，通过打字描述他们见到了什么。一名成员无法看见其他成员上传的内容，因此也就排除了群体内部之间的影响。

“我的推测是，它们的伪装能够影响观察者，但老话说得好，你不可能在所有时间愚弄所有人。因此，我的想法很简单：让很多名观察者在很多个地点通过很多种不同波长观察这种生物体，迫使它无法继续维持伪装。要同时模仿几百个陌生人的可信反馈，还要由我们中的三个人同时阅读，这肯定超出了它的能力。当然了，希望如此。”

约翰在写字台前坐下，马尔科尼走到办公室外狭窄的休息区，他在那儿放了一台笔记本电脑，用来实时监控反馈情况。他示意我关上办公室的门。

我看着约翰的眼睛，说：“我只想告诉你，假如事实证明你是个虚构人物，被强行塞进了我的记忆，那么我的整个人生就更符合逻辑了。”

“真巧，我也正在这么想。”

我把他锁在里面，房门似乎相当结实，我们三个人难受地挤在小折叠沙发上，都目不转睛地盯着马尔科尼的笔记本电脑。马尔科尼散发出古龙水和高级烟草的气味。视频信号切到屏幕上，然后……

半干的呕吐物像瀑布似的挂在沙发上。

我不由自主地屏住呼吸。

电脑屏幕分成四个象限，各显示一个实时信号。我们看见的不是镜头传来的画面，而是观看者对各个画面的反馈汇总。真是个好主意。

数字摄像机：

我看见一个老哥坐在椅子上，他长发、英俊，但那个德行特别欠揍。

紫外线成像仪：

男人坐在椅子上，似乎嗑了海洛因。

声呐：

男人，也可能是个高个儿平胸的妹子。没什么古怪的，除非其实没人坐在那儿。

热信号感应器：

看上去是个高瘦男人，正在抠骨盆位置，我的天，他勃起了。

等等等等。他们就四个不同的信号写了近三百条留言，彼此之间区别不大，除了有些人非常认真地琢磨起了背景里的古怪东西（“那个博士学位似乎不是一所正规大学授予的”）。马尔科尼、埃米和我轮流大声朗读留言，三个人都同意我们看见了一样的文字。

我们宣布这一轮测试结束。我把脑袋伸进门里说：“安全过关，但机器显示你有疱疹。另外，等测试结束，马尔科尼要对你做毒品检测。”

接下来轮到埃米。说来奇怪，我并不为她担心。其他人说什么，我都无所谓——错的只可能是他们。他们还不如对我说宇宙并不存在呢。但埃米是我的不动点，是我继续活下去的唯一理由。假如她不是真的，那么我的生命同样不是真的，我也不是真的，一切就都无所谓了。就算她是怪物，我也要带她回家，拥抱她，就让我们一起变成怪物好了。

我们锁好门，约翰占据了小沙发上埃米的位置。他看着屏幕上滚动的留言，说：“马尔科尼，你的崇拜者都挺浑蛋的。”这话和那些人见到的情况一样客观。

数字摄像机：

红发姑娘，戴眼镜，眼睛很好看，身体没什么特别的。她是不是少了一只手？

紫外线成像仪：

看着像个姑娘，体态不好。她是不是只有一只手？

热信号感应器：

热成像图案显示像个娇小的姑娘。没什么古怪的，出于某种原因，有一只手没有显现。她是不是用冰水泡过手？

声呐：

看见一个姑娘跷着腿坐在那儿。也许挺可爱，但必须看到全彩图像才知道。

有几条必不可少的：

等一等，她是不是我心里想的那个人？

我松了一口气。

轮到我坐上那把椅子了。

四只不同的电子眼盯着我。马尔科尼问我“要点儿什么吗”，我说“不要”，这其实是我这辈子说过的最离谱的谎话。他调整了下一个摄像头——他说观察者希望背景能更开阔一些，然后他和约翰走出房间。

埃米关上门，却留在了房间里。她坐在写字台后，直视着我的眼睛。

我说："有好几个马尔科尼的粉丝要你的号码。"

"我看着像是在仓库里睡了好几天，还好他们闻不到我。"

"说真的，这是个非常聪明的想法，我能理解马尔科尼的意图，但我不明白为什么——"

"该死！"

叫声来自隔壁房间。是约翰，不是马尔科尼。

埃米跳了起来，但没有要逃跑的意思。

我问："怎么了？"

马尔科尼在门外说："请稍等一下。"

我说："我不是怪物幼虫。"

约翰听起来像是趴在门上，说："不是你。他调整了镜头的角度，看见……呃……"

"看见什么？"

马尔科尼说："请保持冷静。"

"看见什么了？"

约翰说："房间里有一个和你在一起。"

我跳起来，撞翻了椅子。"什么？哪儿？你能看见吗？"

我望着埃米。

不可能。

"他们说是那个雪人。"

我说："那个什么？"

我转过身，看着那个肮脏、畸形的水泥怪物，它的胸口刻着"冰霜先生"，但——

我以前见过它吗？

支离破碎的记忆片段在我的脑海里闪过，关于这个浑身鸟屎的水泥雪人，几十个自相矛盾的起源故事同时涌现，但这些记忆没有一段能勉强说得通的。

这东西蚀刻而成的畸形怪嘴开始嚅动，发出无数尖叫汇集成的声音。每一个声音都很微弱、凄苦而惊恐，就像挤满房间的孩童在哭喊着妈妈，恳求慈悲，痛苦呻吟。

它的嘴巴逐渐张开，声音越来越响，充满整个房间，我的颅骨随之震颤。雪人突然炸开，化作一群惶惑而愤怒的交螂。埃米发出尖叫。门锁“咔嗒”一声打开，约翰冲了进来，彻底破坏了整个计划的布置。

我用双手拍打那些小怪物，发疯般地搜寻幼虫的本体。它们一次又一次地冲到我的面前，投射影像，幻化成不同的人。

虫群组成一张脸——我的脸，宁芙那个版本。我拍打它们，抓住一只交螂——它变成我的嘴部在大笑时的样子——并将其在手里捏碎。它们骗不了我，尤其是现在。

它们散开，随后重新汇聚。这时它们变成了我的母亲——一张我几乎不记得的脸。我用拳头捣碎它。虫群“嗡嗡”飞舞，用我曾经听见过的声音尖啸、号叫和大笑，这些鬼东西在我的脑海里胡乱搜索，寻找能够利用的一切记忆。我听见吉姆、阿尼、TJ、霍普、珍妮弗、克里希、托德和罗伯特的声音。我听见莫莉在汪汪叫。我听见它们模仿埃米，用她的声音哭喊和哀求，说出听上去像是我在袭击她的词句。

我听见约翰的声音——我猜那是真正的约翰，他喊道：“它在你背——”与此同时，幼虫撞在我的背上，把我撞倒在地，而交螂再次散开。

我翻了个身，看见大虫子抬起脑袋，尖利的口钩环绕嘴部，正中央能看见深渊般的喉咙，它发出的声音仿佛两个醉鬼在出租车后座上亲吻。我想推开它，但它猛地一扑，嘴巴压在我的面颊上，盖住了我的一只耳朵。口钩咬了下来……

剧痛顿时爆发。

片刻过后，疼痛忽然消失。

取而代之的是一种暧昧的暖意，不是你抓住一袋狗屎的那种恶心暖意，而是仿佛拥抱，仿佛寒冬中睡着两个人的被窝。

然后，最诡异的事情发生了。

宇宙的中心突然发生了……*移动*。

就在这一刻，我不再是我人生故事的主角了。依附在我身上的这个东西，它才是关键角色。它不恨我，不恨任何人。它感到饥饿、寒冷和害怕。它在我身上找到了营养、温暖和安全感。它不但不想伤害我，还发自肺腑地希望我永远安全和健康，从而供养它。这个宇宙只想欣然坐视我们孤独死去和被遗忘，而它期冀的仅仅是我和它共同生存下去。就在这一刻，这个生物不再害怕，因为我来了，我是它能够依靠的岩石。我觉得这是我一生中第一次真正地为自己感到自豪。

它忽然蜷缩起来，像是被打或者受到了电击。它松开我，蠕动着滚到我身旁的地面上。我以为是约翰或马尔科尼干的，但其实不是，它自己蜷缩了起来。它发现我不是它的父亲，我是毒药，我没有东西可以给它。

它发出绝望的叫声。

不，等一等。那是我。

我向它伸出手，但我被拖出了房间。交螂重新聚集起来，落在幼虫身上，它们覆盖了它，开始幻化出某种新形态。这时我被拖出房间，约翰摔上门，锁好。埃米跪在我身旁，问我感觉如何，并且查看我的面颊。

门里传来大虫子熟悉的尖啸声。看见马尔科尼的表情，我问："你听见的是什么？"

"一个男孩……"

埃米说："它又变成米基了，在恳求我们放他出去。"

有一个瞬间，我看见疑虑闪过了马尔科尼的眼睛，交螂的魔法开始起效。我们立刻拉着马尔科尼离开房车，关紧大门，跑到一段距离之外停下。我们站在沃尔玛的停车场里，默默地听着雨点敲打我们的脑袋，发出仿佛军队正步走的声音。我们喘着粗气。

约翰说："好吧，房车就归米基了。所以，你的节目以后由他主持了？"

马尔科尼说："我们得到了一些至关重要的情报。首先，'酱油'并没有赋予你们完美的感应能力；其次，也是更重要的，工蜂有能力模仿无生命的物体。"

约翰说："我们已经知道了。我们抓住一只交螂以后，它变的第一个戏法就是模仿我的手机。对不起，我好像忘记告诉你了。"

"好吧，这个细节会很有用。这样一来，我们知道不但我们遇到的任何人或动物都有可能是这些东西的伪装，而且我们周围的所有东西事实上都不保险——宇宙中的任何事物。这其中的意义都快超出我的理解能力了。"

埃米说："呃，还记得这曾经只是个寻人的案子吗？"

我摸着大虫子咬我的地方，脸上隆起了一些小包。很痒，但不疼。那种短暂的依恋感……我光是想到就觉得自己被玷污了。我也不确定为什么。

我说："只是出于好奇，马尔科尼，你觉得你是从哪儿搞来这个水泥雪人的？"

"我记得它是个闹鬼物品，来自佛蒙特州一家很雅致的战后冰激凌店。那个案子我记得很清楚，店主是个暴躁的苏格兰老太太，名叫……"他的声音小了下去，"我刚开始回忆，她的面容就消散了。真有意思。"

我说："这么说也行。该死，又怎么了？"

约翰扭头看了一眼，说："非命局的人来了。"

探员们开着一辆黑色轿车开进废弃沃尔玛的停车场。我认为名叫塔斯克的女探员下车，望向马尔科尼的电视制作房车，说："所以我叫你们回家，别泄露这个案子的任何情况……"

她身旁是不久前死过一次的她的搭档吉布森，他拄着拐杖，行动似乎有点儿艰难。

约翰说："很高兴看见你又活蹦乱跳的了。"

他骂道："给我滚开。"

"砰"的一声，埃米吓了一跳——米基的脸贴在房车尾部的窗户上。他哭喊着抓挠玻璃。"救命啊！那个老家伙骗我上车，逼我看他用阳具演木偶戏！"

我说："呃，我们抓住了一个幼虫样本。还有什么想要的吗？"

塔斯克说："我们已经派车来接它了。"

"是吗？你们怎么——"

"你们必须和我们走一趟。我们要开个会。"

马尔科尼说："我有份吗？"

“没有，博士，你的真人秀不会有这一集。”她转向我，“我们要制订行动计划，你们要加入，别再拖累我们的每一步行动了。咱们拥有相同的目标，没理由不协作。”

约翰说：“除了一点，假如你们能做到的话，此刻就会要了我们的命。”

“所谓社会，无非就是人们与他们宁可干掉的其他人合作。听一听我们想说的话，你们会发现我们其实不是坏蛋。”

22

主角答应“协助绑架十二名儿童”

我以为我们有机会搭非命局的便车，而且我很好奇，想看看黑色卡车里面的样子，但似乎有规定，禁止非命局雇员以外的人上车，他们命令我们跟着他们去开会的地点。发现他们带着我们前往经过翻修的农资店，也就是现在所谓的IAEEAI实验室与健康中心时，我一点儿也不吃惊。

此处无疑是非命局的一个外勤总部，我不确定走进去会看见什么神秘学圣殿之类的东西，然而现实却令人失望。里面是一整块开放式空间，不久前才被翻修成办公室，说是保险公司的客户支持呼叫中心也没问题。我们经过无人驻守的前台，看见一个个小隔间和玻璃墙的会议室。我们右边的墙上有一排自动售货机，还有几天前他们运到停车场的那口黑棺材——其实是通往天晓得是哪儿的移动式门户。一个身穿橙色工作服的男人走过去，打开门，我看见里面似乎是阳光灿烂的绿色田野。男人喝掉泡沫塑料杯里的最后一口咖啡，把杯子扔进去，然后关上门。

办公区只占据了建筑物的一半空间，水泥墙和厚实的滑动金属门出现在前方，保险公司的假象骤然停止。门里恐怕不是物资仓库。

墙上有一排红色警示灯，底下漆着大字：

闪灯则施行黑巫术仪式
失败等于神经灼烧周期
说的就是你

我以为他们会带我们去黑棺材，去某个噩梦空间开所谓的“会”，那儿的办公室家具是活物，甜甜圈被咬时会发出惨叫。但他们没有，只是领着我们走进最宽敞的一间会议室。会议室的一面墙上有一扇窗户，允许我们看到雾气弥漫的工业园。窗户旁边是一张激励人心的海报，画面中是一群蜜蜂在蜂窝上爬动，下面写着“齐心协力杀死马蜂”。长会议桌的中央是一部电话，扬声器蜿蜒伸展，就像一只瘦弱而纤细的机器章鱼的腕足。

塔斯克示意我们在她对面的会议桌后坐下。吉布森蹒跚着走过来，艰难地在塔斯克的旁边坐下，把拐杖靠在身旁的桌子上。

塔斯克说：“要喝点儿什么或者吃些点心再开始吗？”

约翰和我说“不用了”，埃米却说：“你们的售货机里有辣味奇多粟米脆吗？我有零钱。”

我气呼呼地瞪了她一眼，她和平时一样视若无睹。我惊恐地看着塔斯克探员朝吉布森点了点头，吉布森叹了口气，艰难地重新起身，蹒跚着走出会议室，穿过辽阔的水泥地面，到自动售货机前。然后他回到会议室里，把一包辣味奇多粟米脆扔在埃米面前的桌上，困难地重复着坐下的那几个步骤。

埃米用牙齿撕开包装袋，摇出几块粟米脆，然后倒进嘴里，发出各种各样的声音。

塔斯克说："现在请诸位保持安静，除非我们直接提问。请你们参加电话会议不是为了让你们提供看法，这也不是一个需要投票的议题。也许有人会请你们提供信息。我们会向你们解释下一步行动会如何开展，希望你们可以保证不再插手。听清楚了吗？"

埃米说："不好意思，'咔咔'的咀嚼声在我脑袋里真的很响。不过我大致听明白了。"

塔斯克按下电话上的一个按钮，拨号，输入十二位的密码。提示音过后，她俯身向前。

"不好意思我们迟到了，我先点个名。犹他，你们进来了吗？"

回应是发闷的"咔嗒咔嗒"噪音。

"犹他，我听不见。"

"我们进来了，好点儿没有？"

"好了，谢谢。"

"拉斯维加斯？"

"我们进来了。"

"芝加哥？"

"我们进来了，罗莎琳。"

"曼谷？"

我猜对方在用泰语回答。

"埃芬汉？"

又是一种我听不懂的语言。

"伯纳德？你应该是在路上打进来的，对吧？"

回应是电子合成的声音在宣布34B登机口已经开始登机。一个气喘吁吁的男人的声音随后说："对不起，我进来了，我在机场。我去找个安静的地方。"

“总部进来了吗？”

回应是一连串低沉的“隆隆”声响——要是一座山在半夜被邻居家的音乐吵醒，大概就会发出这种声音。我猜是电话线路又出故障了，但塔斯克点了点头，就好像她听得很清楚似的。“是的，大人，他们三个都在这儿。”

我和约翰交换了一个眼神。埃米停止咀嚼。吉布森探员坐得更直了，就好像不敢完全确定线路那头的东西无法看见他。

塔斯克用她最职业性的声音说：“诸位都听过简报了，应该也都看过我在大约十二分钟前发出的备忘录。如诸位所知，不具名小镇正在遭遇一场G级爆发事件，至少一条幼虫附着在一名活体宿主身上，第二条已经受控，正在前往本设施的途中。尽管尚未收到目击报告，但我们有理由相信还有十条将会显形，其起源故事已经植入一群宿主的思想中。根据昨天的电话会议，我们请三名当地人加入，讨论控制局面的可用选择。他们就在我这间会议室里，你们能够在自己的屏幕上读到他们的档案，分别命名为919A、919B和约翰。”

一个男人的声音说：“呃，我是休斯敦的汤姆，这是预算会议吗？”

“不是，预算会议推迟到星期四两点了。如各位所知，这次爆发可追溯到我们命名为B3333B的生物个体，它正在通过现在未被观察到的某种繁殖循环，尝试进行二次冲击。”

埃米说：“不好意思，能解释一下G级爆发是什么吗？”

电话里传来一个恼怒的声音：“是谁在说话？”

“埃米·沙利文，当地人之一。G级是从A到Z里的G吗？最坏的情形是A还是Z？”

塔斯克说："G 级是潜在灭绝级。请保持安静，除非有人问你。那么，备忘录中提到的消灭幼虫的方法曾经在十二年前的'404 事件'中做过测试，结果相当乐观。我们将分成两个步骤推进下去。首先，追踪并收集幼虫，要是有可能就将它们关押在同一个地点，最好就是这个外勤办公室；其次，我们必须为消灭它们编造一套合情合理的掩饰故事，然后用分离手术来打乱 B3333B 本身的繁殖周期。"

埃米说："大家好，允许我再插一句，我只是想问清楚，我们正在讨论的计划是不是要绑架并杀害共计十二名儿童？但我们所在的这个国家，只要有一个孩子失踪，全国的新闻媒体就会闹得不可开交吧？还有，我们必须做得不会引起任何人的注意，甚至连一丁点儿好奇都不会有。我懂了。"

扬声器里响起低沉的"隆隆"声，来自所谓的总部。整个会议室陷入死寂。

塔斯克说："我的主人，保证不会再有下一次了。不过，919B 提出的困难确实存在。掩饰故事必须足够有说服力，必须能让全世界相信这些儿童已经消亡。"

埃米说："别忘了，还有父母和爱管闲事的人会来插手呢。"

"我们会尽量减少这方面的影响。"

电话里第一次响起一位年长女性的声音。"我是玛莎，我希望本人的反对能被记录在案。我得到的通知——不，保证——是今天的第一个议题会是迈阿密计划的资金调配。我们从一月份等到现在，各位，这件事情不能继续等下去了。"

塔斯克说："玛莎，这不是预算会议。"

埃米说："预算会议是星期四，两点。"

塔斯克做个鬼脸，揉着太阳穴说：“掩饰故事必须牵涉到一起不会留下任何可辨识的尸体的事故，原因显而易见。”

约翰说：“好，他们掉进大海，被鲨鱼吃掉了。”

埃米说：“他们为什么要出海？”

约翰说：“可以安排他们在一场竞赛中获胜吗？啊哈！飞机坠毁。就说他们的奖品是免费旅游。飞机坠入大海，刚好就落在鲨鱼最多的一片海域。”

“所以这些孩子必须体验飞机坠海的恐惧？”

我说：“它们不是孩子，没有任何证据证明它们能体验到恐惧。再说也根本不需要这么做。只需要让公众认为不可避免就行。”

埃米说：“这怎么可能做到？”

我说：“可以说这些孩子感染了武器化的疾病，比如埃博拉病毒。就说是宁芙干的，我们必须隔离这些孩子，免得传染给其他人，要把他们集中起来进行治疗。隔离完成后，就说他们不幸输给了病魔，救治已经太晚。然后告诉公众宁芙已经死了，不存在其他受害者。给整个故事系上漂亮的蝴蝶结。”

房间里沉默下来。来自总部的“隆隆”声随即响起。塔斯克一脸紧张。

埃米来回看我和塔斯克，然后对塔斯克说：“这本来就是你们的计划，对不对？我都不知道该用什么表情面对了。”

“不是埃博拉，”塔斯克说，“那会引起恐慌。是钋210中毒——病程缓慢，致命，但不会传染。不过尸体有放射性，因此出于安全考虑，我们不能发还孩子的尸体。”

约翰说：“然后你们把放射性毒尸装进飞机，安排飞机一头撞向矿井里的怪物。孩子尸体里的放射性物质会引发核爆。”

塔斯克假装没听见。她强作镇定，说："我再说一遍，我们需要你们做的仅仅是保证你们不会插手。"

埃米说："等一等，你在请求我们的许可吗？"

"我们不需要你们的许可。我们没有理由不达成一致意见。"

"要是我们不同意，你们就必须寻找其他的方法吗？"

"我们需要讨论。"

"但你们不能伤害我们，因此需要我们的许可。"

"我不认为我们会反对。你也看见幼虫是怎么攻击我的了，这个部分不需要继续讨论了。"我对塔斯克说，"所以我们可以自由离开，对吧？当然了，前提是另外十个孩子出现，你们成功地抓住他们。要是机车手先找到这些孩子，想说服他们把孩子交给你们这些鬼鬼祟祟的浑球儿，那就只能祝你们好运了。"

"对于那种可能性，我们已经有预案了。"

埃米叹了口气，把奇多粟米脆的包装袋揉成一团。"我猜也是。"

塔斯克对着电话机说："消灭两个已有样本的工作将立刻进行。米基·佩顿已被抓住，十五分钟后就将送达此处。一支特遣队将立刻前往洛雷塔·诺尔的住处。"

埃米说："我想和他们一起去。"

"你不能插手。"

"我不想插手，但我想在场。如果你们不许我去，那么我就要插手了。"

塔斯克说："还有其他的问题吗？"

山崩般的"隆隆"声再次开口，这次他一直说了下去。地板随着他的声音颤抖，我的内脏和脚底都能感觉到。吉布森和塔斯克听得很专注，就像你在你的杀人案审判中听法官宣读判决。这是决定命运的声音。

他说了好一阵，足足两分钟之久，这是我人生中最漫长的几个两分钟之一。我尝试分辨那个声音里的情绪，确定它是在传达好消息还是坏消息，是愤怒还是喜悦。但无论它蕴含着什么情绪，都超过了我甚至所有人类的理解能力。

“隆隆”的声音终于停顿，余震也渐渐平息。房间里的众人明显都松了一口气。

塔斯克点了点头，咽了一口唾沫，说：“好的，我的主人。星期四，两点。”

23

一个不可能出纰漏的计划

埃米

他们坐在约翰的吉普车里，车停在塔克表外面的一条街道上。泛着涟漪的积水盖住了路面，这片区域看上去像是为化装舞会打扮成了威尼斯，宿醉后却在垃圾箱里醒来。埃米甚至不明白她为什么坚持要来，也许是因为她想最后再看一眼玛吉，看清楚藏在底下的怪物，摆脱良心不安的感觉。

她不得不承认，非命局只要愿意，也能表现得很有欺骗性。他们没有身穿密封防护服、开着模样吓人的卡车成群结队而来（这座小镇的居民对这种场面早已习以为常），他们开的还是那辆不起眼的轿车，背后跟着一辆救护车（是他们偷来的吗）。埃米望着两位探员走到门口，向愈发惊恐的洛雷塔解释情况，然后徒劳无功地尝试安慰她。他们的说法是诸如从另一名被绑架者身上检出了一种危险毒素，他们必须带玛吉去做检查，每一分钟都非常重要。他们一起进屋，埃米觉得每过一秒钟，他们决定用暴力手段抢走孩子的可能性就增加一分。就像找不到邦妮面包那样，她的心揪成了一团。

最后，非命局人员还是带着玛吉出来了，她的母亲紧随其后。

你们必须连洛雷塔一起干掉。

大卫返身抓住埃米的手，说："宝贝，你做得很对。你说的每一句话——我们希望你说那些话，继续做你自己。你的言行完全来自你所知道的情况。你不能让这些事撕裂你的内心，那正是他们想要的。可一旦得出正确的结论，你就不能回头了，也不能道歉。我知道情况在你眼中完全是另一码事，但这次你必须相信我们。"

埃米说："所以，现在非命局怎么说，我们就怎么做，而你们都欣然接受。"

"我从不欣然接受任何东西。但是，就我所能看见的，非命局想要的无非是维持稳定，不让民众陷入恐慌。这并不是什么可怕的愿望。"

埃米说："不。他们想要的——不仅仅是非命局，而是和他们类似的所有人——是不让我们陷入恐慌，但必须保持一定程度的畏惧。记得《极度空间》里的主角戴上眼镜的那一幕——他发现所有告示里都隐藏着宣导性的信息吗？假如在真实世界里戴上那种眼镜，你只会见到一条信息，它无处不在：焦虑吧。买这件商品，否则你的朋友会嘲笑你；吃这样的东西，否则你会发胖；没有人会喜欢你，看新闻节目，搞清楚今天谁想杀死你。"

"对，但那些东西是真实的！我们确实有理由害怕！"

"大卫，你的问题是你的愤世嫉俗只有一个朝向。要是有人出现在电视上，说天下太平、世界美好，你不会相信他，你会说他们在放连环屁，你要看证据。但一秒钟后，另一个人出场，说世界正在分崩离析，你会自然而然地相信，不会提出任何问题。假如这些人说煤矿怪物没什么大不了的，咱们可以回家过日子去，你不会相信他们，一秒钟都不会相信。但他们说这是个G级灭世危机，你就立刻上船了，就好像人们不会有动机骗你说情况比实际上更糟糕。你很清楚这不是真的！最能控制民众的就是恐惧。”

约翰说：“我们要走了。”

他们跟着轿车返回健康中心。上路之后，两辆黑色卡车默默地加入车队，一辆开道，一辆殿后，要是“玛吉”变身失控，它们就会及时封锁现场。

还好一路平安。三个人得到允许，和非命局的车队一起进入外勤总部，工作人员带着玛吉穿过办公区，走向水泥墙壁和巨大的不锈钢门。一组招贴画遮住了怪异的警告文字，提醒人们洗手，妥善处理湿垃圾，以免招来蚂蚁。

金属门无声无息地滑开，玛吉和她的母亲被带进里面的房间。小女孩瞪大眼睛，洛雷塔似乎濒临崩溃。埃米、约翰和大卫跟着他们。埃米注意到不锈钢门厚达一英尺。里面是许多小隔间，墙壁是透明的，但埃米估计它所用的材料比树脂玻璃结实得多。

这个设施显然不是在过去两天内建成的。

工作人员领着玛吉走过那些玻璃隔间，进入走廊尽头一个标着“仅限工作人员”的房间。洛雷塔被留在了外面，一个穿医生制服、看上去非常有本事的男人轻声安慰她。埃米一时间产生了可怕的念头：他们打算立刻在那个房间里对玛吉施行安乐死，而她必须看着他们把结果告诉洛雷塔。

但十分钟后，随着一阵“嘶嘶”的声音，“仅限工作人员”的房门开了，几个和蔼可亲、看上去像是医院小儿科医生的人领着玛格丽特·诺尔走向一个玻璃隔间。她的头发湿漉漉的，身穿宽松的病号服，就好像他们刚刚冲洗过她似的。埃米琢磨着这些人是真正的医护人员，还是非命局为了掩饰行动而雇用的演员（阴森的黑斗篷不知去向，今天整个设施在外人眼里就是个正常的实验室和健康中心）。

玛格丽特·诺尔走进隔间，她在哭，但没有反抗。玻璃门关闭，把她封锁在了里面。工作人员领着啜泣的洛雷塔走开，请她去回答一些问题。

母亲刚离开视线，玛吉就停止了哭泣。她站在隔间中央，一动不动，直视埃米的双眼，说："嗨。"

出于某些原因，这一幕似乎让大卫心惊胆战，他甚至从玻璃墙前退了一步。埃米没有回答她。洛雷塔正在和非命局探员交谈，后者将信息输入平板电话。埃米注意到，她听见玛吉说话的那一刻，探员瞥了她一眼。

玛吉说："你看上去很不错。"

埃米说："你是什么？"

玛吉耸了耸肩。

"我知道你不是小女孩。你究竟是什么？"

"'你是什么？'你真想知道？"

"或者我应该问，等你长大以后，你会变成什么？"

"我不认为我会长大。"

埃米试图看懂小女孩脸上的表情，但她失败了。她最后说："无论你是什么，你究竟是什么，都不能在这里生存。"

玛吉与她对视。"就在刚才，他们带我进入那个房间，脱掉我的衣服，冲洗我的身体。旁边的男人，穿实验室工作服的那个，他看着我，他喜欢这样。但他撒谎了，不敢说他喜欢。到处都是这个样子。妈咪觉得我很奇怪，但她不会说出去。他们说要带我走的时候，她很生气，但我看得出她内心深处也很高兴，就好像她再也不需要害怕了。但她会隐藏情绪。所有人都将他们的真面目藏在内心深处。”

“这不是一码事。无论你是什么，你都会伤害我们。我们必须采取行动。”

“我说你看上去很不错，但你还是会杀死我，因为你内心的那个你。”

埃米听见探员快步走向她们。

“我没有真的在和你交谈，你甚至无法说话。你不是一个小女孩，其实连嘴都没有。这全都是……你在对我的大脑做手脚。”

“蜘蛛爬上你的床，你会碾死它。蝴蝶落在你的床上，你会拍照片。蝴蝶对你的大脑做手脚了吗？要是我不把自己变成这个样子，我肯定已经死了。只要一个东西没有漂亮的翅膀，你们就会杀死它。”

“所以你并不危险？你们既不会长大，也不会对我们宣战吗？”

“母牛为你们生产牛奶，你们会向它们宣战吗？”

“玛吉，我们不会当你们的母牛，假如这就是你们的意图。我们不会允许这种事发生。”

玛吉耸了耸肩。“已经发生了。”

我

塔斯克的皮鞋“咔嗒咔嗒”地敲打水泥地面，我感觉到她即将命令我们停止和那个样本互动。没等她开口，我就抬手按住埃米的肩膀。“咱们走吧。”

我拉着她从玻璃墙前离开。墙上糊满了黏液，隔间里的大虫子在吸吮内壁，口钩敲打着玻璃，像是它迫不及待地想啃出一条去路。埃米在和它交谈，但我听不见双方都在说什么，这让我心烦意乱。“酱油”的效果正在消退，然而除非我将每一分注意力都投注在“玛吉”身上，否则我就几乎什么都听不见。

我们刚走开，一名非命局所谓的“医生”陪着被吃掉一半的洛雷塔走向玛吉的牢房。洛雷塔把双手放在玻璃墙上，问怪物好不好，感觉如何，并保证她们很快就能回家。

我用手按住埃米的后背，加快脚下的步伐。

我问塔斯克：“米基在这儿吗？还是他正在城里乱跑，忙着摧毁我们认识和喜爱的所有东西？”

塔斯克说：“他在这儿。跟我们来了，风平浪静。”

约翰说：“嗯，和玛吉一样，没有反抗，也没有揭破伪装。”

我说：“好的，我们可以相信你真的会杀死这些东西吗？你们不会忽然改变主意，决定把它们改造成生物武器吧？”

塔斯克探员说：“跟我来。”

“不，我们不想看你们动手。没理由让埃米做二十年噩梦。”

埃米说：“我想要在场。”

“为什么？”

塔斯克说：“让你们来还有另一个原因。走吧。”

她领着我们穿过走廊，来到另一个牢房区（到底有几个牢房区呢）。这里空荡荡的，只有一个小隔间关着一只搏动的幼虫，她如果不说，我都不知道那就是米基。我逼着自己集中注意力，发现我也能看见伪装，但我见到的伪装很拙劣、怪诞，就像九流匠人摸黑制作的人偶。想到它曾经愚弄过我，我觉得很荒唐。

塔斯克说："正如我们早些时候在电话会议中提到的，根据过去的经验，我们发现有一种物质对它们是致命——"

"硫黄？"约翰说。

塔斯克吃了一惊，说："对，这是一个关键要素——燃烧的硫黄。把硫黄嵌入铝热剂做成弹丸，在半空中引燃。它们会在穿透幼虫的外壳后持续燃烧，在幼虫体内释放硫黄。"

约翰说："那要是把这东西装进一块做成人类臀部形状的硅胶里呢？"

塔斯克瞪了他一眼。

我说："就这么简单？说了一堆跨维度空间能量和存在体什么的，结果只需要在它们身上烧个洞就行？那咱们还在等什么？"

"当然没那么简单。硫黄起作用不是因为化学性质，而是——怎么说呢，象征性力量。其中牵涉到某种不可见的机制。"

"好的，就像圣水和吸血鬼。我懂了。"

"我并不认为你真的懂了。根据以前和类似生物体打交道的经验，武器的效果严重依赖于使用者的身份和使用者发出致命一击时的心境。"

我说："好吧。"

"我们想请你动手，至少是对这个样本。"

吉布森探员拖着脚走过来，拿着一把改装过的霰弹枪。"浑球儿，别动朝我开枪的歪念头。"

埃米看了一眼霰弹枪，嘟囔道："好一个健康中心。"

约翰点了支烟。

塔斯克说："这里禁止吸烟。"

"既然他能在室内开枪，抽根烟有什么大不了的。"

“我们显然不能听她的，连我都看得出来这是个陷阱。”埃米对我点了点头，说，“他们把你塞进牢房，让米基吃了你。既然不是他们直接动手的，他们觉得这样就能逃脱据说在保护我们的诅咒了。”

我说：“我一个人进去，你们守在外面，看有没有什么阴谋。我是说，今天早些时候，咱们还曾经和这东西待在同一个房间里，我不认为它能被列进想吃我的十大吓人怪物名单。不得不说，我愿意进去。”

埃米恼怒地“哼”了一声，说：“你为什么愿意？”

“因为查西蒂雇我们做事，这就是她想做的事。你不是刚说过我做事应该有始有终吗？那好，米基就在这儿。这不是我们预想中的结果，但那又怎样？不论好坏，佩顿的案子能画上句号了。”

我接过吉布森探员手里的霰弹枪，拉开滑套，确定里面有子弹，以及他们不是打算让我带着一把没子弹的枪进去。我闻了闻，没错，弹壳有一股屁味。

我问塔斯克：“所以，我该怎么……呃，完成任务？”

“你先进入相邻的这个隔间，牢房之间的墙壁随后会滑开，那是通过保安室的遥控打开的。通往外部的门关上，墙壁打开，你和样本之间就没有任何阻隔了，然后你就可以随意开火了。”

埃米说：“大卫，这太愚蠢了！”

“愚蠢以前从没阻止过咱们，一次也没有。”我问塔斯克，“枪声不会惊动洛雷塔和玛吉吧？”

“我们会关闭牢房区之间的隔离门，它们是彻底隔音的。对她们来说，响动就跟有人轻轻敲墙差不多。”

我望向约翰，约翰耸了耸肩。“我是说，要是叫咱们来不是为了这个，那又会是什么呢？”

我对埃米说："你看见的是个孩子，对吧？"

"他直勾勾地看着我，在责备我。"

"你不如去走廊里待着吧。你能受得了吗？"

"不，我当然受不了，但我还是应该留下。"

"早完事，早回家。"

我走进相邻的隔间，门在我背后关上。幽闭恐惧症像一只隐形巨手，缓慢且坚定地捏住我的屁眼。牢房之间的分隔墙是钢板，我看不见米基所在隔间里的情况。

我隔着玻璃墙对约翰说："你集中注意力时能看见和听见米基吗？还是你无论怎么看，那都是一条幼虫？"

"稍等一下……对，我能看见米基，挺清楚的，但要很努力。"

"他在干什么？"

"这会儿他正坐在床上哭。问我们在这儿干什么，他母亲为什么不要他了。"

我和埃米对视，埃米显得心烦意乱。"新割的草地，就这么简单。"我对塔斯克说，"不需要进行什么仪式或典礼吧？你打开分隔墙，我举枪，把硫黄弹丸打进那东西里，直到打空弹仓。无论你们打算搜集什么资料，都只能事后来捡了。"

塔斯克说："准备好了吗？"

"好了。"

分隔墙滑开。隔壁的牢房里，坐在床上的是宁芙先生。

24

结果自相矛盾的一次实验

他身穿一尘不染的黑色正装，冷冷地盯着我。我一时间觉得情形应该像是在照镜子——大体而言，他就长着我的这张脸。我觉得有什么地方不对劲，随即意识到那是因为镜像没有颠倒——我的伤疤被放在另外半张脸上了。

但他看上去比我健康无数倍，活力也超过我无数倍。

我抬起霰弹枪瞄准。

宁芙说："动手吧。"

我没有动手。

约翰说："大卫，快开枪啊！"

宁芙说："你听见他的话了，开枪吧。我看得出，你感到疑虑正在爬上心头，还有恐惧。真有意思，我想知道你能不能克服。"

我说："闭嘴。"

"我们总是回到这个难题上，对不对？你是一个男人，还是一个空洞的容器，在回荡着无意识的欲望？恐惧要你后退，让他们重新关上隔离墙。所以，接下来什么会占上风——男人，还是恐惧？因为在这个时刻——感觉到冲动和屈服于冲动之间的这个时刻——

你是确实存在的。很快，冲动就会像浪涛一样破灭，你的灵魂会被卷进大海。等我的主上享用你的时候，我猜它会发现你格外松脆可口。”

“你根本不存在。你是虫群化作的幻象，存心玩弄我们的自我怀疑。打碎你之后，你仅仅是一堆没有意识的、在学习拨动人们心弦的虫子。”

“要是我抽出你的几个细胞，它们加起来会变成其他的东西吗？那么请问，它们到了什么程度会成为你？”

约翰大喊着叫我开枪，这似乎是个好主意。我举起霰弹枪，但就在大脑命令手指扣动扳机的当口，宁芙从床上一跃而起，飞过整个房间，开始抢夺我手里的枪。

我们两个一起倒在地上，有一瞬间我想到了约翰曾经和特德的二重身有过相同的遭遇，结果诱使他“杀死”了所谓的“特德”，这时我第一次意识到在那个故事里，连枪都不是真实存在的。

就好像它希望他开枪。

为什么？

就在这个自我怀疑的短暂瞬间，宁芙从我手里抢走了枪。他站起来，举枪瞄准我的脸。

约翰叫道：“开枪啊，大卫！”

“我没枪！”

外面一片混乱。我张开嘴，想问“你看见了什么”，但这时宁芙张开嘴，用我的声音叫道：“约翰！你看见了什么？”

约翰对宁芙说：“我看见了两个你。”

埃米说：“我的天。”

吉布森探员说：“唉，你看这是什么事啊。咱们遇到了邪恶双胞胎困境。”

我说：“各位，穿正装的那个是怪物！”

约翰说：“你们两个穿得一样！”

“唉，真该死。约翰，集中注意力，看穿伪装。没有枪的是我，是真正的大卫。看看我，再看看他。”

宁芙说：“他撒谎！你知道他在撒谎！”

约翰瞪大眼睛，先看了看宁芙，然后看了看我。

他摇了摇头，说：“我集中精神了，可你们看上去都像，呃……我说不准，老兄。他做了些什么？”

宁芙得意地笑了笑，但没有动用面部肌肉，天晓得他是怎么做到的。

我叹了口气。

我对塔斯克说：“你知道这种怪物的弱点，知道这个设施会用来干什么。请允许我猜一下，作为紧急措施，所有牢房都能把燃烧的硫黄浇在被关押者的头上，尽管这严重违反了本州和本镇的建筑条例。我没说错吧？”

她没有回答，因为她不知道说话的是人还是怪物幼虫，但她的表情和我们与这个组织打交道的经验已经说明了一切。她，或者她提到过的保安室里的某个人，只需要按个按钮就行——理论上如此。

我说：“先假设确实如此。我告诉你接下来会发生什么。他会想方设法骗你们打开那扇门。他有两条路，要么说服你们相信他是我，直接放他出去；要么做我认为他肯定会做的事情，也就是开枪打死我，除掉我，这样他就有用不完的时间可以来说服你们做他想做的事情了。我会尝试阻止他，但多半无法成功，因为他更强壮，也更敏捷。到时候，等他杀死了我，我要你们按下按钮，让烈火充满牢房——不仅这间牢房，还有关玛吉的那一间。一个也别放过。”

埃米对塔斯克说：“别这么做，那正是它的目的。”

我对埃米说：“你知道我是真正的大卫。”我望着约翰说：“你也知道。怪物只想出去。我希望埃米安全。因此，最稳妥的办法就是连我一起杀死，非常简单。”

我瞪着宁芙，宁芙笑得像个浑球儿。

我说：“我不知道你究竟是什么人或什么东西，这会儿我也不在乎了。无论你觉得你能扳动人们脑袋里的什么开关，你能怎么戏弄他们的软心肠，你都会发现我身上的这些线路早就断完了。这确实不可爱，但结满大便的马桶拔子也不可爱。然而每次马桶堵住，结满大便的马桶拔子就变成了全世界最美丽的东西。唉，这是我近几年慢慢悟出的道理。我就是马桶拔子，臭烘烘但必不可少。你拿着枪站在那儿，一肚子鬼主意，觉得你能钻进外面那些人的脑袋，像拨弄琴弦似的戏耍他们的情感，但和你一起关在牢房里的不是他们，而是我——你们这个龌龊的集群意识忘记了一个关键因素，那就是我他妈不在乎。”

宁芙点了点头，像是表示钦佩，然后把霰弹枪放在地上。

他说：“知道吗？你说得对。”

他转向外面大厅里的那些人，说：“烧了我们俩。只有这样才能确保万无一失。”

他又转向我，眼神阴郁。“我见过你们绝对无法置信的事物。我见过一只蜗牛被鸟吃掉，活着穿过鸟的消化道，随着粪便落在两百英里之外世贸中心的屋顶上，五分钟后，一架飞机撞上大楼；我见过人的身体被火车撞得稀烂，因为他想捡起一张掉落的纸条，纸条上写着一个女人的电话号码，但他不知道那是个假号码；我见过一整个能够改变物种的基因链被抹掉，仅仅因为一个直立人和树洞性交，结果却卡住了阳具。所有这些时刻都已被遗忘，就像消散在游泳池里的尿。死亡的时刻到了。”

我转向大厅，奇异的解脱感油然而生。我企图飞快地想几句遗言留给埃米，没必要特别发人深省（都这会儿了，何必呢）。

我和埃米对视，我花了几秒钟才意识到我们之间没有玻璃——牢房门开了，她就站在门口。

她尖叫道：“别这样！”与此同时，吉布森探员跑过来，想把她从门口拖走。

宁芙扑向打开的门，企图从我身旁飞出去。我跳过去挡住他，把他撞倒在地，我不确定我感觉到的是一个商务装男人的血肉之躯，还是一群搏动着的黏糊糊的交螂。我认为我同时感觉到了两者。

霰弹枪顺着地面滑出去，撞在墙上又弹了回来。我爬向宁芙，抓起枪，把枪口顶在他的后脑勺上。

我扣动扳机。

咔嗒。

我拉动滑套，一次又一次地扣动扳机，但毫无用处。

塔斯克破坏了霰弹枪，很可能是拔掉了撞针。

臭婊子。

宁芙撞开我，挤过埃米，跑进大厅。我跟着他。

警报响了。黑斗篷人从藏身之处跑进大厅。我喊约翰来帮忙，但在一片混乱中找不到他。黑斗篷人举起怪异的武器，瞄准了我和宁芙。

塔斯克说：“不要伤害样本！”

我说：“你之前还说你们打算杀了他！”

“那是个测试！”

宁芙说：“等一等，现在我当哪个比较好，是样本，还是大卫？”

埃米推开吉布森，指着我说：“这个是人类。非常不幸。”

黑斗篷人逼近宁芙，所以我猜他们相信了她。宁芙举起右手，从胳膊肘向下的手臂开始分解，变成一群十个左右的交螂。它们飞向最近的一个黑斗篷人，橡胶面具使得他的面颊像老妇人一样松弛。虫子落在黑斗篷人身上的各个部位，迅速地钻进斗篷和护甲中。斗篷里的人发出非人般的惨叫，随即炸开，仿佛被交螂从内部撕碎了。灰蓝色的肉块落得到处都是，它们像是模仿人体组织的斋菜。其他黑斗篷人见状退缩，但依然没有开火——他们还在等待命令。不过他们这会儿知道哪个是真正的我了。

宁芙沾沾自喜地看着我，说：“王先生，你无法想象即将到来的痛苦有多么可怕。你说你不在乎，我相信。你觉得什么都不重要，一切都是个大笑话，但我向你保证，王先生，此时此刻，没人在笑。”

宁芙的背后忽然闹腾起来，我听见约翰大喊：“臭屁假屌，快发射！”

随着气闸打开般的机械声音，一个抛射物击中了宁芙，“滋滋”乱冒的火花充满整个大厅。宁芙倒在地上，背上多了个火烧的窟窿，伤口处能看见几块金属在燃烧。硫黄的气味充满大厅。

约翰手持自制的武器——枪管是硬塑料管，后面的复杂装置像是左轮手枪的弹仓，但里面装的不是子弹，而是一个个性玩具。他背着一罐压缩空气。

约翰再次开火。粉红色的抛射物“嗖”的一声破空而来，击中宁芙，恶臭的火花如雨点般溅落。

交螂散开。黑斗篷人用怪异的武器向虫子开火，橙色光束散发出渎神般的热量，在半空中将虫子化为乌有。我怀疑他们开火时会不会用错了档位。

最后只剩下了幼虫，它失去了伪装，痛苦地在地上蠕动，燃烧的铝热剂和硫黄蚀穿了它的表皮。

它似乎在搏动、胀大。

约翰调整性玩具炮的角度，再次开火。大虫子尖啸、挣扎，但依然没死。燃烧的硫黄蚀穿它的外壳……但它似乎变得越来越大了。

我说："这东西是从哪儿来的？"

"就放在吉普车的后面！肯定是咱们用了'酱油'以后做的。记忆忽然间全回来了。要我再给它一枪吗？"

埃米说："快看！"

大虫子厚实的外壳上出现了一道裂缝，硫黄终于烧穿了它。幼虫现在比原先大了一倍，皮肤拉伸绷紧，活像烤架上的小香肠。

纯粹的黑暗从创口处像水流似的淌出来。它给我的感觉是某种无穷的冰冷，违背了一切理性。

我们来不及了。

约翰说："它要死了吗？"

埃米摇了摇头。"不，它在孵化。"

25

呃，他们彻底搞砸了，对吧？

我说:“我们该怎么阻止它？！”

塔斯克的脑子转得很快，她说:“离开牢房区！去前面！”

我抓住大虫子——它温暖得令人不安——企图拖着它走。它的皮肤又滑又坚韧，我很难使上劲。我用双手扭动它，用力拽它，感觉就像在拉一袋湿水泥。

我叫约翰来帮忙。他扔下性玩具炮，奋力抱住大虫子。我们叫一个黑斗篷卫兵来帮忙，但他们似乎听不懂我们的命令。幼虫外壳上那道一英尺长的黑暗裂隙越来越宽。从里面传来隐约的“隆隆”声，低沉得足以撼动地面。也许这个只是我的想象。吉布森探员一瘸一拐地过来帮忙。

约翰说:“滚它！就像滚铁桶！”

我们三个人一起使劲，尽管很慢，但还是滚着它穿过大厅，从牢房区的门出去，朝着通往办公区的不锈钢门而去。我们不得不滚着它经过玛吉的牢房，我以为洛雷塔见到我们会尖叫，但显然有人把她带进了“仅限工作人员”的区域，免得她留在这儿碍事。

我们经过玛吉的牢房——牢房里的幼虫见到我们，开始尖啸和挣扎——穿过厚实的不锈钢门出去。我累得浑身大汗。我们每走一步，怪物似乎就变重一分。我们在背后留下了一道黏液的痕迹。

塔斯克在我们左边的黑棺材装置旁边等待——那是通往其他世界的传送门。她挥手叫我们过去，我们不得不推着搏动的幼虫再次笨拙地直角拐弯。

塔斯克拉开门，里面是我早些时候见过的茫茫绿野，地上扔着各种各样的垃圾：咖啡杯、薯片袋，还有至少一块脏尿布。

大虫子已经太长了，没法横着进门，于是我们五个人——包括埃米在内——只好把它纵向塞进去。它“砰砰”地拍打门的另一侧。塔斯克叫我们把它再推进去一些，然后远离传送门，免得它孵化出来的东西蹿回我们的世界里。

我说：“亲爱的，你先进去！免得我们刚进去，你就关门。”

算她厉害，她毫不犹豫地跳进门里。她向后拉，我们向前推，拽着幼虫越过绿野，在另一个宇宙的另一个时间和另一个地点，爬下一片绿草茵茵的山坡。

我们刚松开手，大虫子的外壳就从头到尾完全裂开，皮肤落在两边。刚开始出现的只是一团黑暗，我们五个人盯着它，无法移开视线。塔斯克拿起手机拍摄，惊讶得瞪大双眼。这是一辈子顶多能见到一次的景象。我发现她的另一只手握着武器，但她看着怪物，意识到从里面出来的东西甚至不会觉得子弹有多烦人。

黑暗继续增长。

埃米后退，走向传送门，说：“这个世界没人居住，对吧？你们是准备了一个空荡荡的宇宙，供这东西来毁天灭地吗？”

塔斯克没有回答。我转身准备穿过传送门……却愣住了。

传送门在我前方，门背后是一个衣着体面的家庭，看上去似乎是游客，父亲和两个男孩在吃某种我没见过的球茎状青绿色点心。父亲困惑地望着我们。他像是蒸汽朋克时代的律师，身穿马甲和亮闪闪的高筒靴，一根金色链子搭在肩膀上，黑发梳得油亮，一缕白发从额头向后梳。他的两个相貌堂堂的儿子只是稍微有点儿好奇。

一个男孩看着我，发出的声音像是“滚开”，但口音和语气听着像是某种语言里的问候。他们有一条小狗，狗在汪汪叫。这个男孩正在用一小块儿点心喂狗。

我正要说“你们最好离这东西远点儿”，但等我看清楚眼前的景象，话就消失在了我的嗓子眼里。一家人背后是个风景如画的小镇广场，礼品商店和喷泉围绕着高耸的钟楼。样式古怪的车辆行驶在狭窄的街道上，它们似乎都只有三个轮子——两前一后。广场背后和视线所及的范围内，全都是漂亮的村舍。

埃米说：“我的天哪。”我转身望向幼虫所在之处，它现在只剩下了皱缩的外壳。黑暗滚滚涌出，飘向头顶上的天空，就像油田大火的浓烟。黑暗聚集成形，仿佛是个长着羊腿的无头巨人，至少高一百英尺。我知道我应该逃跑，但我的腿不听使唤，像是在对我说：*你他妈看见了吗？*

约翰抓住我的袖子，拖着我跑向传送门。我刚转过身，暗影巨人就扫过天空，遮住了太阳。

它落向了村庄。游客一家没有尖叫，他们没有这个时间，也可能是没有理由。村庄里的其他人也一样。

暗影扫过他们，没有摧毁村庄，只是*改变*了它。根据以往的经验，我知道它是怎么做的：它只是把手伸回过去——几千年前或者几百万年——引发了一系列事件。它迈开羊腿，从头顶上走过，村庄连同那些人随即变了样子。

游客一家刚才所站之处，现在是两个八英尺高的人形生物，皮肤上长着烟灰色的鳞片，就像经历了森林大火的树皮。它们的大眼睛漆黑而冰冷；衣物像是经过抛光的铠甲，雕着饰纹，凶恶的尖锐边角随处可见。一个生物手持皮绳，另一头是个裸体的“人类儿童”。它的胳膊和腿从关节处被砍断，残肢上覆盖着伤疤和老茧，因为它从小就这样四肢着地行走。它饥肠辘辘，肋骨历历在目，应该长着生殖器官的地方是一块白色的疤痕组织。“人类儿童”正哼哼唧唧地排泄。然后它转过身，闻了闻拉出来的东西。

我望向前方的村庄，看到的是陌生的文明，它取代了片刻之前的美好景象。体表像树皮的生物走来走去，石砌的建筑物似乎专门用于抵御来自地下的侵袭——墙壁很高，没有窗户，门户结实而沉重。路上的车辆似乎都有军事用途——外覆装甲，底下是坦克履带，“隆隆”地行驶于某种黑色卵石铺设的道路上。我又看见了两个“人类儿童”，但现在我意识到它们其实不是儿童，而是它们只被允许生长到这个尺寸。它们看见一只啮齿类动物，哼哼唧唧地跟着它跑进一条小巷。离我们最近的一条街上，苍蝇像乌云似的围着一具扭曲的惨白尸体，尸体躺在一道棕色污迹的尽头。车辆碾死了一个人形生物，它在太阳下腐烂。

小镇中央，曾经矗立着钟楼的地方，现在是由人类颅骨垒成的金字塔——三十英尺见方，一百英尺高。它看上去古老而神圣，大概是某种历史性胜利的纪念碑。

前方的一个树皮怪物朝我们厉声喝令。它从背后取出武器，武器看似长鞭——黑色手柄连着一节节的细铁链。它按了一下手柄，每一节链条都发出橘红色的火光，鞭子在抽打时似乎能在皮肤上留下烙印。它松开皮绳，四肢着地的侏儒人类跑向我们。

它对着我们发出含混的“喂！喂！”的吠叫声，然后吐出似乎是“顺从”的两个字。

埃米尖叫。我感觉到塔斯克从我身旁挤过。

“狗人”跑了起来，肮脏的肩膀和臀部起起落落，眼神狂躁。

“喂！顺从！顺从！喂顺从喂顺从喂顺从！！！”

约翰在喊叫，然后把我推出传送门，我发现自己回到了非命局的设施里。塔斯克在匆忙地穿过传送门时绊了一下，膝盖着地向前滑行。她的上衣被掀开了，露出扣在腰带上的枪套。

“顺从！喂！顺从！”

“狗人”跑向传送门，离我们越来越近。我能闻到它的气味混合了人类的体味和新鲜的粪便。

我从塔斯克的枪套里抽出武器，转身朝那只可悲的生物开火，子弹击中它愚蠢而肮脏的面门，弹孔向上一英寸是它蓬乱的头发，有一撮白毛耷拉在它的眉骨上。那东西翻倒在地，滑到离门口仅有几英寸处停下。

约翰立刻关上棺材门。我把塔斯克的枪扔在她身旁的地上。

约翰喘着粗气对我说：“这他妈不可能更恐怖了。”

塔斯克望向吉布森，说：“发一条备忘录。现在是H级了。”

我说：“灭绝级往上还有分级？”

约翰说：“显然有十八级。朋友们，玛吉幼虫和米基是同时……呃，诞生的，对吧？所以她随时都有可能孵化，说不定现在已经开始了。”

我们大眼瞪小眼愣了一秒钟，然后冲出打开的不锈钢门，跑过一排牢房，最后来到玛吉的隔间前。她的母亲也在，先前骗她离开的借口显然没能坚持太久。约翰、埃米和我在被吃掉一半的女人面前停下。洛雷塔瞪大双眼——事实上是单眼，另一只已经被吃掉了，连同头部的三分之一——这个心惊胆战的女人正琢磨着我们在闹腾什么。

塔斯克探员迈着更威严的步伐来到我们背后，商务装的裙摆限制了她的动作。

玛吉幼虫似乎没有变化，至少暂时如此。

塔斯克对洛雷塔说："你跟我来一趟好吗？我们必须给你做几项测试，很快就好。"

"要做就在这儿做。"尽管大脑已经被啃掉了几口，但洛雷塔并不愚蠢。

塔斯克说："不好意思，这是强制性的。你会有危险，假如——"

"无论什么危险我都接受。拿放弃追责书来，我签字。"

吉布森探员也过来了，每走一步，他的拐杖就敲出第三下脚步声。他把手伸进衣服，准备来硬的（好吧，咱们诚实一点儿——这其实是最简单的方式）。

他说："别这样，诺尔女士。别逼我们——"

他背后忽然响起窗户炸裂的声音，吓得他缩起脖子。

26

朋友们，攀爬钩可不便宜

约翰

众人逃出牢房区，跑向他们刚离开的办公区。特德·诺尔和他的搭档解开绳索——他们抓着绳索从屋顶荡下来，撞破窗户冲进会议室。他们端起挎在肩上的突击步枪，从小隔间之中走了出来。

六个非命局黑斗篷人出来迎接他们。特德和搭档开了六枪，六个目标倒在地上。他们一个字也没说。

特德用突击步枪指着大卫，说话的声音平静得令人惊叹。“她在哪儿？”

约翰说：“你不会想这么做的，特德。因为……辐射？到处都是。我们全都有放射性。”

“别胡扯了。她全都告诉我了。”

她？约翰不确定他在说些什么。是查茜蒂吗？也许她回来帮忙了。

洛雷塔走到牢房区的门口，呼唤她丈夫的名字，问他到底发生了什么。特德跑过去，用肩膀撞开她，发现了关押玛吉的牢房——

只有那间牢房的玻璃墙上沾着黏糊糊的污渍，那是幼虫爬过后留下的痕迹。约翰、大卫和埃米跟着他。大卫请他等一等，听我们解释，但毫无用处。

特德对玛吉说让她坚持一下，然后对其他所有人说："打开牢房门。"

大卫称之为塔斯克，但实际上叫喵纳多的探员走过来说："我不会给你开门的，我向你保证，我有非常好的理由。"

"我没和你说话。"特德按了一下耳机，说，"能听见吗？我要打开牢房门，就现在。"

门滑开了，作为回应，里面的畸形大虫子蠕动着发出尖啸和"咔咔"声。特德弯下腰，把它抱在胸口，然后命令搭档掩护他们撤退。

大卫说："诺尔先生，你必须认真听我说。你把她带出大门，所有人都会死，一切都会死。我都没法解释情况会有多么糟糕。"

现在轮到特德面露困惑之色了，但困惑立刻变成恼怒。他似乎认为他们俩还在演戏，很可能是为了给非命局看。

他用没什么说服力的语气说："老弟，你要么滚到一边去，让我带走我的女儿；要么你的尸体躺在地上，我一样带走我的女儿。"他配合演戏，给大卫一个台阶下。

大卫恳求地望向约翰。他们还有什么办法？特德和搭档武装到了牙齿，显然都是退役的特种部队人员。约翰除了口袋里的车钥匙外，什么都没有，他觉得他顶多能干掉一个敌人，然后被另一个撂倒在地。

特德急匆匆地挤开他，走向健康中心的大门，搭档殿后掩护，洛雷塔紧跟着他。约翰、埃米和大卫看着幼虫离开非命局设施，回到外面的滂沱大雨之中。

埃米在约翰背后说:“两位，这是你们计划的一部分吗?我是说你们周末制订的计划。”

约翰说:“也许吧。该死，大卫，你该让我在你的屁股上解释清楚的。”

但大卫已经采取了行动，他跑向约翰扔在地上的性玩具发射器。约翰觉得大卫企图朝一个愤怒士兵的女儿发射喷火假屌恐怕不会有什么好下场，他说“大卫，算了吧”，但大卫置若罔闻。

约翰转身追赶特德，推开大门时刚好看见特德的羚羊汽车急刹车停下，四个轮胎溅起横流的积水。

副驾驶座的车窗降了下去。

韩裔成人网红朴喜叫道:“让她上车!快!快!”

大卫抱着性玩具发射器从约翰背后跑过来，他看看朴喜，又看看约翰，一头雾水。约翰只是摇了摇头。

特德小心翼翼地把扭来扭去的幼虫递给洛雷塔，洛雷塔抱着它坐进后座。特德让她们先去安全屋，他随后过去会合。

大卫没有发射假屌地狱火焚烧特德一家，而是说:“等一等。”然后请他们打开后备厢。他把发射器扔进去，对特德说:“你们也许用得上。”话当然是真话，但他们怎么可能及时(假如还没有为时已晚)搞清楚该怎么办呢?等玛吉孵化的时候，约翰估计他们会有几秒钟注意到怪异的黑暗，然后一切就都不复存在了。

大卫关上后备厢，羚羊汽车驶出停车场。特德对约翰、大卫和埃米视若无睹，怒不可遏地带着搭档回到室内。

喵纳多探员和阳具人探员站在门厅里，看上去心烦意乱。约翰以为会有一百个黑斗篷人从一扇扇门里蜂拥而出，干掉特德的两人团队，但整座建筑物似乎已经撤空了。麻烦刚一露头，他们就舍弃了外勤办公室，约翰觉得这很可笑，但随即他想到非命局也许向设施内的所有员工下达了疏散命令。该死，没准是整个地球。说不定他们正在全体逃往另一个维度空间，宣布这个维度空间已经失守。

阳具人探员拄着拐杖调整重心，说："诺尔先生，我明白你以为你正在做什么，但你必须——"

特德给了他的脑门一枪，鲜血和脑浆溅在他搭档的衣服上。

埃米惊呼。

他倒地而死。特德对女探员说："趴在地上，双手抱头。你和我，咱们谈一谈。"

她听话地趴下。特德从她的上衣里拿出枪，扔在地上并踢开。他把突击步枪挎在背后，拔出一把黑色军刀。

大卫说："特德，咱们必须离开这儿。无论你打算干什么，都不值——"

特德对大卫露出凶恶的表情。他对趴在地上的女探员说："知道我在伊拉克是干什么的吗？"

"知道。"

"说来听听。"

"你负责拷问，还有其他的。"

"嗯哼。没多少人能调取那些档案。我怎么会知道你们能看到呢？重点在于，我知道如何辨认谎言，而且我碰到撒谎者会非常暴躁。你读到过的，对吧？尽管那次事故被压了下去。"

"我知道你的……问题。"

特德点了点头。"很好。你知道身处战区是什么感觉吗？"

"诺尔先生，我能帮助——"

"就好像从梦中醒来。我说的不是回家像醒来，而是说战争，身处绞肉机之中，感觉就像醒来。明白吗？因为这时候你会意识到自己以前的生活——后院烧烤，星期一晚上的球赛，去迪士尼乐园玩——那些狗屁就像做梦，这才是真的。伊拉克一塌糊涂，让它恢复正常就意味着你必须杀死一定数量的人，否则他们就会杀死一定数量的我们。世界的未来完全依赖于谁杀死谁，就这么简单。正如现在已经不存在猛犸象和剑齿虎了，正如我们是古怪的猴子而不是聪明的恐龙。除此之外的一切，什么牛排大餐、圣诞节早晨、啤酒广告，全都是我们的一个梦。我们靠做梦消磨时间，直到有人来叫醒我们，回归真正的世界——在这儿，要么你死，要么你弄死别人，好让你把生活方式教给你的子孙。我之所以说这些，是因为我认为你们还有侥幸心理，觉得我未必愿意做我必须要做的事情，查清我想要知道的真相。因此我跟你直话直说，一个醒来的人对另一个醒来的人，看到你的眼泪，听见你的惨叫，并不会让我的心肠变软。"

她说："记住了。"

"也请记住，我能认出撒谎者，哪怕她的脸贴在地上。我问你，你是否打算杀死我的女儿？"

"我们没有打算杀死你的女儿。"

约翰知道这是百分之百的实话。特德似乎也意识到了这一点。

埃米说："诺尔先生，我们能够解释——"

特德没搭理她，继续问女探员："你知不知道该去哪儿找掳走儿童的怪物，那个蝠螳？"

喵纳多探员犹豫了片刻，然后字斟句酌地说："我们相信我们知道该去哪儿找操控这一切的怪物。我们相信我们知道该如何杀死它。"

同样是实话。

“你们为什么抓走玛吉？”

她再次字斟句酌地说：“你应该知道，诺尔先生。我们的敌人会改变外形，这种生物有完美的伪装能力。仔细检查玛吉是唯一符合逻辑的做法，但我们不可能在不惊动她母亲的前提下完成这个任务。”

特德盯着她，尽量不流露出任何的表情变化。他咽了口唾沫，说：“然后呢？”

“我们发现玛吉没有被二重身取代。”

从道理上说，这依然是真话。

特德点了点头。“你看，这并不困难嘛。所以，我们该怎么杀死它，操控这一切的那个东西？”

“我们刚制作了一台装置，放在后面的军械库里。带它去怪物的巢穴——他们三个知道地点——然后引爆。我说的是‘巢穴’，希望你明白它的巢穴里有幼体。也就是说，这个怪物即将繁殖，随时都有可能。”

特德说：“很好。带我们去军械库。”

他递给约翰一根粗壮的白色塑料束线带，说：“把她的手绑在背后，然后扶她起来。”

约翰不知道是探员在军械库安排了伏击，还是她说的装置确实存在，他在大卫的脸上看见了相同的困惑。不过，埃米只是呆呆地望着地上的尸体。她的表情迥然不同——

她的世界正在崩溃。

浑身血点的非命局探员罗莎琳·喵纳多领着他们穿过牢房区，走进“仅限工作人员”的那扇门，她似乎用意念打开了又一扇庞大的不锈钢门。军械库里有五六百件物品，看上去像是撒旦的机器人军队的备用零件，其中有一个带棱纹的不锈钢箱子，尺寸和轮船衣箱差不多。

喵纳多探员说："在箱子里。球形外壳上镶嵌着爆炸物构成的钻头，引爆后会将熔化金属抛射到一百码的半径外——铝热剂加硫黄。没有遥控引爆器，只有三分钟的引信。"

她朝约翰点了点头，示意他打开箱子。约翰怀疑这也许是个陷阱，考虑要不要让她去打开箱子，但那意味着要解开她的双手，而箱子里说不定装满了怪异的武器，她用一发就能干掉所有人。约翰在箱子上找搭扣，没找到，但盖子的正面有个小孔，刚够两根手指插进去。

探员说："这需要用特制的工具才能打开。盖子上有个两英寸宽的小孔，里面连着一根八英寸长的直杆，你需要找个硬物捅进去，才能松开锁销。"

约翰说："别担心，我有那东西……"

我

"给，"我说，"用我捡到的这根扫帚杆。"

我打开箱盖，炸弹就在里面——一个纯黑色球体，尺寸和足球差不多大，顶上的粗大引信长约一英尺。上面印着两个白色大字：炸弹。

特德呼叫他的搭档，搭档过来拿起爆炸装置，转身小跑离开。

特德用枪指着塔斯克说："最后一个问题。我把你留在这儿，你能保证你和你们的人都不会来追玛吉吗？”

她停顿了片刻，但不是由于恐惧，而是在下决心。

“诺尔先生，我能保证我们一定会来追她。对不起，但我们别无选——”

他一枪打在她的心口上。

27

矿井子宫

一辆迷彩皮卡等在大门口，特德的搭档坐在驾驶座上。特德跑向皮卡，像是打算连个招呼都不打就离开。

约翰说:“等一等！开你那辆车的女人，她是谁？她来干什么？你们到底要干什么？”

“老弟，我这么说你别生气，但你们指挥链的沟通太差劲了。我离开罐头厂后，朴喜立刻找到我，说她是你们派来的，玛吉会被带到这儿来，而她有办法进入保安室。你们策划这些似乎已经有段时间了。”他坐进皮卡，朝车斗摆了摆头，“屁股在我车上。”

车斗里装着我公寓里的那些硅胶臀部。

我说:“呃，很好。”

“巢穴在哪儿？”

“什么？”

“那东西的巢穴。蝠螳。”

“哦，对。这样吧，我和你们一起去，给你们指路。说到这个……呃，朴喜带你女儿去哪儿了？”

“他们去沃尔玛找马尔科尼了。朴喜说他那儿很安全。”

“哦，对。好，很好。”

我觉得从我肩头卸下的负担有两颗小卫星那么重。

马尔科尼肯定知道该怎么做。我们甚至都不需要去看他动手。

当然了，前提是玛吉没有劫持他的大脑。

当然了，没人能保证朴喜会带玛吉去找马尔科尼，或者她不是矿井里的怪物的同伙，以及玛吉不会在半路上孵化。

皮卡有后排座位，我坐上去。约翰和埃米跑向吉普车。特德朝乘客座上的男人点了点头——男人把炸弹抱在大腿上，像是在超市买了个西瓜带回家——说：“这位是菲利普，大家都叫他屎胡子。”

他没留胡子。“很高兴认识你。”我说，“咱们去矿眼的池塘，我们就是在那儿找到玛吉的。开到前面拐——”

“我知道矿眼在哪儿，我去过。”

“去过？什么时候——”

我的手机响了，是马尔科尼。

我接听道：“博士，怎么了？”

“王先生，有三个人刚到我这儿：一个非常害怕的小女孩和她惊恐的母亲，还有一个韩裔女人，她坚持要我立刻打电话给你。”

“好的。女孩和母亲的——”我望向特德，“呃，情况和米基类似。韩裔女人是成人电影明星朴喜，你肯定很熟悉她的作品。你要确保玛吉得到治疗，立刻。”

“治疗？”

“对，就是我们给米基的治疗，他已经好了。”

“他好了？怎么个好法？”

“对，对，我就在玛吉父亲的车上。”

停顿。

“我明白了。实际上，洛雷塔·诺尔也在我的房间里。”

“还记得埃米和我提出了两个不同的方案吗？他们接受了我的建议，而不是她的。方案成功了。”

“我明白了。所以你是说咱们的朋友找到了方法，对吗？”

“对。这样吧，你打电话给约翰，让他说给你听。朴喜那辆车的后备厢里有一件东西，需要有人解释一下你才能明白。事实上，需要很多解释。”

“我明白了。”

“总而言之，有一点很重要，你绝对不该让她继续等着了。面对这样的情形，每一秒都生死攸关。”

“你和诺尔先生正在过来找我吗？”

“不，我们在去矿眼的路上。我们要结束这件事。”

埃米

他们抵达矿眼时，夜幕已经降临。池塘变成了所有人碰头的地点。摩托车停在山顶上，人们在小木屋和教堂附近搜查，寻找所谓的失踪儿童。埃米觉得这样既好，也不好：不好是因为千臂怪即将作恶的污染区内聚集了太多人，好是因为他们还在搜索，也就意味着孩子们还没被找到。约翰在离教堂有段距离的路边停车，教堂的停车场已经满了，她在思考他们该怎么处理这么多旁观者。

特德、大卫和特德的朋友下车。特德取出一台未来派造型的望远镜（埃米猜它有夜视功能），扫视池塘和坍塌矿井的洞口，搜寻巨型的螳螂－蝙蝠怪物。

大卫走过来，把她和约翰拉到特德的耳力范围外，低声说："你和马尔科尼谈过了？"

"对。"

"先问一下，刚才那是朴喜，对吧？咱们确实听见别人那么叫她了。"

"似乎是。"

埃米说："朴喜又是哪一位？"

大卫说："一个色情明星，我们在网上见过。现实中，我们不认识她，她也不住在这附近。"

埃米说："住在约翰家里的莫非是她？"

约翰皱起眉头，沉思道："也许吧。"

大卫说："我觉得不……我是说，她是真人吗？假如是真人，我们知道她是从哪儿冒出来的吗？还有，她为什么会出现在这儿？怎么说呢，她真的住在韩国吗？还是她为千臂怪效力？她会不会是——"

约翰用胳膊肘捅了捅他，示意他别说了。特德正走向他们。

大卫对特德说："看见什么了吗？"

"没有目标的踪迹，但有一大群机车手乱窜，很碍事。"

埃米说："你看见任何一名失踪儿童了吗？"

特德摇了摇头。

约翰向他借用望远镜，扫视底下的区域。他忽然一惊，像是看见了什么，但立刻假装什么都没发生过。

他假装兴味索然的样子，说："我什么都看不清，咱们下去吧。"语气明显像是发现了什么，但出于某些原因，不能让特德知道。为了配合他，她大概也必须假装吃惊。

于是两人顺着蜿蜒小径走向池塘，他们弓着背，让雨点打在肩膀上。特德和搭档要把炸弹装起来，然后再带着它下去——他们需要把炸弹装进某种容器，否则按照现在这个样子，埃米觉得任何人都能认出它是个炸弹。下去的路上，他们经过了四个男人，这些人身穿机车手的衣服，朝着另一个方向而去，显得非常疲惫，内心的怒火似乎即将爆发。离坡底不远处有两个穿皮衣的女人在安慰一个哭得全身抽搐的同伴。

整个群体失去了他们的孩子——至少他们这么认为。

假如天气比较晴朗，池塘有机会映照出平时令人眼花缭乱的蓝色与绿色，埃米肯定会立刻看见它。但大雨和暮色使得他们一直走到岸边，她才看见他。

一个小男孩，脸朝下泡在水里。

她知道那是什么，而且知道得很清楚。

但她依然跑进池塘，跑向那个已经溺死或即将溺死的孩子。她蹚过冰冷的积水，脱掉身上的雨衣。她不会游泳，但她不在乎。

大卫尖叫着跟了上来，粗暴地用胳膊搂住她的胸口，把她拖了回去。

“不！埃米！”

他发疯似的拖着埃米上岸，她看见约翰满脸惊恐地不敢靠近池塘，甚至不敢把脚尖伸进水里，更不肯下来帮助她和大卫。他这么害怕他所看见的东西，无论他看到了什么，都肯定不是一个处于生死关头的小男孩。

约翰对她喊道：“你看见的是什么？”

她竭力呼吸。“一个男孩。”她气喘吁吁地说。他长着黑头发，皮肤黝黑。“咱们必须把他救上来！回头再考虑发生了什么，现在必须先把他救上来，他的脸朝下泡在水里。大卫，他没法呼吸。”

约翰说：“不，埃米。请相信我们。”

她说：“你们看见了什么？”

大卫说：“一张嘴。”

“男孩看上去像一张嘴？这怎么可能？”

“不是，整个池塘就是一张嘴。男孩——你看见的男孩——只是个诱饵。就这么简单。”

埃米看见男孩泡在水里的脸上吐出几个小气泡。

他还活着。

埃米说：“要是我愿意冒险呢？要是我愿意为了救一个孩子而死呢？也许那正是我的愿望。你看见这个，但我看见的不一样。”

大卫说：“埃米，我没法说得更清楚了——这正是陷阱的目的，它们要的整个花招的目的。你被愚弄了。”

“但那是我的选择——”

就在这时，一个男人从他们身旁跑过，他们忙着争吵的时候，他显然从坡顶上跑了下来。这个男人当然就是特德。

他脱掉上衣，扯开汗衫，一个猛子扎进水里。

约翰和大卫一起惊叫着阻止他，但他就算听见了，也没有任何理由要听从劝告。即便他们能说服特德相信孩子是诱饵，他也不可能坐视男孩被淹死。他们为什么就不明白呢？

从背后传来了匆忙的脚步声——三名机车手呼喊其他人来帮忙，叫救护车。

特德拖着孩子上岸，给孩子做人工呼吸。大卫瞪大眼睛，像是无法相信他看到的景象。

男孩咳嗽，吸气，活了过来。特德高兴得都快哭了，埃米也是。

约翰低声对大卫说："打电话给马尔科尼。"

十分钟后，警方把大部分平民赶回了坡顶上。埃米、大卫、约翰三个人站在教堂前。不远处有一对拉丁裔男女在欢呼和哭泣，拥抱被救的男孩。男孩披着一条毯子坐在救护车的后保险杠上。他的父亲身穿湿透了的牛仔马甲，背后绣着机车手的徽章，正和一名巡警轮流安慰男孩，对他没完没了地提问。

大卫一次又一次地拨电话，想联系马尔科尼博士，但电话一直没人接，他变得越来越焦躁不安。

约翰说："你看，就算玛吉那边出了什么岔子，也不会太严重，否则咱们就不可能还站在这儿了，对吧？也许他正忙着……对付它呢。"

他们背后传来一个声音："看来你们几个天才找孩子是三发三中。有什么说法吗？"

来者是鲍曼警探。

约翰说："挣了三百来美元呢。孩子开口了吗？"

"正在说呢。"

大卫说："他是不是说了一堆吓人的怪话？"

"不，他在说西班牙语。那是一种外国语言，你知道的，对吧？"

"他说了什么？有没有说他是怎么来到池塘里的？"

"他说他是游出来的。"

"游出来……到池塘里？从哪儿？"

"从矿井里，穿过一条灌满积水的隧道。他说他和其他孩子一起被带进了一个'洞穴'，其余九个孩子全在里面。里面难以呼吸，空气快用完了。他拼死一搏，跳进矿井底部的一个小水坑，最后从这儿冒了出来。”

大卫说：“听上去根本不可能。”

警探耸了耸肩。“我不是地理学家。我知道大多数孩子都是撒谎精。现场有个家伙说地下或许存在一道裂隙之类的，从池塘底部通往矿井里的某处，在水下很难看清楚，但想把孩子救出来就只能走那条路。矿井入口处的石块没法搬开，否则其他石块会砸下来，几个月都清理不干净。”

埃米说：“那你们会进去救出其他的孩子吗？”

我

鲍曼扭头望向池塘——在我眼中，那是一张宽达上百英尺的血盆大口，周围是岩石，里面是湿乎乎的粉色肉瓣，在像舌头似的抽动和舔舐空气，围绕着两英尺粗的喉管，喉头搏动着，一张一合，仿佛在期待大餐。

“是的，女士。”他说着，朝一辆徐徐驶近的蓝色厢式货车摆了摆头，“潜水队来了。”

救护车上，母亲抱起蠕动的大虫子，像对待孩子似的搂在怀里。幼虫的口钩插进她的肩膀，鲜血喷出来浇在她的衬衫上。鲍曼跑过去迎接潜水员。

约翰看看大虫子，又看看地上的巨口。他嘟囔道：“等一等，我不认为那是它的嘴。”

我压低声音说：“咱们必须动手，而且就是现在。咱们必须拿着炸弹下去，塞在里面，炸掉它的卵囊或者产道（不管从解剖学上说那是它的什么部位），从而阻止另外九条大虫子钻出来。”

埃米说：“你没看见到处都是全副武装的机车手吗？他们以为他们的孩子还在洞里，要是你连同他们的孩子一起炸了，他们会把你打成肉酱的，还有警察。”

“我们只能希望爆炸能打破魔咒。我们切断千臂怪和这个世界的联系，就能破坏交螂的意识控制能力，一切都会恢复原有的样子。关于这些孩子的记忆会立刻消失，刚开始人们会感到困惑，但之后大家就会称赞我们是英雄，给我们免费的皮裤。”

埃米说：“你有证据能证明离开母体的控制后，交螂就无法独立活动吗？”

我摇了摇头。“无所谓。我们只能冒险。”

她说：“但前提是炸弹真能爆炸。记得那位女士给你的霰弹枪吗？还有，炸弹并不在我们手上，而是在特德的车里。”

我说：“看见潜水员正在做下水准备吗？咱们只有三分钟来制订计划，并解决你刚才提到的所有问题，然后咱们就必须开始行动了。”

28

计划大获成功，故事就此结束，这也许是本书的最后一章

埃米

埃米经过迷彩皮卡时尽量装作若无其事。炸弹用迷彩背包装着（是另一种迷彩，与车身的像素风涂装风格完全不同——她真不知道区别何在），放在前排的副驾驶座上。特德的搭档（大卫说他有个难听的绰号）泰然自若地靠在副驾驶座的车门上。

她继续向前走，绕过小教堂。警察和大部分机车手都在池塘周围，那底下现在闹得沸反盈天；她相对而言比较自由，适合完成计划中由她负责的这一部分。大卫建议她用泰瑟枪制伏特德的搭档——他们来到现场时，她把泰瑟枪从手包里转移到了衣袋里——但她很清楚泰瑟枪会给人造成极大的痛苦，而她不确定蓄电池还有没有电。泰瑟枪顶多只是孤注一掷时的手段。

她走出那家伙的视线，立刻尽量吸气，然后用尽全身力量尖叫。

踩着水的脚步声朝她而来。头发斑白的退伍士兵举着枪现身，双眼圆睁。

埃米指着天空。

“在那儿！蝙蝠怪物！就在那儿！”

他抬起枪口对着乌云。

“哪儿呢？”

她假装疯狂地扫视天空。

“我不——我刚刚看见它了，看得清清楚楚！它飞到那些树背后去了。应该是吧？真该死！它知道我们要拆了它的巢穴。”她扭头望着老兵的眼睛，“它会回来的，它想要它的猎物。你看过这东西的录像吗？它俯冲下来，能在三秒钟之内抓起一个孩子飞上天。小孩子就是它的目标。快去找有枪的那些人，就说需要人手注意天空，每分每秒都不能放松。”

“屎胡子”点了点头，说：“收到。”

我

我假装若无其事地经过迷彩皮卡，抓起座位上的炸弹背包，然后飞快地走下陡峭的小径，发短信给约翰：

准备吸引注意力

我们希望爆炸的威力和弹片能主要集中在那个无底洞里，但计划的三名参与者都不太熟悉其中牵涉到的解剖学（我们熟悉那才叫见鬼了呢）。这意味着除了要确保其他人不会来破坏我们的行动之外，我们还要尽量让无辜者远离现场，而且必须在接下来的几分钟内完成——那是约翰的任务。日后人们纪念约翰时会当他是个米开朗琪罗，擅长用吵闹而令人困惑的行为吸引注意力。

“屎胡子”呼喊着叫人来帮忙狩猎蝠螳，部分机车手爬上山坡，与我擦肩而过，但不是所有人都去了。我快步走向池塘，知道我必须赶在潜水员之前赶到洞口。我不想在有人没出来的情况下炸掉那条产道——这个死法未免太稀奇了，但假如我无法首先赶到，事情就会演变成一个人对抗全世界……

我来到其他人眼中的池塘的岸边，走进包围着无底洞的湿软巨口，滑溜溜的黏液害得我屡次滑倒。潜水员在对面的岸边调整装备，特德在不远处和一名巡警交谈。没有人注意我。我继续向前走，发现某种无形阻力拖慢了我的动作，我意识到自己在一个浅水坑里向前走，只是我看不见池水而已。

但既然水不是真的……

有人朝我喊叫，问我在干什么。

我说：“我去看一个东西！马上就好！”

我继续向前走。我拍了拍口袋，确认约翰的打火机在身上——是埃米想到我需要打火机的，上帝保佑她——我提醒自己要把打火机从无形的池水里拿出来再点火，以防万一。按照塔斯克的说法，引信能烧三分钟，但我觉得她说不定在骗人，火苗刚碰到引信，炸弹就会在我手里爆炸。

无底洞就在前方，所谓的“池水”淹到了我的腰间。我必须屏住呼吸才能把炸弹放进去，对吧？

也许只是我的想象，但随着我接近无底洞，我似乎感到了一些异样——空气变得沉重，就好像你走进一个房间，觉察到你刚刚错过了一场激烈的争吵或者禁忌的性爱。

是恐惧吗？不。

力量。

威胁。

贪婪的食欲和怪异的欲望盘踞在我的脚下，感觉就像我抱着轮胎圈漂在大海中央，而一大群克苏鲁的敏捷黑影在我的脚下游来游去。无论马尔科尼怎么说，我都一直觉得怪物的本体就躲在矿井内部。但现在我明白了——此处仅仅是它与我们这个宇宙碰撞互动的地方，就像两个完美球体彼此接触的那个特定的点。我们这个宇宙在此处触碰到了一团肆意生长的腐臭星云，其中蕴含着无智的仇恨和难以想象的残忍力量。假如这个个体能够表现出实在的尺寸，我觉得它巨大得足以一口吞掉整个太阳系。这东西拥有的可不只是一千个屁股。

我发觉自己停下了脚步，恐惧化作一只无形巨手，按在我的胸口上。

我挣脱它的束缚，逼着自己前进。

我踩着肉团走向颤动的无底洞，它离我不到二十英尺了，我喃喃自语：“我他妈一定要去找个真正的工作。”

我掏出手机输入“动手”，正要按下发送按钮，背后忽然挨了重重的一击，我脸朝下摔在黏糊糊的粉红色地面上。

炸弹滚了出去，但依然装在背包里，引信还没被点燃。我感觉到水钻进了我的鼻孔。幻觉能淹死我吗？我并不知道，但还是屏住了呼吸。

特德·诺尔站在我面前，双手攥紧我的汗衫。他把我拽起来，我感觉我冲破了所谓“池塘”的水面。

特德说：“你他妈在干什么？”他每说一个字，就晃一下我的身体。

我吐着水说:“结束这一切！杀了——炸掉巢穴！”

“里面还有其他孩子，狗屎棍！潜水员已经来了，他们要下去救人！”

我搜肠刮肚编故事，有一瞬间考虑要不要说实话。从特德的肩头望过去，我看见埃米在小径顶上向下看，她在大雨中缩成一团。我思考该怎么给她发信号，但只能想到大喊一声:“叫约翰开始牵制行动！”然而，我担心说出口就破坏了牵制行动的计划。

我说:“你说你看得出别人有没有撒谎，对吧？很好，你仔细看我的脸——里面根本没有儿童。”

“什么？那个孩子为什么要撒谎？”

“这是个花招。有埋伏。从里面出来的东西——特德，没人能逃过它的毒手。我们必须封闭洞口，而且必须现在就动手。”

特德松开手让我站直。他捡起炸弹，把背包挎在肩上。

“你看上去就是在撒谎，无论什么时候，无论你说什么。也许你是对的，但即便如此，也是我认识你以后你第一次说实话。潜水员知道风险，我已经跟他们说明白了。要是从水里出来的东西怀有敌意，我们会做好准备。但你和你的朋友们给我滚远点儿，去山顶上待着。在所有孩子都得到解救之前，再让我看见你靠近这儿，我就把你的屁股踩成血色的华夫饼。听懂了吗？”

我觉得我能感觉到千臀怪在宇宙的某个冰冷角落里嘲笑我。

特德转过身，俯身向前，“蹚水”走出无形的池塘。“底下还有九个孩子。等最后一个孩子出来，我们就炸了它，但不能更早。”

但那时候，我心想，就来不及了。

我心灰意冷地与埃米在小径顶上会合。我们绕到最靠近教堂的一座小木屋背后。约翰坐在一辆哈雷·戴维森摩托车上，车是他从教堂停车场里偷来的。他用松紧带把六个硅胶屁股捆在身体的各个部位上。他拿着降魔杵，上面用胶带扎着六个粉红色的假阳具。

我说："没戏了，不需要你转移注意力了。特德拦住了我。"

约翰一脸沮丧。

底下隐约传来一阵欢呼声。我们回到能看清池塘的地方，刚好见到一名潜水员爬出抽搐不已的粉色无底洞，双手抱着一条蠕动的大虫子。这个世界上现在有三只幼虫了——具体数量取决于玛吉的命运。

想到这儿，我再次拨打马尔科尼的电话。这次他接电话了，我觉得我的整个身体都抽成了一团。

他说："大卫？"

"我的天，不容易啊。快说你处理掉了玛吉。"

"还没有，情况比较复杂。"

"真该死，马尔科尼。"

"你们的朋友朴喜，她的行为开始变得很奇怪。"

"哦，该死。"

"对。我从没见过她，而且我知道你们的情况，所以建议她接受众包数组的测试，就像你们一样。"

啊哈。对，不是个坏主意。

他继续说道："她的回应是用枪顶着我的脑袋，此刻依然如此。"尽管面临如此突然的转折，他听上去也只是稍微有点儿吃惊，"你们从没说过你们是怎么认识的这个人……"

"我猜一下。她不让你处理掉玛吉。"

"一点儿也不错。另外，事实上，我们正在路上。我不确定要去哪儿。朴喜不肯提供答案。”

我说：“我打赌你们正在来这儿的路上，她打算阻止我们干掉矿井里的怪物。”

我听见朴喜说：“挂掉。”通话结束了。

我闭上眼睛，撩开额头上湿漉漉的头发，说：“好吧，马尔科尼那头也搞砸了。现在怎么办？”

埃米说：“好消息是我们依然知道所有的孩子都在哪儿，对吧？对，就是这样。局势依然还算受控。”

“对，然后咱们可以看着它们在我们面前孵化。”

约翰说：“唉，我实话实说，咱俩虽然嗑过‘酱油’，但因此浪费了一个周末，我感到很失望。”

我摇了摇头，喟然长叹。我望向背后的教堂，第一次注意到门上有几个潦草的大字，是约翰的笔迹：“这是个生殖池塘。”

埃米

救援行动进展迅速。两名潜水员轮流进入通往老矿井内部的裂隙。十名儿童中的最后一名终于被救出池塘——大卫坚持说那是千臀怪正在抽动的产道。大雨变成了毛毛细雨，这是多日以来最接近不下雨的状态。埃米觉得她都快发霉了。

孩子们被送上“基督叛乱”帮派改造过的一辆学校大巴——大巴停在坡顶上，车身通体白色，刷着红色的“圣经”口号（主的灵在哪里，哪里就得以自由）和至少一幅摩托车碾死警察的卡通画。埃米看见警察和摩托帮派的幸存领导者交谈，大概是想说服他们送孩子去警局录口供和去医院检查身体。她只能隐约听见部分对话，但她觉得机车手不可能答应。不，这些人已经受够了这一切。埃米觉得他们的意思是受够了不具名小镇。他们打算立刻上路，感受神赐的自由如疾风般吹拂粗糙的面颊，直到抵达一个更好的地方。

万一我变了……你就离开。立刻，离开……

埃米望着机车手母亲领着孩子，一个接一个地登上大巴。她以为——或者希望——这些孩子会像是电影《被诅咒的孩子们》里的角色。你明白的——克隆体。玛吉是个可爱的金发小姑娘，米基是个面颊丰满的黑人男孩，像是从二十世纪八十年代肥皂剧里蹦出来的，但这些孩子一看就是机车手的后代。他们留着父母剪的粗陋发型——一个男孩剃了光头，另一个的鲻鱼头垂到后腰；穿着二手T恤，一个十岁女孩的背心上是大麻叶卡通画；一个孩子的手指上夹着夹板，像是在接棒球时折断了关节；一个孩子的红色胎记长满了半张脸；一个矮胖小女孩的脖子上有一片难看的红疹。

衣服上的每个针脚，贴在身上的每一片邦迪创可贴，每一块污渍，都有自己的背景故事。

她尽量不去看他们。

我

我看见埃米盯着大巴，然后下决心转开视线。那辆车现在塞满了幼虫，它们趴在车窗上蠕动。驾驶座上的女司机在抽烟，一条大虫子从背后啃她的头皮，鲜血淌下她的面颊。她无忧无虑地吐着烟圈，在等待最后一名乘客上车，然后立刻出发。

只要有一条幼虫进入世界，我们就死定了。就这么简单。

最后一名“儿童”被救出矿井后，特德没有浪费时间，直接进入行动的引爆阶段。他和“屎胡子”走近无底洞，炸弹背包就挎在他的肩头。

特德说过，我们要是敢靠近，就杀死我们——至少杀死我，但我们还是冒险走下小径，想看得更清楚一些。我确定千臀怪不会乖乖地让特德把炸弹塞进洞里，而且我有九成相信无论怪物使出什么花招，最后约翰和我都不得不跑下去，抢过特德手里的炸弹，自己去完成任务。

另外，我也很好奇，想知道特德和“屎胡子”打算怎么动手。我尤其感兴趣的是，他们打算如何疏散旁观者——鲍曼探员和搭档就站在池塘岸边，也就是肉瓣上。然而特德只是向警察打了个手势，他们就开始指引人们爬上山坡，远离爆炸点。看来他和警察讨论过，所有人都同意这是个好主意。有什么不好的？反正孩子们已经安全了。真是奇怪，有时候权威部门还真会站在你这一边。

摩托车在坡顶上“隆隆”发动，有些帮派成员已经开始退场，大概是回去收拾行李，准备永远离开这个神憎鬼厌的倒霉地方。我不禁想到约翰的苯丙胺供货商会不会走。

“屎胡子”拿着夜视望远镜，站在一旁扫视天空，搜寻蝠螳，另一只手端着突击步枪。特德拿着炸弹走向无底洞，他动作迟缓，因为他相信他正在蹚过没到胸口的池水。

就算站在半山腰上，我也感觉到了某种颤动。这动静并非来自地下，而是仿佛天空和群星都在颤抖，宇宙打了个寒战。

约翰望向我，我知道他同样感觉到了。

无论炸弹会不会真的爆炸，我都确定千臀怪认为它会。

但还是没有任何东西出来阻止特德。

为什么？我知道你的肚子里还有其他鬼主意，你这坨“星际巨屎”，我非常确定。你怎么还不出招？

特德点燃引信，深吸了一口气，钻进了粉红色的肉洞。无论是此刻，还是后来，“乃挞”这个词都没进入过我的脑海，我不确定为什么会有这种想法。

约翰说：“不可能这么简单——”

埃米说：“看！”

车头灯的光束在坡道上一闪而过。

一辆房车驶近，来到教堂旁——马尔科尼那辆白金双色的观光巴士。

房车急刹车停下。马尔科尼跳下侧门，表情疯狂。他气喘吁吁地向我们喊叫，跑下陡峭的小径，尽量避免摔跤。

他来到我们的耳力范围内，说：“谢天谢地，你们还没把炸弹放进去！”

我说：“我们没去，特德去了。他正在……那东西里面。大概再过两分半就会爆炸了。”

马尔科尼瞪大双眼。“不！我们必须阻止爆炸！”

29

根据残缺信息采取行动的危险性

“什么？为什么？”

“对不起，但两分钟真的解释不清楚。”

几分钟前，马尔科尼还声称把他劫为人质的朴喜跟着他跑下小径。她挤开马尔科尼，继续跑向无底洞，喊道：“咱们必须把炸弹取出来！”

约翰、埃米和我立刻开始思索这么做对不对，但马尔科尼已经跟着她跑了下去，因此我们只有两个选择——跟上去，或者袖手旁观。

特德刚从无底洞里钻出来，他浑身黏液，命令所有人散开，大喊着洞里要喷火了。朴喜的回应是挥舞双臂，像疯子似的大喊大叫，命令他把火从洞里取出来。

特德露出非常怀疑的表情。埃米没有尝试用解释去说服他，而是灵机一动地喊道：“我们认为底下还有一个孩子！”

特德骂了一声，重新钻进去。

我们围着洞口等他，听见从深处传来微弱的肉体碰撞声。我们都在爆炸半径之内——三分钟已经过去多久了？

我正要建议大家快逃命，特德就第二次从产道里钻了出来。他抱着裹满黏液的炸弹，引信还剩下两英寸左右。他掏出战术匕首，从根部锯断引信。下次要是有人想引爆这东西，大概只有几秒钟的时间可以供他们逃命。

马尔科尼点了点头，说："很好，谢谢。先说重要的——叫潜水员过来，听我仔细解释。另外，你女儿在我的车上，和她母亲在一起。请去找她，她很害怕。"他转向朴喜，"你上去，截住'基督叛乱'的巴士，就说在他们带孩子离开前，我有些重要的话要说。他们会怀疑，但一定要说服他们。"

特德和朴喜沿着小径跑上去。约翰对马尔科尼说："好了，到底怎么了？你说炸弹没用？对上面的幼虫有用吗？"

"确实有用，但用处和你们想象的不一样。地狱火仪式——"

我说："什么仪式？"

"硫黄燃烧会产生普通火焰和地狱火。它确实会烧穿幼虫的外壳，你们亲眼见过结果了。但那正是它想要的，那样它才有可能孵化。那是它生命周期中的最终阶段。"

我说："它的生命周期取决于我们能不能及时造出可以发射硫黄和铝热剂的性玩具炮？"

"没那么具体，但意思差不多。"

埃米说："我的天，我怎么会没意识到呢？在约翰开枪前，米基幼虫根本没有要成熟或孵化的迹象。要不是我们企图杀死它，它并不会孵化。"

马尔科尼说："就像起红疹。你们有没有感染过皮癣？你一挠它，它就扩散了，孢子会附着在你的指甲上。为了防止扩散，你不能——"

“挠痒。”约翰若有所思地点了点头。他望向我，说：“‘别让他们挠痒（scratch）’，我想写在你屁股上的就是这个。”

我说：“既然硫黄性玩具炮会导致形势恶化，我和约翰用过‘酱油’后为什么要制造那东西？我们当时应该有超深刻的宇宙级洞见才对。”

约翰说：“我很清楚发生了什么。你做了性玩具炮，我不赞成。因此‘酱油’过劲后咱俩才正在打架。你似乎欠某人一个道歉。”

“什么？谁？”

马尔科尼说：“我们曾经假设幼虫的伪装仅仅针对宿主父母，它只需要父母哺育它一段时间，直到完成某种生命周期。然而，现在我相信它的最终显现需要的是死亡，而且是暴力的横死。通过死亡或殉难升华至更高的层面，这在我们的神话中也并非闻所未闻。”

我说：“那么它为什么不变出某个恐怖的形象，迫使人们杀死它呢？为什么要变得像是可爱的小朋友？”

“这么说吧，仪式就像化学反应——必须在特定阶段加入特定数量的特定元素。幼体以人类的意志力为食，但需要某种特定配方的营养物。不是单纯的恐惧，而是爱和随后而来的背叛，最后是独一无二的一类恐惧和仇恨。就好像我们利用辣椒——它产生刺激性物质是一种驱赶昆虫的生存机制，但我们采摘它们当作调味料。”

“好吧，所以在千臂怪的产道里引爆炸弹会造成什么后果？”

“我们无从猜测，但我有理由相信结果有可能是毫无用处，也有可能是整个卵囊的幼虫同时孵化。重点在于，我没有理由相信炸弹能够伤害它的本体。”

“但我们也不能放十一个那种鬼东西进入世界，一口一口地吃掉它们的父母。现在咱们该怎么办？”

"记住我的座右铭——不要出于无知而采取行动。我们需要资料，而这需要时间。因此，我们必须把幼虫留在一个能够控制它们的地方，还有更重要的，必须保证它们的安全——"

坡顶上突然响起的枪声和尖叫声打断了他。

埃米

埃米跑向坡顶上"砰砰"枪声和儿童尖叫声的"大合奏"。事实证明，非命局没有扔下不具名小镇任由命运摆布，他们只是需要一点儿时间重新集结。埃米心想：要是早三十秒钟，这还真是个天大的好消息呢。

刺眼的亮光不时划破头顶上的黑暗，就好像有人把一箱烟花扔进了篝火。埃米沿着陡峭的小径爬到坡顶，感到自己的两条大腿软如面条，她心想：有空要多踩踩爬楼机，否则实在没法胜任这份工作。

诡异的黑斗篷人把未来派的射线枪换成了更高级的武器，发射出燃烧着地狱烈火的金属球——她能闻到硫黄的气味。

他们直奔学校大巴而去。

机车帮派剩下的成员用霰弹枪还击，他们脾气最好的时候也不相信消极抵抗。他们每开一枪，大巴上的孩子们就惊恐尖叫。埃米爬到坡顶上的时候，一名机车手正在用手掌拍车身，命令司机快走，立刻离开。

非命局用两辆卡车堵住道路，但只堵死了一个方向。巴士倒车，从教堂旁开过去，沿着蜿蜒小路一直后退，而黑斗篷人把地狱火喷在车头上。机车手把大号铅弹打进黑斗篷人的后背，战斗愈发胶着，巴士趁机消失在了夜色中。

约翰和大卫跟着她爬到坡顶。埃米正要说："谢天谢地，他们跑掉了！"

大卫喊道："该死！幼虫跑掉了！"

约翰说："现在似乎不是承认咱们不擅长堵截的时候。"

黑斗篷人向他们的车辆撤退，没多久，一辆非命局卡车"隆隆"驶过，前去追赶学校大巴，第二辆很快跟上，然后是第三辆。周围响起一阵叫喊声和哈雷·戴维森摩托车发动的声音，摩托车的车队尾随卡车而去。接下来是鲍曼警探的越野车和一辆巡逻车，凄厉的警笛声划破黑夜。何等壮观的车队！

埃米望着闹哄哄的灯光消失在黑暗中，暴雨偏偏选在此刻继续落下。她不知道什么时候把雨衣扔到哪儿去了，冰冷的雨水顺着她的脖子流淌。

大卫说："上吉普车！咱们走！"但没人响应他的号召。

埃米扭头去看大家都去哪儿了，发现约翰、马尔科尼和朴喜在雨中挤成一团，急匆匆地低声彼此喝令。他们脚下有什么东西。埃米跑了过去。

特德·诺尔跪在草地上。

他的女儿躺在他面前。

玛吉呼吸急促，小小的胸膛起伏不定，想遏制住嗓子眼的哭声。特德用冷静而受控的声音说他要撩起她的汗衫看一眼。他刚撩起她的汗衫，玛吉就开始号啕大哭。

她的腹部有一个硬币大小的洞眼在袅袅冒烟。弹丸还在她体内燃烧，缕缕青烟飘出洞眼。埃米凑近她，听见弹丸灼烧血肉的声音，同时闻到了气味。

大卫走过去，说：“哦——糟糕！”

洛雷塔从房车里下来，看见女儿的样子，顿时崩溃了。“我的天，我的天，不！上帝啊，求你……”

马尔科尼说：“我们必须带她走。把她抬到房车上去！快！我有医疗设备！”

大卫无疑觉得这是个可怕的主意，但依然帮忙把女孩抬上了车。他们穿过房车的小厨房，来到车尾狭窄的休息区。他们轻轻地把玛吉放在折叠式沙发上。她的汗衫变成了一块猩红色的破布。

约翰对特德说：“别担心，这家伙是医生。”

特德说：“他直勾勾地看着她——狗娘养的戴着婴儿面具——看着她的眼睛扣动了扳机。”

“我知道，哥们，他们——”

“他们不会放弃的，”特德说，“只要我不阻止他们，他们就不会放弃的。保证她的安全，听懂了吗？保证她的安全，否则就要你的命。”

“什么？你说什么——”

特德转身跑出房车，约翰朝着他的背影喊叫。

埃米跑到房车门口时刚好看见迷彩皮卡启动，特德的搭档坐在驾驶座上。特德跳上车斗，他们前去追赶车队。小玛吉在埃米背后惨叫，她父亲和一对迅速远去的车尾灯很快被茫茫夜色吞没。

埃米说：“我们必须送她去医——”

枪声打断了她，车门上的玻璃在她耳畔炸裂。

30

移动手术室

约翰

枪声，玻璃破碎的声音。所有人卧倒在地。玛吉发出尖叫。

大卫大喊埃米的名字，跑到她身旁，把她从门口拉开，命令她卧倒。

约翰冒险从侧窗向外看了一眼。非命局探员罗莎琳·喵纳多的黑色轿车停在他们背后，引擎在空转，车头灯在雨滴中化作两道水平的光柱。驾驶座的车门开着，她站在车门背后，湿衬衫贴在胸脯上，正在用手枪瞄准目标。她再次开火，然后跑向房车打开的车门，一路不停地开枪，就像该死的终结者。雨水从枪身上往下滴。约翰低头闪避。房车前后的车窗纷纷破碎，她的子弹呼啸着穿过车厢。

一个女人的声音在约翰背后大喊："接着！"朴喜从马尔科尼的办公室里跑出来。她拿起靠在办公室角落里的黑曜石长矛，扔给约翰。

约翰接过长矛，掂量一下，然后跑向车门。他越过大卫——大卫依然趴在地上，用他庞大的身躯护住埃米。约翰对投矛远远谈不上精通，但战场上没有挑选武器的余地。

他将身子探出车门。自从特德用突击步枪打穿她的胸骨，喵纳多探员还没来得及换衣服——白衬衫看上去像是她抱着装潘趣酒的盆子出了事故。约翰在衬衫上找到了烧焦的弹孔，就在她形状完美的双乳之间的那排纽扣旁边。他的目标也是那儿。

他使出全身力量投出长矛，长矛“嗖”地穿过大雨飞出去。黑曜石矛尖插进喵纳多的胸膛，刚好击中那个位置，约翰确定上一个伤口尚未愈合。

她踉跄后退，停止射击，但没有死去。探员低头看了一眼，恼怒地叹息一声，像是在说今天真是倒霉透了，然后从胸口拔出长矛并扔到一旁。她重新给手枪装弹，继续跑向房车。

约翰关上车门，对着车厢大喊：“咱们快走！”

朴喜从他身旁挤过去，跳上驾驶座，发动引擎。“坚持住！”

他们“隆隆”地驶向主路，喵纳多的子弹“叮叮当当”地打在车尾上。枪声停止后，约翰看了一眼后视镜，见到探员跌跌撞撞地跑回车上，打算继续追赶。别的不说，约翰希望非命局发绩效奖的时候别忘了她。

埃米

玛吉在车尾号哭，这是埃米听到过的最可怕的声音。痛苦、惊恐、无助，这个哀伤的哭号绝对凄惨，也绝对真实。埃米和大卫笨拙地爬起来。大卫看上去很焦急，但他显然没听见埃米听见的声音。他望了一眼车尾，然后紧张地看着朴喜——房车在积水的黑暗街道上达到了速度上限。

埃米提出一个问题，考虑到此刻的情形，这个问题轻松得可笑。“呃，你是从哪儿来的？”

朴喜趴在方向盘上，就好像能用身体语言让笨重的房车开得更快一点儿。她微笑道：“你很贴心。用这种方法提出这个问题。我看得出你挺好的。”

约翰走向他们，带着像是快要揭开谜团的表情。他一言不发地伸出手。朴喜明白他的意思，她松开抓方向盘的右手伸给他。约翰仔细查看，就像在欣赏订婚戒指。

朴喜的四根手指与手掌分开。它们被握在约翰的手里时，现出了一只工蜂的原形，它静静地停在他的手掌上。

大卫吐出一口气，带出两个字：“好——的。”

朴喜用半只手控制方向盘，说：“我还需要那东西呢。”

约翰把那只驯服的交螂还给她。它爬回原处，重新变成手指。

约翰说：“好吧，这个确实比其他可能性更符合逻辑。在失去的周末期间，我学会了如何控制一群交螂。就这么简单。我肯定知道了驯服它们的诀窍。”

我说：“那里面有……幼虫吗？”

“没有。”

“我们为什么看不穿伪装？”

朴喜说：“白痴，因为你们不想看穿。”

埃米说：“你强迫它们变成韩裔色情明星的模样，所以你到底打算和她做什么？”

朴喜说：“呸，少来。一点儿也不酷。”

大卫说：“我们能……信任她开车吗？”

朴喜说："没那么困难。只要没人让你分神。"

"我不是这个意——"

玛吉再次号叫，马尔科尼在车尾喊他"需要帮助"。

他们跑回车尾，玛吉的母亲努力地按住小女孩，马尔科尼尝试处理伤口。到处是血——狭窄的沙发上一片鲜红，血滴溅到了地上。埃米无法想象这个小小的躯体如何容得下这么多血液。

埃米扭头对朴喜喊道："你在送我们去医院，对吧？"

我

马尔科尼棕褐色的正装像是他刚在屠宰场值完两个班回家，他的额头满是汗珠。

他说："我们没法让她静止不动。"

尖啸的大虫子在挣扎和长大。该死的硫黄弹丸依然在灼烧它的肉体。我心想：假如地狱真的存在，那我现在闻到的就是那儿的气味。

马尔科尼对被吃掉一半的洛雷塔说："你去我的办公室，就是那头的那扇门。桌上有个大号石碗，它右边的架子上有一玻璃罐的细沙。把这两样东西拿给我。"

他对约翰说："按住她。"马尔科尼拿着一副长镊子，企图用它将"嘶嘶"灼烧的弹丸夹出来。

他对我说："我想切开伤口，这样更容易取出弹丸，但她的皮肤非常坚韧，手术刀碰到就折断了。然后我尝试取出弹丸……"

他摇了摇头，把镊子递给了我。

我说：“你他妈在干什么？不，这样……不。”

“王先生，我看不见患者。我看见的是个腹部受伤的小女孩。”

“我不是医生！”

“你觉得医生更有资格做这个手术吗？你只需要找到弹丸并取出来。没那么难找——它们在燃烧，发光发热，就像几颗小太阳。”

这个形容比他想象的还要真切。怪物的皮肤是透明的，看上去像一块脏兮兮的塑料布紧紧地裹着二十加仑凡士林。我能看见四颗豌豆大小的弹丸，它们烧穿肉体，到达了各自不同的深度，最远的一颗大约有两英寸。

先从最深的这颗开始。

约翰趴在怪物身上，用双臂压住手术位置的两侧，希望至少能让我要做手术的那一小块地方保持静止。

洛雷塔拿着碗和玻璃罐回来了。马尔科尼把沙子倒在碗里，然后把碗放在我旁边——用来盛放燃烧的弹丸，免得点燃房车内饰，制造出一个四十六英尺长的死亡陷阱让我们头疼。

我把镊子插进去，大虫子号叫的声音仿佛一只尖啸怪鸟和一把匕首被一起塞进了一段管道。洛雷塔在我背后看着，她惊呼哭泣。我不愿想象她听见了什么声音。

我必须扩大伤口，否则就没法用镊子夹住燃烧的弹丸。但我做不到——大虫子的皮肤就像厚皮革，我可以改变伤口的形状，但没法让它变得更大。我好不容易把镊子插到了足够的深度，却发现没法夹住弹丸，因为镊子尽头的形状不适合用来夹住圆球——我每次用力，弹丸就会滑走，而我每次失败，大虫子的叫声就会变得更为响亮一些。

洛雷塔在惊恐中向我提供毫无用处的建议，朴喜在前面大喊我们赶上车队了，我似乎听见了警笛声。

我终于勉强夹住了第一颗弹丸，小心翼翼地把它取出来，但我的手一抖，燃烧的球体落在了沙发上。它烧穿坐垫，一小团火苗立刻蹿了出来。我飞快地把弹丸挖出来，扔进盛着细沙的大碗。约翰把幼虫从燃烧的坐垫旁推开。马尔科尼脱下上衣拍灭火焰。

还剩下三颗弹丸。我在颤抖，汗水刺痛我的眼睛。幼虫继续膨胀和搏动。

我说："要是已经来不及——"我闭上了嘴巴。我想问"要是已经来不及了该怎么办"，意思是"要是已经来不及阻止它孵化怎么办"。但洛雷塔就站在我背后，她肯定会误解我的意思。

我趴下去，开始处理第二深的弹丸。房车突然一个急转弯，我险些翻倒在地。

朴喜大喊："抓稳了！"

她前方的挡风玻璃仿佛万花筒，红蓝灯光在雨滴汇集成的条纹中闪烁。我听见警笛声、喊叫声和哈雷摩托车的马达声。

我们径直开进了混乱的中心。

埃米

他们再次急转弯，埃米只好贴在墙上。她跌跌撞撞地走向车头。朴喜绕过多辆车碰撞的事故现场，那儿已经变成了混战的战场。

鲍曼警探的越野车因侧翻挡住了右边的车道，车底对着他们。红灯依然在旋转和闪烁，灯光照亮了暴雨中的路面。紧随其后的巡逻车撞了上去，变形的车头卡在越野车的前后轮之间。巡逻车的引擎盖上有一辆冒烟的摩托车和一个愤怒的骑手，这位老兄似乎被两辆警车夹成了三明治。哈雷摩托车的后轮还在转动，卷起的积水溅在巡逻车的挡风玻璃上。

一辆非命局卡车冲出路面，泡在公路旁的积水里。攀爬钩和绳索绊住了它的一个前轮。一群黑斗篷人跳下车，喊叫着放翻了几个跟着他们急刹车的机车手。

房车终于绕过车祸现场，埃米听见发闷的枪声——车队的其他车辆就在前方。

疯狂的场景一幕接一幕。特德的迷彩皮卡就在正前方。房车的车头灯照亮了特德，他端着突击步枪蹲在车斗里，湿透的金发贴在头皮上，绿色夹克衫在风中飘飞。他在重新装弹，即便在移动的车辆上，冒着狂暴的雷雨，他装弹的动作依然流畅。训练有素的一双手——他的手指不会颤抖。

他前方是几盏起伏不定、左右摇晃的车尾灯，来自三辆依然紧追不舍的摩托车。摩托车前后穿梭，与剩下的非命局卡车展开激战，两辆非命局卡车并排行驶，其中一辆不顾一切地开在逆行车道上。机车手朝卡车开枪，霰弹枪吐出一团团拳头大的火焰。卡车的后车窗遍布白色弹痕，子弹虽然击中目标，但没有打穿防弹玻璃。这些军用卡车能够抵御这个等级的攻击。这一切的最前面是那辆学校大巴，它设计时没考虑过速度，因此完全不可能甩开追击者。

另外，他们显然正在驶向洪水。

他们径直开向河畔，也就是说，他们开进了由于道路无法通行而已经疏散的街区。路面上有一英寸深的积水，稍微不小心，车辆就会朝某个方向打滑，头重脚轻的房车无疑会当场倾覆，受伤的小女孩和其他人都难逃厄运。

但参与追车的那些车辆似乎都毫不在意。就在埃米的注视下，前方左侧的非命局卡车忽然加速，追上了学校大巴。卡车开到与大巴并列的位置，猛打方向盘撞上去，企图把大巴从路面挤进满溢的排水沟。大巴也猛打方向盘，后轮溅起鸡尾般的一道水迹，随后回到路面上。埃米心想：那位驾驶员居然能把一辆学校大巴开出花来。

朴喜在后视镜里看见了什么动静，于是低声怒骂。

车头灯——非命局探员的黑色轿车从后方快速接近。

轿车从左边车道超过房车，然后超过了特德的卡车，快得他都来不及反应。

三辆摩托车忙着引开非命局的卡车，不让它去追赶装着他们心肝宝贝的大巴，因此没料到会遭遇来自后方的袭击。轿车拐进他们的车道，撞在两辆摩托车的后轮上，两辆摩托车一起翻出路面，掉进排水沟，溅起漫天水花。

特德转动突击步枪，尝试朝轿车开枪。他一枪打中了它侧面的车窗。轿车急转弯撞击皮卡，特德摔倒在地。皮卡紧急刹车，车身甩了出去，撞在第三辆摩托车上，机车手被皮卡的车身弹出去，落在了柏油路上。

朴喜猛打方向盘，让房车绕过还在地上翻滚的机车手。随后她把方向盘打回来，碾过掉在路中央的一对橙色路标，它们的支柱被撞歪了。路标上用黑体字写着：

桥梁已断。

我

玛吉幼虫已经比刚开始时大了一半。我能感觉到冰冷的恐惧一团一团地涌出伤口。这是一种独特的体验，打个不恰当的比方，就好像你打开冰箱，发现里面有什么东西烂了，然后你打开奶酪抽格，看见一个女人和斑点狗交配的照片。

膨胀并没能扩大伤口，反而让弹丸越陷越深。我在取弹丸时采用先深后浅的做法完全是犯傻。我本来想按危险程度的顺序取出它们，但等我挖出最深的一颗弹丸，另外三颗也已经埋到了同样的深度。

我刚把第二颗弹丸夹出来，还没来得及放下，房车就忽然急刹车停下。所有人向前栽出去，就像“进取号”被鱼雷击中那样。我险些松手，让弹丸掉回该死的伤口里。几个人在车头大喊大叫。

约翰喊道：“怎么了？”

朴喜大喊：“桥断开了！”

埃米发狂般地喊道：“他们开到水里去了！要被冲走了！”

“谁到水里去了？”

“所有人！黑斗篷人在追他们！”

我听见房车的门打开。约翰转身大喊：“埃米！等一等！”

埃米跑了出去，冲进暴风雨去做天晓得的什么事。

约翰跳起来追出去。少了约翰按着幼虫，它在我手底下挣扎。我大喊两人的名字，但他们都没有回来。

另外两颗弹丸依然在幼虫的外壳下灼烧。怪物蠕动，发出吸吮声和“咔咔”声。洛雷塔跑过来，试图按住它，但她的手在错误的地方用力。她轻声地对怪物说：“一切都会好的，一切都会好起来的。”

我觉得我从伤口的黑暗中听见了声音，它们在召唤我的名字。

我眨眼挤掉眼睛里的汗水，继续寻找弹丸。

埃米

学校大巴在沉没。孩子们在尖叫。

事实上，这座断桥就是几个星期前他们曾经来过的那座，当时他们被黑斗篷人从另一个方向追赶着来到此处。她在这里把装“酱油”的小瓶扔进激流，那会儿河水离桥底已经只有几英尺了，这座锈迹斑斑的破桥几十年前就应该重建。现在河水淹没了桥面，把桥推到了一边去，生锈的钢梁在埃米的右侧伸进滚滚而来的洪水。她前方是学校大巴的后保险杠和紧急逃生门，它们此刻以四十五度角对着天空，车头泡在黑暗的激流中，后轮依然在半空中无助地转动。

埃米眼看着“基督叛乱”的大巴尝试停车，但路面上的积水深达数英寸，这个笨重的庞然大物向前滑行，根本无法停下。大巴一头扎进激流，特德的皮卡很快步其后尘。特德的搭档原本想绕过大巴，却发现车底下的路面陡然消失。

皮卡在埃米左侧的激流中开始沉没，特德坐在车斗里用枪托砸后窗，好让驾驶员爬出来，但来不及了。埃米觉得那家伙多半已经溺水。另一方面，许多只小手在拍打和抓挠学校大巴的后窗，孩子和惊恐的机车手母亲在车里呼救。

非命局的黑色卡车及时刹车，一左一右停在埃米的两侧。黑斗篷人在她周围蜂拥而出，准备完成任务。房车停在她背后，车头灯将黑影投向河里的混乱现场。她听见约翰在车里喊叫。

然后又多了两盏车头灯，是杀不死的非命局女探员的轿车发出的。

大巴发出刮擦声和嘎吱怪响，朝着埃米的右侧倾斜。激流逐渐抓住了大巴，试图把它卷入河道并吞噬它，淹死车上所有的人。

埃米跑向大巴的车尾，朝着特德大喊："掩护我！"她不知道特德能不能听见，因为她只能听见尖叫声和洪水的轰鸣声。她打算跳上后保险杠……

周围的空气突然爆炸，她摔倒在路面上。

她听见叫声——特德大喊她听不懂的战术指令。特德蹲伏在河岸上，河水"哗哗"地拍打他的双腿，他朝着她的方向喊叫，但不是对她，而是对她头顶上的那些黑斗篷人。黑斗篷人向特德还击，留在埃米视网膜上的橘红色残影就像燃烧的爪痕。

她爬起来，再次跑向大巴。大巴继续向前倾斜，又发出一阵刮擦声，河水正在把它冲离岸边。她想跳上后保险杠，但在最后一刻，一只瘦骨嶙峋的大手抓住她的胳膊，把她拽回去，撂倒在地。她脸朝下摔在岸边的积水里，呛了一口水，鼻子里烧得生疼。她的眼镜掉了。她咳嗽着试图起身。她听见叫声，转身望去，一个黑斗篷人爬上大巴，撞开后门。

约翰

黑斗篷人正要向幼虫们喷射地狱火，约翰知道他只有两秒钟左右的时间做些什么。

他没带武器，但还好宇宙立刻给了他一件：特德从河岸上开火，撂倒了约翰与大巴之间的几个黑斗篷人中的一个，那家伙的怪异霰弹枪飞上半空，不偏不倚地落在约翰手里。

约翰瞄准，扣动扳机。几道黄色烈焰划破天空。

烈焰击中黑斗篷人的背部。他向前一歪，险些掉进大巴车厢，然后转身面对约翰。

正是那个婴儿脸。

约翰提醒自己，他的斗篷底下还有护甲。

约翰瞄准那张面颊丰满的面具脸，再次扣动扳机，却只听见了干巴巴的“咔嗒”一声。

约翰扔掉武器，助跑几步，跳上大巴的车尾。他想抢夺黑斗篷人手里的武器，面对面看着那怪异的婴儿五官和细小的橡胶牙齿。

他们扭打了一阵，约翰觉得有什么东西挤开他的脚。大虫子一条接一条地涌出大巴后门，蠕动着爬向各个方向。黑斗篷人抓住他分神的机会，一枪托砸在他的下巴上。约翰踉跄后退，抓住对方的斗篷，两人一起掉进河水。

我

幼虫在搏动。

取出前两颗弹丸的伤口已经变成两个黑洞，它们像鲨鱼眼睛似的盯着我，背后仿佛隐藏着某种狡诈而快乐的智慧。我能感觉到它在和我说话，在嘲弄我，向我承诺在脱壳后将赐予我什么。每次镊子从弹丸上滑开，它都会放声大笑。它准备好了得到自由。它盯着我们这个世界，见到的是个可以耍弄的新玩具，一个可供折磨的无助造物。

我使劲眨眼，尽量集中精神。剩下的两颗弹丸嵌得很深，对镊子来说已经太深了，我无法夹紧两颗中的任何一颗，因为大虫子在不停地挣扎。马尔科尼来帮洛雷塔，但两个人加起来也按不住我的“患者”。

我勉强去掏弹丸，幼虫在我身下号叫。

我抓不住弹丸。我望向洛雷塔，她瞪大眼睛看着我。她的宝贝的生机正在从我颤抖无能的双手底下流失。她看见我眼睛里的歉意，我看到她的内心死去了一点点。

我绝望地大叫：“朴喜！你给我过来！”

她出现了。

“你能看清楚这儿的情况吗？是真的看见，不是玛吉，而是……”

她立刻点了点头。

“帮我按住她。”

“为什么不把她翻过来？”

“那有什么——”

朴喜没有继续解释，而是推开其他人，把肿胀的幼虫从沙发上滚到地上，受伤的一面向下。

她拍了两下幼虫，然后重新把幼虫翻过来。两颗冒烟的弹丸赫然就在地上，正在炙烤地毯——它们直接掉了出来。

埃米

埃米看见约翰和黑斗篷人掉进了河水。孩子们争先恐后地爬出大巴的后门，哭喊着要爸爸和妈妈。

特德停止射击，埃米从他的动作中看得出他没子弹了。埃米有点儿生气——他怎么会没子弹了呢？总是备足子弹是他的一贯作风。互联网供应商难道会用完卑鄙的小伎俩吗？

特德拔出匕首，从河里走上岸，逼近还站在地面上的最后一个黑斗篷人。

埃米又尝试着走向大巴。激流冲得它再次移动，它向一侧倾斜，险些把正在逃跑的孩子甩进河里。他们会被淹死吗？

她大喊让他们保持冷静，说她来救他们了。她背后响起枪声，埃米敢发誓她听见子弹“嗖”的一声从耳畔飞过。她觉得自己有点儿尿裤子了。

她转过身，女探员穿着血淋淋的衬衫站在那儿，埃米已经不记得他们叫她什么了。

埃米说：“你不能伤害我！记住！否则会反噬的！”

女人说：“你让开，这个星期太漫长了。”

她挎着他们在健康中心给大卫的那把霰弹枪，但埃米估计它现在能打响了。

埃米说：“也许现在问有点儿奇怪，但你叫什么来着？”

“贝拉。”

“听我说，贝拉。向它们开枪会导致孵化。而这正是它们想要的！”

探员叹息道：“谁告诉你的？”

“我不——是我们想到的！你必须相信我！”

“这些生物整个生命进程的核心就是欺骗，说服你相信我们不能伤害它们，你居然还不明白我为什么表示怀疑。所以你有什么计划？我是说长期计划。”

“我不知道！我不知道，可以了吧？”

贝拉脸上的轻蔑表情在大雨中都能看得清清楚楚。雨水使得衬衫上的血迹向下扩散，在衣摆处变成粉红色。孩子们在尖叫“救命”。埃米听见特德在不远处用匕首捅死了那个黑斗篷人。

女探员把霰弹枪拿到胸前，然后迈步向前。

我

我们把幼虫抬回到沙发上。四个伤口不再冒烟，但也没有消失。我将手放在伤口上，感觉就好比飞船孤零零地在宇宙边缘漂流，舱外就是最荒凉和冰冷的虚空，而宇航员在船壳上发现了一条裂缝。潜伏在外面的不仅是寒冷，还有黑暗和浩瀚（而非人类）的永恒。来不及了吗？幼虫已经胀大，此刻的形状仿佛橄榄球，牵动和拉扯着透明的坚韧外壳上的伤口。

我说：“我不确定该怎么治疗这……”我险些说“东西”，但玛吉的母亲在场，而且已经露出了疑惑的神色，“……这种伤口。”

马尔科尼说：“在流血吗？”

“不，没有血。”

洛雷塔说：“到处都是血。”

“就当是普通的伤口。”朴喜看着马尔科尼，说，“治疗这个小女孩，就和你治疗其他人一样。”

他望向我。我耸了耸肩。幼虫不再挣扎，用鸟类受伤般的刺耳声音号叫。它只是躺在那儿，发出带啰音的低沉呻吟声。盛着细沙的石碗里，四颗弹丸继续“噼噼啪啪”地燃烧，硫黄的臭味充满了车厢。

马尔科尼从急救包里取出几包纱布，开始处理伤口。

我听见车外传来枪声，然后是埃米在对什么人叫喊。我把幼虫交给另外三个人照看，起身跑向车门。我抓住门把手开门，发现手上黏糊糊的。我惊讶地发现自己满手鲜血。

是玛吉的吗？

管他呢。

我正要下车，发现马尔科尼的古董长矛靠在门旁边，黑曜石矛头上的凿刻痕迹显得不怀好意。我抓起长矛，钻出车门，暴雨扑面而来。

约翰

要是约翰和黑斗篷人掉进学校大巴的下游一侧，他们肯定早就被河水冲走，这会儿正在前往墨西哥湾的路上了。但还好他们掉进了上游一侧，因此激流推着他们压在大巴的车身上。约翰的脚下没有立足之处，要不是激流把他压在白色的金属车身上，他的左手紧抓着车辆旁的出气格栅，他连脑袋都没法保持在水面上。

约翰不知道和他一起掉进河里的黑斗篷人去了哪儿，他希望那家伙已经被冲走了。但一只手忽然从河水里伸出来，掐住约翰的喉咙。那几根手指瘦削而有力，就像鸟爪。

婴儿脸面具浮出水面，空荡荡的眼窝里只有黑暗。

黑斗篷人发出的声音像是直肠肿瘤长在了嘴巴里，他说："即便是现在，你也不相信你会死。等你被扔进黑暗的集群，你知道等待你的会是什么吗？你会被深深地刺穿，撕裂得你身体扩张，那是永无止境的侵犯，你的惊恐是它们的致幻剂，你的绝望是它们的催情剂。难道还没有听见它们充满情欲的号叫吗，背负着敏神印记的你？"

瘦骨嶙峋的手把约翰的脑袋按到水下。约翰抓住大巴的车身，企图爬上去，但黑斗篷人掰开他的手指，他被河水吞噬，激流的力量强大得不可思议，挤出了他肺里的最后一丝空气。

约翰绝望地抓挠掐住他脖子的利爪，觉得自己麻木的手指变得越来越无力。

一个东西出现在他头顶上的河水里，它在岸边车灯的浮动倒影中只是一团黑影。激流裹挟着什么东西漂向他。

不管那是什么，黑斗篷人都分神扭头去看，一时间忘记了手中的猎物。约翰抓住机会，挣脱束缚，浮出水面，咳嗽着吐水。约翰擦掉眼睛里的河水，看清了是什么东西在漂向他。

一个粉红色的硅胶屁股。

特德的皮卡已经没顶，车斗里的硅胶臀部落进了奔涌的河水。黑斗篷人困惑地看着一个又一个臀部——共计二十四个——堂而皇之地从身旁漂过。

"预言！是真的！"黑斗篷人绝望地尖叫，把空洞的双眼投向天空，雨水灌满了面具上的窟窿，像泪水似的汩汩而下，"你召唤了他！"

一团白色的影子从天空飞掠而下，它抓住黑斗篷人，把他从水里提了起来，拎着挣扎的黑斗篷人向上飞，然后将其甩了出去。黑斗篷人无声无息地掉进下游的某处。

约翰爬上大巴的车身，甩开脸上的湿头发，大喊："喂，喵纳多，你的大船似乎刚撞上屁股山了！因为你的人刚被一屁弹飞了！喂，介意我屁你一个问题——"

埃米

没人能听清约翰在水里喊什么。

"知道我最生气的是什么吗？"持枪的女探员说，"彻头彻尾的无知。你自以为占领了某种道德高地，却不在乎因此置全世界于危险之中。你深信不疑自己的正确性。我打赌，你和那两个小子吵架，每次都会赢。小个子的宅女？狗屁，你自我膨胀得都能遮住太阳了。"

特德也在喊叫，在场的所有人都在喊叫，汇集成了大合唱。他站在倒地不起的黑斗篷人前方，抬头看着什么东西，嘴巴大张。

他大喊："卧倒！"

埃米甚至都来不及反应。她和女探员刚抬起头，就看见一团白色的影子从天空俯冲而下。

蝠螳重重地落在一辆非命局卡车上。

枪声响起——女探员用地狱火霰弹枪向怪兽开火。怪物跳下卡车，把她压在街道上，她的肩膀落地时溅起了水花。

女探员没有扔下武器。她移动手臂，把枪口顶在蝠螳的脸上。

怪物挥动它有锯齿的前爪，一个东西飞出去，在路边的积水中滚动。

那是女探员被斩断的脑袋。

“埃米！”

大卫跑向他们，双手和汗衫上沾满鲜血，手里拿着一根什么棍子。他的视线发疯般地在埃米和长翅膀的怪物之间切换。

埃米大喊：“我觉得它在帮助咱们！所以它才一次又一次地出现！它想帮助咱们！”

但蝠螳偏偏选在此刻挥动着爪子扑向她，要不是它的畸形双脚绊在了一起，这一下肯定会要了她的命。

大卫大喊：“不！那是个坏种！闪开！”

怪物扑向埃米。埃米猫腰打滚闪躲，起身跑向大卫。

大卫挥舞着手里的东西，埃米认出那是马尔科尼收藏的长矛，他挡在埃米和怪物之间。

怪物转身面对两人。它没有牙齿，而是长着边缘参差不齐的鸟喙，下颌强而有力——绝对不是食草动物。

大卫大喊：“不！我们千难万险都闯过来了，绝对不会被你这只蠢鸟吃掉。滚开！”

埃米对它说：“我们是好人！真的！”

怪物抓向大卫，大卫用长矛捅它，它见状后退。

“不！”他朝怪物大喊，“不！白痴，你不明白吗？我们不想杀你！该死的畜生，你能听懂我说的话吗？当心我一矛捅穿你该死的脖子！”

怪物满脸困惑。它并不邪恶，埃米心想，只是因害怕和饥饿，才向着它无法理解的一个世界盲目出击。

蝙蝗再次向前一扑，但不是朝着大卫，而是越过他，扑向埃米。

大卫大喊：“不！”

他在怪物越过头顶时用长矛刺它。他刺中了怪物的身侧。

它向后退缩。黑乎乎的血液涌了出来。怪物尖啸。

然后，怪物……笑了。

埃米不敢确定。就好像它终于得到了一场战斗，而这正是它的夙愿。

蝙蝗挥动爪子，白色的影子一闪，大卫的长矛飞了出去。

大卫被盲目的愤怒控制，没有后退。

“来啊！该死的畜生，滚过来找死！老子干掉的东西能把你当宠物养！”他扭头对埃米说，“快跑！我拖住它！”

埃米没有跑。蝙蝗挥动爪子，把大卫打倒在地，不费吹灰之力。

它跳到大卫身上，把他按在地上，就像刚才按住女探员那样。埃米发出尖叫。

大卫再次命令她快跑，但她不肯走。

他抓挠怪物的面部，喊道：“你看看你！你是个错误！畸形的怪物！你敢吃我，我就彻底弄死你！”

怪物举起爪子，大概是想砍掉大卫的脑袋。

埃米忽然想起了泰瑟枪。她从后面的衣袋里一把抓住泰瑟枪，跑过去用枪顶住怪物的脖子，它的皮肤上冒出蓝色的电火花。

怪物没有因此瘫倒，但它再次畏缩，踉跄后退。

埃米用手指指着它叫道：“再给你一次机会！快滚！听懂了吗？我们已经很有耐心了。”

怪物咆哮一声，然后“呜呜”哀叫，踉跄着向前而来。有什么东西从背后击中了它。

约翰

此刻有六条大虫子尖啸着趴在大巴的车顶上，另外几条正在争先恐后地向外爬。约翰因此难以抓住已经面向天空的车尾，他心想：要是为了抢占空间而把孩子踢回水里，埃米肯定会看不起自己的。

约翰听见岸上有人命令所有人卧倒，蝠螳随即在头顶上掠过，落在附近的一辆车上。枪声大作，但又突然停顿。

怪物似乎在与什么人对抗，在房车车灯的照耀下，它难看的肢体和翅膀胡乱扑腾。约翰在大雨中听见愤怒和惊恐的叫声。大卫与埃米在和怪物战斗，而且听上去要输了。

约翰气急败坏，笨拙地绕过大巴的后保险杠，企图爬回岸边的道路上——大巴只剩下一角还挂在坚实的土地上。他好不容易落在街道上。两条大虫子已经爬下大巴，回到了岸上。

约翰转过身……

一个男人从他身旁跑过。

是特德，他带着明确的目标和愤怒，跑向他认为抓走了他孩子的怪物。他拿着装有地狱火炸弹的背包。

特德跳到蝠螳背上，使出锁喉的动作，肌肉发达的手臂扼住怪物应该是颈部的位置。怪物挣扎，企图反身抓他，但它笨拙而丑陋的肢体无法胜任这个任务。

有翼怪物难以摆脱特德，于是跳起来飞上天空。特德依然骑在它背上，蝠螳似乎打算把他带到高处，然后甩掉他。它带着特德越飞越高，片刻过后，一道闪电照亮了他们，约翰看见一双翅膀在空中拍打，两个身影还在挣扎扭打。

然后世界重归黑暗。他们消失在无星无月的黑暗天空中。

约翰眯着眼睛凝视天空，雨点像炸弹似的落在脸上。

一个火球在天空中点亮，仿佛一颗新星诞生，明亮得足以致盲。

两秒钟后，爆炸声传到地面。

耀眼的燃烧颗粒像雨点似的落向地面，它们充满了天空，掉进周围的洪水里，发出柔和的“嘶嘶”声。

约翰立刻拼凑出了事情的真相：特德知道怪物会企图带着他逃跑，而飞行是它唯一的优势。特德是一名优秀的士兵，比那头野兽聪明无数倍。他需要的仅仅是蝠螳飞到足够高的地方，远离底下的无辜者。

最后几颗燃烧的硫黄终于熄灭，黑暗再次笼罩了一切。特德和怪物的残骸都没有从天上掉下来。

一时间只剩下了寂静和雨声。

这时，雨停了。

埃米

救援行动刚开始是一场笨手笨脚的灾难。他们三个人一起努力，好不容易才把另外两个孩子弄下大巴——孩子们被汹涌的河水吓得直哭，泡水的路面边缘凹凸不平，孩子们害怕不小心滑倒和被水冲走，因此不敢跳下来。埃米觉得不能怪他们胆小。

忽然她听见了摩托车的“隆隆”声，车头灯的亮光扫过现场，机车帮派的其他人终于赶到。他们组成人链，从上面的街道一直接到晃晃悠悠的大巴，把一个个孩子送回安全之处。埃米、约翰和大卫没有留下碍事，而是拖着沉重的步伐走向房车。

纷乱的事情占据了埃米的脑海，直到走进车里，才想到她必须告诉洛雷塔和玛吉，她们一个失去了丈夫，一个失去了父亲。她走进休息区，看见无处不在的鲜血，倒吸了一口凉气。母女二人和马尔科尼身上，小沙发和地板上，到处是血。洛雷塔坐在沙发上，把玛吉的脑袋抱在大腿上，埃米不确定两人哪个看上去更疲惫。

洛雷塔说:“什么爆炸了？”

埃米想要回答，却发现自己无法开口。

约翰说：“特德炸死了怪物。怪物死了，但特德牺牲了。呃，我很抱歉。他献出了生命，为了救玛吉、你、我们其他人，也许还有整个世界。要是有人敢不同意，你让他们来找我好了，因为我是亲眼看见的。”

洛雷塔闭上眼睛，靠在背后的车窗上——两颗子弹不知何时打碎了车窗的一角。她抿紧嘴唇，咽了一口唾沫。埃米感觉到这个女人正在切断悲伤，就像折叠胶皮水管。此刻女儿更需要她，她可以换个时间再为丈夫哀悼。

埃米说:“玛吉怎么样了？”

马尔科尼在她背后说：“从我的角度来看，四颗弹丸打穿了她的小肠。我止住了流血，给她吃了止痛药，但她需要去医院。”

大卫说:“她……需要去吗？”

埃米望向站在街边的那群孩子，他们的父母正在照看他们。大巴驾驶员也在其中。埃米曾经以为她已经死了，现在她想象自己站在大巴最前面被水淹没的地方，把孩子们一个一个举出水面，让他们保持呼吸——像真正的英雄。

撤空的学校大巴发出金属摩擦的刺耳声音，终于从岸边掉下去，翻滚着落入激流，撞上铁桥的残骸。几个孩子齐声欢呼。

马尔科尼盯着大卫，压低声音说：“我用我的五感观察到的是个孩子，受了伤，但能活下来，不过需要医疗救助，否则失血或败血症会夺去她的生命。这是我的观察结果。”

朴喜在驾驶座上说：“站稳了！”话音未落，车就已经开动了。她驶向医院。说起来，她怎么会知道医院在哪儿？

大卫说：“各位，咱们不能就这么离开。咱们需要……盯着他们，守住他们。想到办法……你明白的，照顾他们，以正确的方式。”

马尔科尼说：“你有什么想法？”

大卫想回答，但说不出话来。

我

我坐在那儿，望着被子弹打穿的后车窗，看着房车在公路上留下一道尾迹，机车手的孩子们变得越来越小。我们走得越远，我就越不在乎。我太累、太冷了，而且浑身透湿。别的无所谓，我只想擦干身体，然后拿着一杯啤酒坐下，搂着埃米欣赏无聊的日本动画片，看魔法女孩如何领悟友谊的力量。

不，我不想做这些。

我想解决眼前的事情。这件，还有接下来天晓得的什么事。

我转回去，仔细地打量着化身为玛吉的幼虫。我一眨眼，躺在沙发上的幼虫又变成了小女孩玛吉。沾着血的头发贴在她苍白的面颊上，门牙有个小豁口。“酱油”终于失效了。

那么娇小、脆弱，胸膛轻轻起伏，她在勉强抓住最后一丝生机。

玛吉睁开眼睛，似乎花费了无比巨大的力气。她看着我的眼睛。

她用尽全力举起一只小手伸向我，对我竖起中指。

31

不具名小镇医院最近重新装修，现在是个漂亮的好去处了

接下来的几个小时，我们静静地坐在医院候诊室里，湿得像几块抹布，从自动贩卖机里买点心和汽水果腹。

我们为什么待在这儿？看“玛吉”能不能康复？万一她忽然变成参天高的末日黑影，我们要想办法阻止她吗？我他妈什么都不知道。约翰睡着了，占据了五张椅子，大声打着鼾。埃米靠着我，湿漉漉的脑袋枕在我的肩膀上。朴喜——她浑身上下一滴水都没有——在漫不经心地修指甲。马尔科尼待在外面的人行道上，抽烟斗，用手机打电话——他显然知道在这种情况下该找谁询问建议。这倒是不错。

等了很久，洛雷塔慢慢地沿着走廊过来，我发现她变得完整了，不再是像被大白鲨袭击过的惨状。这未必是因为她真的完整，而是“酱油”已经失效，我现在只能看见其他人都能看见的东西。要是聚精会神，我无疑依然能看穿伪装，但我的大脑里连一滴注意力都榨不出来了。另外，我知道真相。

洛雷塔说："医生说她会好起来的。"

约翰眨着眼睛醒来，用胳膊肘撑起身体。"那就……好。她看上去……一切正常吗？"

"她经历了很多。"

埃米说："特德的事情，我很抱歉。"

洛雷塔叹了口气，坐在我们对面的一把椅子上。

"我这么说也许不太好，但特德……他并没有真的回来，我指的是从伊拉克。我们在高中就是一对儿了，后来……算了，你们不会想听我们的人生故事。他似乎一直无法原谅他在伊拉克的所作所为，他觉得他像是欠了什么人一条命，就好像那是他一直在拖欠的过期账单。他带着我们搬家，一次又一次，从一个地方到另一个地方，怀疑美国政府，怀疑一切，确定会有人来找他，要他偿还他的欠债。玛吉被抓走后，感觉很奇怪，因为我发誓这似乎就是他一直在等待的东西。我不想说他不愤怒，我不是那个意思，但在那几个小时和接下来的几天里，他充满了活力。自从他上前线那天开始，我就没见过他这个样子了。他终于找到了另一场属于他的战争。"

洛雷塔擦拭眼睛。

埃米说："无论他去了哪儿，希望他能安息。"

洛雷塔说："要是他安息了，唉，至少我们有一个过上了好日子。那个浑蛋倒是满足了心愿——英勇而伟大的牺牲。扔下我们其他人收拾烂摊子。他多半以为他很无私，但你看看他扔下了什么，他做的是全世界最自私的行为。我想找到那个让男人相信自我牺牲很了不起的混账东西，踢得它满地找牙。"

洛雷塔闭上眼睛，再次抿紧嘴唇。她努力地控制住自己。然后她无声无息地起身，回去看她的孩子了。

朴喜抬起头，说："不知道华夫饼屋还开不开门。"

我说："你吃东西啊？"

"会说人话吗？"

埃米坐起来，我的手从她的肩膀上滑下来。她目送洛雷塔回去照看她的怪物宝贝。

她说："我们错了，对不对？我们说那种虫子怪物会挖掘出最深的恐惧来对付你，但其实并非如此。特德得到了他的战争。约翰嘛，得到了他的追车大战，对吧？就像……"

她没有说完，而是望着洛雷塔拐弯，消失在我们的视线中。

马尔科尼在我们背后说："我发现我们最深刻的恐惧和最强烈的欲望其实是同一枚硬币的两面。我认识许多英年早逝的人，他们死的时候就攥着这枚硬币。当然，这是个比喻。"他不知何时来到了我们背后，把大衣搭在胳膊上站在那儿。

我对马尔科尼说："天哪，你别这么偷偷地走到别人背后，忽然对他们口吐智慧。总之，这会儿别这么做。"我转向埃米，说："所以按照他的说法，你比喻性的硬币是……华夫饼？"

我再次搂住埃米的肩膀，但她站了起来，走到一旁，像是必须去松松筋骨。

"很抱歉，我必须走了。明天一早我有个制作会议要开，然后我要去明尼阿波利斯。有什么东西在挖开坟墓，反正他们是这么说的。"马尔科尼掏出怀表看了一眼，说，"其他问题咱们就用电子邮件讨论吧。"

我说："等一等，什么意思？医生，事情还没完呢。咱们就这么回家去，你知道那些幼虫会发生什么吗？"

"不知道。你知道吗？我只能说无法破壳的小鸡会死在蛋里，也可能根本不会孵化，被人拿去做炒蛋。所有的推测都来自非常有限的情报。”

约翰说：“而千臀怪还会继续生蛋。”

我说：“我还没来得及仔细回想，但我很确定我们什么都没做到。就算咱们待在家里，最后得到的也还是这个结果。”

马尔科尼说：“我承认，这次的事情到剪辑阶段需要动点儿手脚。”

“所以你打算说个什么故事？”

“要我说，非常简单。一个警世故事，一个传说中的有翼怪物吓得一个小镇陷入惊恐，目击者声称这个怪物能变成人。它抓走了十一个孩子。谢天谢地，这些孩子都被毫发无损地救了回来，一位英勇的老兵却为此献出了宝贵的生命。但犯下这些罪行的是什么？是某种超自然的野性怪物，还是一个心理变态的人类？哪一种捕猎者更加恐怖？亲爱的观众，这个问题就留给你们解答了。现在请欣赏汽车保险公司的广告。”

埃米说：“十一个孩子？明明是十二个，你忘记了米基。”

“不存在的人怎么能说忘记呢？”

她望向半远不远的地方，说：“唉，对。”

我起身伸了个懒腰。“好吧。我们先睡几个小时，然后找到那些机车手的孩子，想一想该怎么解决这个问题。朋友们，每一分钟都很重要。”

32

五天后

我们再也没见过那些机车手和他们的孩子。

他们似乎也带走了暴雨，接下来的几天始终阳光灿烂。正如埃米的预测，水位继续上涨——就像人生中的烂事，哪怕暴风雨过去，山上的积水依然在继续往下流——但我们能做的也只有希望天气一直晴朗下去。不知道在雨停前的那几个小时有多少人买了雨靴，真是浪费。

性玩具商店周边的住宅区依然无法通行，埃米和我去取了东西，搬进查茜蒂·佩顿有沙袋保护的拖车。我们不知道她去了哪儿，但她还活着，埃米在她离开前留了她的电话号码。查茜蒂答应让我们住一段时间，交换条件是不让劫掠者靠近，以及我们不能揭开家具上的塑料布或“乱搞她家”。话虽如此，假如她看见我在冰箱里塞了多少瓶樱桃味激浪汽水，肯定会大皱眉头。我甚至不爱喝这个口味，我觉得喝它只能提醒我想起自己的青春岁月。那会儿我就喜欢糟糕的东西。

这天是星期六，埃米生日的前一天，一个神秘的电话叫我们带上约翰去矿眼。那个一团糟的夜晚之后，我们去过几次矿眼，等待整个循环从头开始。尽管我们没有等到，但接到这个电话也并非出乎意料——我们确定还在关注局势的不只我们三个。

我们在小教堂和约翰会合，竖梯和脚手架包围了教堂。所有者打破了本地的传统，没有任凭它朽烂，而是进行修缮，屋顶都已经被补好了。一辆黑色轿车停下，见到塔斯克探员下车，我只是稍微有点儿吃惊，她的脖子上缠着绷带，脑袋显然已经接了回去。不知道她喝咖啡的时候会不会漏出来。

约翰说："你的搭档没来？"

"没有，他打电话请死亡假了。我来不是为了伤害或者逮捕你，事实上我并不代表非命局。这个组织已经解散了。"

我说："你的意思是组织又换名字了吧？"

"我们——怎么说呢，做了个大扫除。我们认为你们对 B3333B 事件的判断是正确的，并且为先前机构对你们采取的无礼行为道歉——"

"就是你，"埃米打断她，"你一次又一次地企图杀死我们。"

"但我不得不指出，在整个过程中，我们双方在分享情报方面远远谈不上理想。我们应该想办法改善一下。说到 B3333B，我们在持续监控那十一个幼体，而且会一直监控下去，直到找到其他的解决手段。"

我说："那好，问题解决了。我可以把整件事忘得一干二净了。"

阳光灿烂，底下的池塘原本应该闪着青绿色的光芒，但池塘已不复存在，整个矿坑已经被灌满了水泥。十条幼虫诞生后的第二天清晨，工作人员就开始灌水泥了。此刻依然有工人在附近忙碌，拖着沉重的胶皮管施工，蜿蜒的胶皮管另一头连接着停在坡顶上的几辆卡车。

塔斯克说："如你们所见，我们已经开始隔绝繁殖地点了。"

我说："我不想对你的事情指手画脚，但我百分之百不认为水泥能挡住千臂——呃，B3333B 能做一切它想做的事情。"

"当然挡不住。但我们有一切理由相信，这个生殖过程需要参与者亲身接近。我们的目标很简单，就是不让人们靠近。你肯定想过诺尔先生、佩顿女士和'基督叛乱'摩托车俱乐部之间的联系。告诉你吧，在孩子们失踪的一个月之前，他们来这里参加过同一场烧烤派对。也就是说，在一个月之前，有关孩子的念头被植入成年人的大脑，同时布下心理学踪迹吸引他们回到这里。"

埃米说："但以前也经常有人来这儿，所以那是在它的繁殖周期开始之前？"

"我们在盘问机车帮派的成员时，注意到一个名叫博·林奇的男人，他和特德·诺尔描述的宁芙先生极为相似。这一点引起了我们的好奇，但这个人似乎完全正常，没有任何可疑之处。我们在盘问过程中得知，在烧烤派对期间，林奇先生和一位年轻女性在池塘里发生了性关系。"

我的脑中立刻产生了几十个问题，但我并不想知道它们的答案。

塔斯克继续说道："到了明天，坡顶上将筑起十二英尺高的围栏。每隔二十英尺会竖一个这样的牌子。"

她朝靠在教堂上的一个牌子摆了摆头。白底上写着吓人的红字：

未经处理的污染危害物

擅自闯入罚款一千五百美元

二十四小时监控

我摇头道："没用的。人们若发现这里没有污染物，反而会更加好奇。"

底下的一名工作人员喊了一声。随着喷溅的怪声，污物从胶皮管里涌了出来。恶臭片刻之后飘进我们的鼻孔。

埃米皱起鼻子，说："这个……哇。"

"好吧，"约翰说，"事情是不是这样的：那些父母会把接下来天晓得多少天——或者月、年——用在抚养其实是怪物的假孩子上？最后难道不会所有人一起倒霉？"

塔斯克耸了耸肩。"世界就是这么运转的。他们只知道他们特别爱自己的孩子。爱未必总是一条双向车道，有时候你倾尽全力，却得不到任何回报。就好像有些人把蜥蜴当宠物养。比起孤独一人或者毫无目标，这难道更可怕吗？"

我说："当然，可怕得多。"

塔斯克看了一眼手表，说："好了，假如你们有任何建议，知道该去哪儿找我。"

我看着她上车离开。我想象她倒车时回头太快，结果脑袋从脖子上掉了下来。

埃米说："所以，咱们还要继续谈前面的话题吗？"

"哪个话题？飞机能不能从巨型跑步机上起飞？我们认为它能起飞，轮子和起飞没有任何关系。这没什么可讨论的。"

"不，是咱们在约翰家谈的事情，关于你的悲伤恶魔。那会儿你说不是讨论这种事的时间。很好，这个时间到了。我要你打一个电话，我知道下个星期初他们就能收你入院。"

"咱们可以回头再谈。"

"不，不能。"

她望向约翰，就好像轮到他开口了。他们已经商量好了。

约翰似乎宁愿在鲨鱼的肚子里被消化，也不愿意站在这儿谈下去，他说："她收拾了行李，放在我家。衣服和生活用品，还有一点儿钱。朋友准备来接她走。她已经下决心离开了，我想告诉你的就是这个。我想说服她别走。我说假如你知道了她在经受什么样的煎熬，肯定会反抗的。"

我脑海中羞愧的黑色深渊又开始冒泡。忽然，一个火花点燃了它。左边是被自我厌恶的有毒液体吞噬，右边是毫无理性的愤怒，在这两者之间选择其实根本算不上选择。

我转向她，说："是这样吗？要是你想走，你就——"

约翰走到我面前。"大卫，咱们就跳过这一出吧。别人给你下最后通牒，你就像膝跳反射似的大发雷霆。但这不是最后通牒，也没有人想控制你。我已经体验过一百万次了，你知道得很清楚，那种愤怒就像在寒冷的早晨被拖出温暖的被窝。其实就这么简单。因为你的抑郁是全世界最舒服的被窝，只要能在被窝里多赖一分钟，你什么话都说得出口。但你身边还有非常爱你的人，告诉你一辆卡车正在冲向这个被窝。假如你实在提不起精神关心自己的生活，你就想一想这个景象吧。埃米和我非常关心的一个人就要被卡车压死了，只有你能救他，而我们要你救的人恰巧就是你自己。另外，卡车上装满了大便，我是不是忘了说这个？"

"我猜也是。"

我叹了口气，目不转睛地研究我面前的一小块空白。"我百分之九十九确定自己就是这个德行。从我有记忆开始就已经是这样了。"

埃米看我的眼神就像在看白痴。“你当然就是这个德行。我也一直腿上长毛，但我会定期刮干净。在自然状态下，每个人都臭烘烘、黏糊糊的，一肚子怨气，关在动物园里都不会有人掏钱来看。我们每天都在和这个糟糕的原始自我做斗争。你害怕，我理解。你害怕等你治好后，会忽然变成一个俗气无聊的普通人。很好，我有个好消息——治是治不好的，你只能每天醒来和它做斗争，日复一日地坚持下去，直到你变成一个斗士。你看，全都取决于你。只有你自己才能做到。但我不愿意把余生都花在看着你慢慢地腐烂成渣，瘫在沙发上就像不可能从跑步机上起飞的飞机，屈服于物理学的定律。”

“别的不说，”约翰说，“你想一想依赖你的那些人。下一场危机永远随时都有可能爆发。”

我们站在那儿，看了一阵灌水泥行动。

我指着底下的工作人员说：“我不喜欢这样。”

埃米说：“对，从三十六个层面上说都很恶心。”

“不，我是说这整件事。他们要我们做的是视而不见。知道那东西就在底下，但继续过自己的日子，就像——”

“哪儿痒痒，但挠不到？”

约翰弹飞烟头，转身要走。他按着我的后背，像是要拉上我。

“算了吧，大卫。那是阴——”

33

风平浪静的大结局。
删掉也没关系，说真的，别读了。

洪水退去之后，草坪、人行道和沥青路面都裹上了薄薄的一层半干泥浆，就好像整个世界都被吸进了棕褐色调的旧照片。但小镇还活着。

埃米生日的两个星期之后，我们在约翰家给她过生日——我们一致同意推迟庆祝，直到不用担心得烂脚病再说。屋子挺过了洪水的侵袭，只需要给一楼重新铺地毯就行（本来早就该换了，曾经侵袭旧地毯的东西从弄洒的咖啡到燃烧的烟花，什么都有）。

晚上八点，我们来到约翰家门口，听见约翰在里面朝什么人吼叫。我在敲门前听见的最后一句话是："我受够这种屁话了。"

他一把拉开门，让我们进屋，连招呼都没打。他看上去一塌糊涂，像是流感重症到了第五天。

约翰在和朴喜吵架。她坐在角落里玩着手机，像是早就退出了战局。

我对约翰嘟囔道："所以……她还在。"

约翰吼道:“她不肯走！太他妈荒唐了。”

朴喜抬起头，说:“我扔掉了他的存货，他不高兴。”

“你……干了什么？”

“苯丙胺、阿得拉、大麻，全都扔了。从马桶冲下去了。呜呼，拜拜。”

约翰用手指指着她说:“你凭什么替我做决定。”

我说:“约翰，你在和一群会变形的怪虫吵架。”

朴喜说:“而且还输了！”

埃米说:“我去车上拿炖锅。”然后她转身出去了。车上没有炖锅，什么都没有。

我犹豫片刻，考虑加入这场对话究竟有多么荒谬，然后说:“说真的……朴喜，你不能这样让一个人戒瘾。药物可以扔掉，但瘾头依然存在。”

她耸了耸肩。“所以呢？我就该哄着他？”

约翰望向我。“看见了？这太扯淡了！我没请她在这儿住下，没请她盯着我的一举一动，但她就好像是个他妈的巡警。知道我睡哪儿吗？沙发！在我自己家里！”

“你知道是你造了她，对吧？虽说你没请她住下，但她是你造出来的。”

“我也是这么说的。你看见她穿的衣服了吗？那是真正的衣服！是她买的！用我的信用卡！她明明想穿什么都能自己变出来！”

朴喜依然目不转睛地看着手机，嘟囔道:“我喜欢买东西。”

“我想说的重点是，”我压低声音，但朴喜大概依然能听见，“你应该可以直接让她消失，对吧？我是说要么让她滚蛋，要么你吹口气，她就突然消失了。见鬼，约翰，世界上还有个真正的朴喜呢。

要是她知道你克隆了一个她，和它住在一起怎么办？”

朴喜说：“它？”

约翰说：“等真正的色情明星朴喜从韩国跑到我这儿来，大卫，咱们再想办法解决吧。”

朴喜说：“真正的？”

他说：“你知道我是什么意思！”

朴喜抬起头。“你真的要我走吗？假如你要我走，我立刻就消失。”

约翰做了个深呼吸来控制怒气，双手在面前攥成拳头。他转身对她说：“我没说要你走，但你不能控制我的生活。我们不能这么过日子。”

朴喜耸了耸肩。“这个嘛，我尊重你不同意的权利。”

约翰正要再次爆发，我立马举起手说：“消消气，别毁了埃米的生日。”

我到后门口把脑袋伸出去，看见埃米站在露台上，看着尼基将丰田普锐斯停下。约翰坚持要请她参加一切活动，就因为他们是十二年的密友。

我对埃米说：“吵完了，进来吧。”

尼基下车，拿着一塑料盒的杯子蛋糕。她的眼睛是两个漆黑的传送门，通往一个由纯粹恶意构成的灵魂。

“大卫！”

“你好，尼基。”

“有两个红丝绒蛋糕是给你们的！要是有谁敢碰，你就一巴掌扇飞他！知道吗？红丝绒就是巧克力加色素。”

“不知道。”

撒谎的婊子。

我们回到屋里，朴喜看见尼基时，整张脸都快笑裂了。“嘿！我的好姑娘来了！”

两人抱成一团。我猜没人说过她不是人类，我必须把朴喜拉到旁边，告诉尼基这个坏消息。

埃米从手包里取出一个装生日卡的信封，对约翰说：“为什么你要寄给我，而不是直接交给我？”

约翰困惑地说：“你什么时候收到的？”

“我们昨天回去看公寓的情况，打开信箱时发现的。”

“我不记得我寄过贺卡给你。”

我查看信封。“邮戳是三个星期前的。”

约翰看见我的表情，说：“啊哈，会不会是一条线索？快打开看看。”

埃米说：“我就害怕这个。”

她打开信封，里面的贺卡上印着“爸爸，父亲节快乐”，有人用圆珠笔划掉这几个字，然后写上了“祝埃米·沙利文生日快乐”——约翰的笔迹。

信封里还有一样东西。

一张刮刮乐彩票。

我们愣住了。

我说：“不会吧？约翰……你是用过‘酱油’以后买的？”

埃米一脸紧张。“这算作弊，对吧？我们……我们不能这样做，对吧？”

我说：“呃，彩票就是一场骗局。一个人买彩票，以为中奖概率有十亿分之一，但不知道实际上是十亿分之零。这个区别感觉起来微乎其微。”

彩票上用银色字母印着头奖是一千万美元。

埃米说："我们要捐一半给慈善事业。"

我说："好的，但谁知道能不能中奖呢。"

约翰说："肯定能。"

埃米掏出一枚硬币，刮开三排数字。

我们赢了。

二百五十美元。

约翰说："啊哈！这下你能买那本书送给埃米了！就差一点儿，不过你可以去讲讲价钱。"

埃米说："什么书？"我并没和她说过我要买那本签名版《银河系搭车客指南》送给她。我们说好了，我答应接受治疗就是我送给她的礼物。这感觉还是在占她便宜，不过聊胜于无。

我对约翰说："你本可以赢个该死的百万大奖，却只肯给我们区区二百五十美元。"

埃米说："一百二十五美元。"

约翰在旁边放声大笑。我不知道他觉得有什么好笑的——我依然失业在家。但我也开始跟着笑，埃米也一样。朴喜和尼基问我们有什么好笑的。

埃米说，我们中了彩票，这是她这辈子最好的一个生日。朴喜和她击掌，说烤箱里有两种不同的自制比萨，看来怪物现在负责给我们做饭了。芒奇和克丽丝特尔来了，就好像过去这一个月什么都没发生过。不久后有人敲门，约翰过去开门，发现来的是赫尔姆·鲍曼警探那位发型炫酷的搭档。

他请我们三个出去一下。我以为赫尔姆会在外面等，但年轻人是一个人来的。我出去后关上门，说："假如你来是说又有孩子失踪了，那我现在就告诉你，这个案子我们不接。”

“不是的。”

“鲍曼警探怎么没来……”

“他说已经结案了，甚至不肯和我谈这个案子。”

“但你就是不肯放弃，对吧？”

“你听见你那位真人秀朋友是怎么说的了吧，这从头到尾就是一只会飞的怪物在抓小孩。”

“是啊。所以呢？你也在场，他说错什么了？”

“首先，我不在场，不是一直在场；其次，会让你看上去超级有罪的地方，他都说错了。”

“啊哈，我明白了。赫尔姆在你脑袋里植入了想法。行吧，你愿意相信什么就相信什么。每个人都生活在他自己选择的现实中。”

“这是什么嬉皮鬼话？案子确实结了，我已经说过了。但你为什么不告诉我究竟发生了什么呢？从一开始说起，就当让我安心好了。我保证不会带着你的话离开这个露台，而且就算我说出去，又有谁会相信呢？”

“其他警察会相信你，他们只是不在乎罢了。这样其实更好。你去问赫尔姆吧。”

“就像我说过的，告诉我又有什么不行的呢？”

我看了一眼约翰，问：“你觉得呢？”

约翰耸了耸肩，说：“行啊。想听个故事吗？好，系好该死的安全带。”

于是我们把前面印在纸上的整个故事告诉了他。最后我说：“然后我们在这儿聚会，庆祝埃米的生日，之后你来了，就是这样。”

约翰说：“呃，有一点好像忘了说清楚，马尔科尼的房车里有两根长矛。”

我说：“哦，对的。他有很多长矛，扔得到处都是。”

警探点了点头，若有所思。“我吃的是甜甜圈，不是麦满分。”

“我知道，但甜甜圈太老套了。”

“知道吗？我现在更喜欢马尔科尼的故事了。”

“实话实说，我也是。”

“主要因为他的故事符合案件里的已知事实，而你们这个离奇得难以理解的版本似乎经过认真的剪裁，每一个该死的步骤都完全不可能验证。我知道有十二名儿童报告失踪，那些父母的后续情况都一问三不知，他们已经不知去向，包括洛雷塔·诺尔。镇上到处都有人声称见到了所谓的蝙蝠怪物……”

“它，”我说，“现在化作无数碎块，散落在几英里的河水里。问题解决了。”

“但有两名受害者在证词中指认你为罪犯。”

“这部分已经澄清了。”

“还有一名目击者称蝙蝠怪物就是你。”

这句话使得对话急刹车，无情地停顿了几秒钟。我觉得自己听见雷声从远处传来，但也有可能只是一辆重型卡车驶过。

埃米说：“什么？谁说的？”

“菲利普·‘屎胡子’·希肯卢珀。”

“特德的朋友？被淹死的那家伙？”

“谁说他被淹死了？他不但活了下来，还说他看见你男朋友变成蝙蝗，一次是亲眼所见，一次是疑似。”

对话陷入了更长久的沉默。最后有人咳了一声。

我说：“呃，这就太荒谬了。当时一片混乱，天晓得他认为自己看见了什么。他的外号多半就是这么来的——一肚子狗屎，你明白的，满得都淌出来变成胡子了。”

“我有没有说过他拍到了你的录像？他用手机在河边拍的。”

“天那么黑，而且还在下雨。再说现在随便哪个浑球儿都能下载视频编辑软件，加特效，随便怎么折腾，看上去真实得能骗过专家。那什么都证明不了。”

警探只是默默地看着我。

我说：“怎么了？”

“你没说不可能存在这样的录像，而是直接说那是精心制作的赝品，甚至都没说你想看一看。”

埃米说：“不存在什么录像，对吧？”

“现在也不需要了，对吧？”

我说：“唉，滚吧。少跟我玩警察的思维游戏。就算这个荒谬的指控有一丝一毫的真实性——我没说确实是真的——但就算是真的，也依然无法证明我有罪。别的不说，蝠螳其实想帮忙。它出现在孩子被绑架的现场，都是因为它想阻止事情的发生，只是没有成功。即便你荒谬的妄想是正确的，我们想方设法隐藏它的参与，也只是因为我们知道人们会做出错误的理解，责怪错误的对象，而实际上真正的问题出在矿井上。但我们并没有，因为你的说法太荒唐了——”

“荒唐，对。还记得我说过我更喜欢马尔科尼的版本吧？那是因为我确定这些全是你们编出来的，什么幼虫，什么矿井里的怪物——整个烧脑的比喻，让世人不要评判怪物，只是为了掩盖真相，也就是这小子会变成狼人，掠走孩子。”

我大笑道：“哈！哈哈！哈！放屁。”

约翰说："这样如何——在我们的版本里，蝠螳死了，没有其他人受到伤害。但在'屎胡子'的版本里，它还在活动——你明白的，因为大卫还好好地站在这儿。那么，假如蝠螳再次出击，那你说得对，你验证了你的答案。因此，下次你见到那个杂种，一定要把它从天上打下来，千万别客气。我祝福你。"

"我会的。我他妈才不需要你的祝福呢。"

我说："我再说一遍，你愿意相信什么就相信什么。但你相信的事情更多地反映了你，而不是我。还有什么能为您效劳的吗？"

他走开了，嘴里说着："咱们还会见面的，我保证。"

他驶入黑夜，车身连一滴水珠都没有的车缓缓地开过不下雨的街道。我搂住埃米。

"我爱你。"

"我也爱你。"

我们背后的门开了。"你们快进来！"尼基叫道，"比萨就要凉了！"

为入侵者准备的火焰喷射器呼呼喷火，她立刻被烧成了黑炭。

埃米

以上的事情没有发生。

《恐惧：地狱的寄生虫》书摘

——艾伯特·马尔科尼博士

最后，我来说一说末日天灾。

说到我们的世界末日执念，最有意思的一点是我们坚持认为，无论我们痴迷于什么灾难，最终的结果都是末日。然而在现实中，人类历史就是一系列的末日级天灾——一会儿是瘟疫，一会儿是饥荒，世界大战之后两者又接踵而至。灾难过后发生的事情却很有教育意义。

举例来说，有一场古老的灾难名叫多巴事件。根据科学家的推测，大约在七万五千年前，一场火山爆发几乎完全灭绝了智人物种。灾难过后，全世界有生殖能力的早期人类的数量凋零到了仅仅数千对——只够坐满一个高中体育馆。但是，七万五千年后，地球文明的人口数量增加了几百万倍，正在实施载人登陆火星的计划。

这是属于全人类的遗产，我敢说没有几个人花过时间认真欣赏它。我们的天灾小说喜欢描写一旦社会崩溃，人类就退化回丛林的野蛮法则，幸存者一方面死于瘟疫和被丧尸追杀，另一方面还忙着把彼此撕成碎片。在真实的历史中，我们多次陷入过类似的处境——没有政府或执法机构，我们习以为常的一切现代设施都荡然无存。然而从这样的处境中诞生的不是野蛮，而是合作。文明的支柱坍塌之后，人类会重新建立。

我有一次和同事开玩笑说，真正的恐怖电影一开始应该是个被丧尸统治的世界，它们发现自己不得不抵御活人的突然爆发。想象一下吧，这些可怜的家伙只会呻吟和拖着脚走路，却要抵抗更敏捷和健康的一些生物的进攻，后者拥有组织和战略的能力，能够制造工具，对前者腐烂的简单大脑而言，这些工具与魔法毫无区别（想象一下它们眼中的步枪，这东西能从遥远的地平线上送来无形的死亡，更不用说原子弹了）。

我甚至都要怜悯它们了。有人问为什么很难找到狼人和吸血鬼存在的可靠证据（倒不是说我真的相信它们），我说答案显而易见：它们忙着躲我们呢！

我想说的重点是：无论过去还是现在，人类作为总体都比个体更加强大。单独一个人类看上去没什么了不起的，比如一个人凌晨两点睡眼蒙眬地在便利店排队，或者在黑色星期五特卖会上恶狠狠地从一个中年女人手里抢走玩具。然而，这些迷迷糊糊、喜怒无常的灵长类动物若是共同努力，就能造出美轮美奂的城市和了不起的飞行载具。他们能分裂原子，能窥视宇宙。

眨眼之间，他们得到了诸神的力量。

我相信这是人类的命运：在接下来的一千年内殖民外星，在我们的太阳系和其他星系建立定居点。许多个世纪以后，我们的一名后裔会在某颗遥远行星壮观的拱顶天堂中漫步，看见一个醉醺醺的年轻人身穿扎眼的衣服，在酒吧背后的小巷里大吐特吐。男人会斜眼打量这个可耻的年轻人，接着摇摇头，自言自语地说人类是个可笑的物种，注定灭亡，没有任何像样的才能。

他对此深信不疑，因为人类真正伟大的能力既可怖，又可敬，过于浩大，超过了他的理解能力。我明白不是每个人都拥有我的信仰，但你们必须承认，假如诸神确实存在，一直在远远地关注人类的演化，我们的潜力必定会让他们颤抖。

后 记

作者在此，先说点儿正经的。

我收到的一些粉丝邮件来自不相信这些小说纯属虚构的读者，他们向我寻求建议，因为他们见到或听见了其他人无法见到或听见的东西。我想在此对他们澄清一下，本人从未遇到过超自然事件，也不认为在我的一生中有可能会遇到。小说之中的怪物有些出自笔者的想象，有些出自漫长的恐怖故事传统，早在文字发明之前，人类就坐在篝火边讲述这一类的故事了。

我相信任何人在合适的情形下都有可能“见到”鬼魂、怪物或“影子人”——大脑这个器官并不完美，偶尔犯错实属家常便饭。假如你看到了奇奇怪怪的东西，因此感到恐惧，甚至影响了你的生活，那么我希望你能去看医生。作为一个科学事实，我们很清楚，纠缠你的那些怪物几乎百分之百是可治疗的病症引起的结果。你的医生不会嘲笑你，也不会把你捆起来流放到关押畸形人的小岛上去。你不可能是他们医治的第一名同类患者，事实上你的症状他们见得多了，甚至都不会觉得特别有意思（有百分之五的成年人声称至少有过一次幻觉，这还只算上了那些愿意承认的呢）。没有什么好羞愧的——精神疾病患者面临的最大难题就是社会对此无知到了不可原谅的地步。

其他事情：

感谢麦克·莱蒂，我的童年伙伴，他发明了约翰这个角色，在自己的本职工作中还拥有数以千万计的受众。

这本小说——假如你还没意识到的话——是系列中的第三部。第一部名叫《最后约翰死了》，由恐怖电影的传奇人物唐·柯斯卡莱利拍成了电影。第二部名叫《本书充满蜘蛛》，这是我的第一本《纽约时报》畅销书，我在街上遇到一个陌生人，就要大声宣布一遍这个喜讯。然后是我最受好评也最愚蠢的小说《未来城市与花哨西装》。这是一个警世故事，讲述控制论增强的白痴和油嘴滑舌的黑西装团伙如何阻止他们毁灭世界。你读到本书的时候，我也许已经写完了那本书的续集。当然，我不可能确定，你的现在就是我的未来，难说我不会在本书付印前一个星期因为企图抢劫酒铺子而被当场击毙。

与此相同，我也不知道“约翰与大卫”系列还会不会有下一本书。我猜会有，但希望下一本里提到屁股的次数能比这本少（虽说我未必不会多塞几个进去），不过到时候诸位也只能忍着了。

请允许我特别感谢我的妻子，她容忍了我的所有怪癖。一个人能写出这样的小说，可想而知他在生活中也并不容易相处。

王大卫（又名贾森·帕金）

2017年1月